我的第一本
法語會話

FRENCH
Everyday Life!

U0072003

全 MP3 一次下載

9789864540686.zip

「iOS 系統請升級至 iOS 13 後再行下載，此為大型檔案，建議使用 WIFI 連線下載，
以免占用流量，並確認連線狀況，以利下載順暢。」

單元	場合	主題	對話重點
1	基本寒喧用語	**對話❶** 一般問候	Bonjour.
		對話❷ 熟人之間的打招呼	Salut.
		對話❸ 與不熟的人／長者打招呼	Comment allez-vous ?
		•**TIPS** 臉頰上的招呼	faire la bise
		對話❹ 早上、下午的問候	Bonjour. Ça va ?
		對話❺ 晚間的問候	Bonsoir.
		對話❻ 睡前問候	Bonne nuit.
		•**TIPS** 其他各類招呼語與回應句	Coucou
		對話❼ 久別重逢	Ça fait longtemps
		•**TIPS** 好久不見的其他表現	Ça fait un moment
		對話❽ 一般道別	Bonne journée. À plus tard.
		對話❾ 熟人之間的道別	Salut. À plus.
		對話❿ 不熟的人／長者的道別	Au revoir.
		•**TIPS** 其他道別方式	À bientot.
		對話⓫ 天氣話題	Il fait beau.
		對話⓬ 歡迎對方到訪	Bienvenue à la maison.
2	初次見面	**對話❶** 一般自我介紹	Je m'appelle Emilie.
		對話❷ 國籍自我介紹	Je suis taïwanais(e).
		對話❸ 介紹第三者	Je te présente Vincent.
		對話❹ 主動問對方身分	Comment vous appelez-vous ?
3	謝謝、對不起	**對話❶** 表達謝意	Merci.
		對話❷ 很感謝對方	Merci beaucoup.
		對話❸ 表達不客氣	De rien.
		•**TIPS** 表達謝謝&回應對方謝謝的其他表現方式	Je vous en prie.
		對話❹ 表達歉意	Je suis désolé.
		對話❺ 回覆對方歉意	Ce n'est pas grave.
		對話❻ 沒聽清楚時	Pardon?
		對話❼ 需要和某人談幾句話	Excusez-moi.
4	與陌生人搭話	**對話❶** 跟對方說借過	Est-ce que je peux passer ?
		對話❷ 要問路時	Où est..., s'il vous plaît ?
		對話❸ 確認某事	Je voudrais savoir si...
5	求助	**對話❶** 提出請求	Est-ce qu'il est possible de... ?
		對話❷ 詢問資訊	À quelle heure est-ce que... ?
		對話❸ 求助警察	Au secours !

單元	場合	主題	對話重點
6	做決定	**對話❶** 接受建議	C'est une bonne idée.
		對話❷ 提出意見	À mon avis...
		對話❸ 確認事項	Vous êtes sûr que...?
		對話❹ 回應他人	Je pense que...
		對話❺ 婉拒	Je vais réfléchir, merci.
		對話❻ 制止	Je vous prie de ne pas...
7	餐桌用語	**對話❶** 請服務生做介紹	Quel est le plat du jour ?
		對話❷ 點菜	Je voudrais un café et un croisssant, s'il vous plaît.
		對話❸ 準備用餐	Bon appétit.
		對話❹ 上菜了	À table.
		對話❺ 結帳	L'addition, s'il vous plaît.
8	祝福與道賀	**對話❶** 一般恭賀用語	Félicitations !
		對話❷ 祝好運	Bonne chance !
		對話❸ 為對方加油	Allez !
		•TIPS 其他各種稱讚用語補充	bravo
		對話❹ 祝旅途愉快	Bon voyage.
		對話❺ 祝對方有愉快的住宿	Bon séjour.
		對話❻ 祝週末愉快	Bon week-end !
		對話❼ 祝玩得愉快	Amusez-vous bien !
		對話❽ 生日1	Bon anniversaire !
		對話❾ 生日2	Qu'est-ce qui te fait plaisir comme cadeau pour ton anniversaire ?
		對話❿ 祝新年快樂	Bonne année !
		•TIPS 其他祝福語補充	bonnes vacances
9	慰問	**對話❶** 安慰	Je suis vraiment désolé(e).
		對話❷ 祈禱	Nous allons prier pour...
		對話❸ 鼓勵	Bon courage.
		對話❹ 詢問發生什麼事	Qu'est-ce qu'il y a ?
		對話❺ 弔唁	Je vous adresse toutes mes condoléances.
		對話❻ 關心對方健康	Pense un peu à ta santé.
		對話❼ 詢問目前狀況	Qu'est-ce qui t'arrive ?
10	電話用語	**對話❶** 一般電話問候語	Allô, c'est Thomas à l'appareil.
		對話❷ 確認自己就是要找的人	C'est lui-même.
		對話❸ 詢問對方身分	C'est de la part de qui ?
		對話❹ 請對方等一下	Un instant, s'il vous plaît.
		對話❺ 為對方轉接	Ne quittez pas, je vous la passe.
		對話❻ 要找的人不在	Je rappellerai plus tard, merci.
		對話❼ 忙線中	La ligne sonne toujours occupée.
		對話❽ 詢問是否需要留言	Désirez-vous laisser un message ?
		對話❾ 請求留言	Puis-je lui laisser un message ?
		對話❿ 聽不清楚	Je ne vous entends pas bien.
		對話⓫ 打錯電話	Pardon, mais ce n'est pas le 08 10 03 04 05 ?

課別	場景	主題句	會話重點
1	在機場大廳	請問有直達巴黎市區的公車嗎？	❶ Où se trouve＋名詞 ❷ pour＋地點／對象／動詞
2	在巴士總站	請問我可搭哪一線公車？	❶ Je voudrais＋動詞原形／名詞 ❷ c'est par là 的用法
3	在地鐵站	先生不好意思，我想要買地鐵票。	❶ comment faire的用法 ❷ il me faut的用法
4	在地鐵車廂裡	請問我們坐的車是對的嗎？	❶ dans le bon métro ❷ Pour aller à＋地點, il faut＋動詞原形
5	在火車站	一張到尼斯的來回車票，麻煩您。	❶ Est-ce qu'il est possible de＋動詞原形 ❷ 子句＋si possible
6	在租車中心	我想租一台四人的小客車。	❶ c'est pour＋時間長度 ❷ il suffit de＋動詞原形 ❸ Cela＋人稱代名詞＋semble＋形容詞
7	在大街上	您先直走約300公尺，然後向右轉。	❶ tourner à＋左／右 ❷ aller tout droit
8	在餐廳點餐	請問今日特餐是什麼呢？	❶ 主詞＋prendre＋（餐名） ❷ je voudrais＋名詞／動詞原形
9	在咖啡廳與麵包店	我想要一個可頌和一杯咖啡。	❶ Volontiers　非常樂意 ❷ ceci與cela的用法
10	在學校	你從哪裡來？	❶ d'où... 和 venir de... ❷ avoir envie de＋動詞原形
11	在電話中	您好，我要找梅蘭妮，請問她在嗎？	❶ Je voudrais parler à＋人名 ❷ c'est de part de qui
12	在超市	請問您能告訴我洗衣粉放在哪裡嗎？	❶ un peu＋形容詞 ❷ J'ai vu sur＋A＋qu'il y a＋B
13	在露天市集	請問500公克的四季豆多少錢？	❶ un kilo de... 與 ... le kilo ❷ 主詞＋avoir l'air＋形容詞
14	在銀行	您好，我想要開戶。	❶ 名詞＋ainsi que＋名詞 ❷ avoir＋某物＋sur＋某人
15	在郵局	我想寄一張明信片到台灣。	❶ Voici＋眼前人事物 ❷ Cela prendra＋時間長度

文法焦點	補充表達	圖解單字	法國文化賞析
法文的疑問句	法文數字的表達方式 0-100	機場航廈內外的相關單字	從機場搭車到市區的方式
中性代名詞 y 的用法	與巴士相關的表達	①公車內及公車站牌的相關單字 ②距離的表達方式	法國的巴士系統
法文的祈使句	購買地鐵票券的相關表達	地鐵站內外的相關單字	巴黎地鐵系統介紹1
用來表示「必須」的 devoir 和 il faut	與搭乘地鐵相關的表達	月台及列車的相關單字	巴黎地鐵系統介紹2
主詞關係代名詞 qui	①時間點的表現 ②日期與時間點的表現	購買車票時要知道的相關單字	法國國家鐵路火車
combien 和 combien de ~ 的用法	開車上路的相關表現	與汽車相關的單字	①在法國租車的流程 ②租車網站上的法文
法文的否定型用法1	①法文方向表達 ②與移動意義之動詞表現	大馬路上的相關單字	法國的街頭藝術文化
複合過去時（Passé composé）：一般動詞	①幾分熟的表達方式 ②一定要會的味覺表現	餐具的單字表達	法國人的餐桌文化
部分冠詞	在咖啡廳點餐的相關表達	法國麵包與咖啡的相關單字	法國麵包
複合過去時（Passé composé）：移動性動詞	①介系詞＋國名的用法 ②可用來形容國家或國人的形容詞	國籍及語種的單字表現	法國的學制
受詞人稱代名詞	電話用語	電話與手機的相關單字	法國各地區區碼的介紹
Pourriez-vous me dire 的用法	①在超市的相關表現 ②表示物品位置的法文介系詞、副詞	法國超市裡常見的商品	法國知名的超市
中性代名詞 en 的用法	①法國使用的重量單位 ②表達數量的常用單位	在露天市集會看到的事物	法國的露天市集
近未來時＆簡單未來時	①歐元貨幣的種類｜紙鈔 ②歐元貨幣的種類｜硬幣	銀行裡的相關事物	法國的銀行
比較級：plus/moins＋形容詞	各類郵寄方式	與郵局相關的單字 郵寄物品的種類	①如何在法國郵局寄信或包裹 ②信封書寫方式

課別	場景	主題句	會話重點
16	在通訊行	您好，我想申辦手機門號	❶souscrire à＋名詞 ❷par＋時間
17	在房屋仲介公司	您好，我想租一間靠近里昂二大的小套房	❶avoir l'intention de＋動詞原形 ❷mettre＋金額
18	在家	我的馬桶堵住了，請問您可以馬上過來看一下嗎？	❶faire＋動詞原形 ❷Il y a＋時間長度
19	在派出所	我的護照被偷走了！	❶en＋動詞語幹-ant（現在分詞） ❷C'est＋主詞＋qui＋動詞
20	在診所	我從昨天開始頭就很痛。	❶Qu'est-ce qui＋受詞人稱代名詞＋est arrivé？ ❷j'ai mal à＋身體部位
21	在藥妝店	我想要買V品牌的潤膚乳液。	❶Il faut que＋主詞＋虛擬式動詞 ❷aucun(e) 的用法
22	在百貨公司	請問我可以試穿這件洋裝嗎？	❶quelle taille的用法；faire du＋尺寸的用法 ❷事物（主詞）＋人（代名詞）＋aller [或 aller à＋人（名詞）]
23	在書店	您好，我在找《小王子》這本書。	❶je cherche＋事物 ❷Je voudrais bien＋動詞原形
24	在美髮沙龍	您想要我怎麼剪呢？	❶qu'est-ce que＋主詞（人）＋en penser（動詞變化）的用法 ❷Comment voulez-vous que＋子句（希望做的事）
25	在花店	那我買些紅色跟粉紅色的天竺葵。	❶Je vous conseille＋一般名詞 [de＋動詞原形] ❷il vaut mieux＋動詞原形
26	在劇院	我想要兩張歌劇＜卡門＞的門票。	❶dans ce cas,＋子句（自己會做出的決定） ❷Il est sûr que＋子句（自己肯定的事
27	在飯店	我預訂了一間兩小床的雙人房	❶J'ai réservé＋名詞（預訂事物） ❷C'est à quel nom 以及 Au nom de... 的用法
28	在旅遊服務中心	請問您能給我里昂市的地圖嗎？	❶je voudrais visiter＋地點、空間名詞 ❷des réductions sur＋優惠的項目
29	在博物館	我想買兩張這個展的學生票。	❶demander à＋某人＋de＋做某事 ❷avoir la gentillesse de＋做某事
30	在滑雪場	我需要租一個滑雪板，請問租借的費用是多少？	❶主詞＋chausse du＋尺寸 ❷C'est＋金額＋la journée/semaine

文法焦點	補充表達	圖解單字	法國文化賞析
代動詞	與通話、網路品質相關的表達	在通訊行裡會用到的相關單字	法國主要的電信公司
序數的表達	①法國的樓層 ②與居住環境相關的表達	與租房相關的法文	留學生在法國租房
未完成過去時（l'imparfait）	形容居家生活品質的相關單字	法國居家物品	法國水電收費的介紹
「se faire＋動詞不定式」與「se＋être fait＋動詞原形」的用法	各類求救、防身、提醒的用語（依緊急程度）	與警察相關的單字表現	在法國旅遊遇到扒手的求救方式
與 avoir 搭配的慣用語	①與疼痛相關的表現 ②與症狀相關的表現	與診所、醫院相關的單字	在法國看診流程介紹
受詞人稱代名詞的位置	①各類型膚質的法文表達 ②皮膚症狀的法文表達	化妝品、保養品與藥物	法國藥妝店的介紹
法文的副詞	①與打折相關的折數表達 ②與折扣、貴／便宜、價格高低相關的表現	各類型服裝、服飾、配件之單字表現	在法國辦理退稅
假設語氣 si 的用法 1	書籍種類的法文表達	書籍種類以及與書籍相關的單字	法國的書店
[se＋動詞＋身體部位]和[se faire＋動詞原形＋身體部位]	①上髮廊會用到的表達 ②可用來形容頭髮狀態的表現	美髮廳裡的相關單字	法國美髮、美容及美甲的介紹
非人稱句型 il	顏色的法文說法	各種花朵的法文	代表著幸福意義的鈴蘭花
條件式現在時(le conditionnel)	法文日期與時間之表現方式	劇院的單字表現	法國的歌劇
法文的否定型用法 2	①訂房時須知的房型 ②訂房時須知的相關表達	飯店裡的設施與服務	法國人的度假生活
假設語氣 si 的用法 2	在旅遊服務中心可用到的表達	旅遊服務中心相關事物	法國全國知名地區介紹
中性代名詞 y 和 en在句中的位置	到旅遊景點會用到的表達	巴黎的旅遊景點	法國首都巴黎的重要景點－聖心堂
不定形容詞、不定代名詞	常見的滑雪活動	滑雪場及各種滑雪用具的單字	法國的滑雪文化

使用說明

專為華人設計的法語學習書
全方位收錄生活中真正用得到的會話

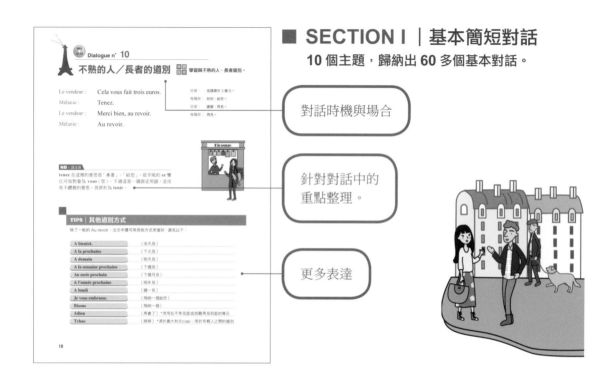

■ SECTION I │ 基本簡短對話

10 個主題，歸納出 60 多個基本對話。

- 對話時機與場合
- 針對對話中的重點整理。
- 更多表達

■ SECTION II │ 到當地一定要會的場景會話

適合用來「教學」與「自學」，有系統的 30 個會話課程

★跟著特定人物設定與精心規畫的場景會話，讓您體驗在法國的每一天。

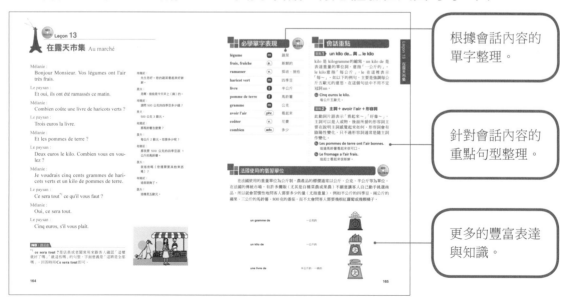

- 根據會話內容的單字整理。
- 針對會話內容的重點句型整理。
- 更多的豐富表達與知識。

★針對會話課程所整理的重要文法解
說，用簡單的方式了解法語的規則。

★收錄在法國最需要知道的大量短對
話，讓您學到其他場合的相關表達。

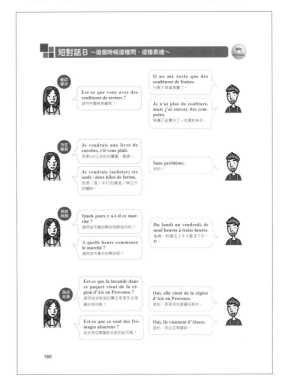

★配合會話主題的「聽」「說」「寫」練
習，藉由如填空題、翻譯題、口說練習
題等題目，來加強法語能力。

在做應答練習時，須配合 MP3，請依以
下步驟做練習：

1. 您會先聽到題號「1、2…」和中文提示
「請聽錄音」，接著會聽到一句法文。

2. 法文唸完後，會聽到中文提示「請回
答」，這時請依題目上【 】裡的中文
提示，利用空秒時間開口將中文翻譯
成法文，以回答問題。

Exercices | 練習題

1. 請依提示，將以下中文翻譯成法文，以完成句子。填入前，請改成適當的形態。

❶ 請問你們想要參加有解說員的導覽嗎？（participer à）

　　Est-ce que ＿＿＿＿＿＿＿＿＿＿＿＿＿＿＿＿ ?

❷ 下午一點有一場。（en）

　　Il ＿＿＿＿＿＿ aura ＿＿＿＿＿＿＿＿ .

❸ 這支手錶非常特別，你不覺得嗎？

　　Cette montre ＿＿＿＿＿＿＿＿＿＿＿＿ ?

❹ 可否請您幫個忙告訴我巴黎北站在哪裡呢？（avoir la gentillesse de）

　　Est-ce que ＿＿＿＿＿＿＿＿＿＿＿＿ la gare du Nord?

❺ 我請他幫我買一本書。（demander à... de...）

　　Je ＿＿＿＿＿＿＿＿＿＿＿＿＿＿＿＿＿＿ .

❻ 您要有空的房間嗎？－有，我還有一間。

　　Avez-vous des chambres libres ? –Oui, ＿＿＿＿＿＿＿＿＿＿ .

❼ 書桌上還有筆嗎？－沒有了。

　　Il y a encore des stylos sur le bureau ? –Non, ＿＿＿＿＿＿＿＿ .

❽ 她有跟您說過她的未來嗎？－沒有，她沒有跟我說過。

　　Elle vous a parlé de son avenir ? –Non, ＿＿＿＿＿＿＿＿ .

2. 請聽MP3，並做會話的應答練習。

【Part I：先聽錄音，再做回答】

❶（請注意聽錄音裡對方發問的問題），並請用法文回答【謝謝您，不需要】。
❷（請注意聽錄音裡對方發問的問題），並請用法文回答【兩張全票，謝謝】。
❸（請注意聽錄音裡對方發問的問題），並請用法文回答【好的】。

【Part II：先依提示發問，接著會聽到錄音的法文，並填寫正確答案】

❹ 請先用法文發問【請問奧賽美術館9點開門嗎？】，並請寫聽到的內容。
　　正確答案：＿＿＿＿＿＿點＿＿＿＿＿＿分開
　　錄音內容：＿＿＿＿＿＿＿＿＿＿＿＿＿＿＿＿

❺ 請先用法文發問【我可以拍藝術品嗎？】，並填寫聽到的內容。
　　正確答案：□ 可以　　□ 不可以
　　錄音內容：＿＿＿＿＿＿＿＿＿＿＿＿＿＿＿＿

312

> 此為綜合型應答練習，Part I 步驟同前。

> Part II 為發問練習，請依以下步驟做練習：
>
> **1.** 請先看題目上【 】裡的中文提示，先思考如何翻譯成法文。
>
> **2.** 接著播放 MP3，您會先聽到題號「1、2…」和中文提示「請發問」，這時請利用空秒時間開口將中文翻譯成法文，以問問題。
>
> **3.** 在問完問題之後，您會聽到一句法文，此為對應您問句的答句。請仔細聽錄音，並用中文填寫填空題以及用法文寫下錄音內容。

★ 收錄在法國最需要知道的大量單字與表達。

★ 30 篇實用又豐富的法國文化與生活大小事解説。

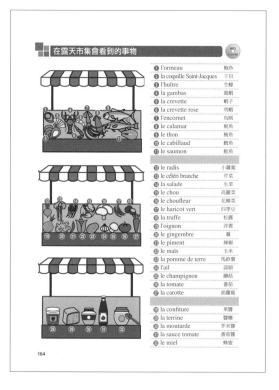

在露天市集會看到的事物

❶ l'ormeau 鮑魚
❷ la coquille Saint-Jacques 干貝
❸ l'huître 生蠔
❹ la gambas 龍蝦
❺ la crevette 蝦子
❻ la crevette rose 明蝦
❼ l'encornet 烏賊
❽ le calamar 魷魚
❾ le thon 鮪魚
❿ le cabillaud 鱈魚
⓫ le saumon 鮭魚

⓬ le radis 小蘿蔔
⓭ le céléri branche 芹菜
⓮ la salade 生菜
⓯ le chou 高麗菜
⓰ le choufleur 花椰菜
⓱ le haricot vert 四季豆
⓲ la truffe 松露
⓳ l'oignon 洋蔥
⓴ le gingembre 薑
㉑ le piment 辣椒
㉒ le maïs 玉米
㉓ la pomme de terre 馬鈴薯
㉔ l'ail 蒜頭
㉕ le champignon 蘑菇
㉖ la tomate 番茄
㉗ la carotte 胡蘿蔔

㉘ la confiture 果醬
㉙ la terrine 醬糜
㉚ la moutarde 芥末醬
㉛ la sauce tomate 番茄醬
㉜ le miel 蜂蜜

164

法國的露天市集

　　法國的傳統市集在每個城市、每個地區都有其特色，除了參觀各地的名勝古蹟，不妨抽空看看各地的市集，感受一下另一種的法國氣息。

　　法國的傳統市集指的就是市場，有農產品、肉類、海鮮、乳製品等各類食物，雖然現場有一些批發的中盤商，但大部分的商品是店家自產自賣的。除了以上的食物之外，你還可以找到酒類、蜂蜜、果汁、果醬等，在傳統市集裡可以找到的商品在大super市中未必能找到，尤其是跟農產的新鮮度更是無法相比較的，只是跟一般所想像的有點差距的是，這些自產直賣的商品在價格上略高。

　　在傳統市集裡購物的樂趣，除了可以買到新鮮的食材，應該就是攤販老闆與客人的互動，雖然現場可以偶爾聽到吆喝聲，卻不覺得刺耳，也常聽到攤販老闆為客人介紹產品、推薦獨創的食譜，氣氛是非常愉悅與親切的。對於剛到法國的留學生，傳統市集是一個貼近當地生活與練習法語的好機會。

　　傳統市集的開放時間為早上七點到下午一點左右及，快收市時，部分店家會為了想賣出所有商品而以低價賣出，所以趁那個時候就可以買到非常便宜的農產品。城市裡較大的市集一個星期會休一天，通常是星期一休市，小的市集一星期只開放一天或兩天，鄉村的市集則是只開放每個星期天的早上。

167

10

▊▊ 主要人物介紹

Laurent 羅蘭

法國里昂人，19歲，目前就讀里昂第二大學。喜歡登山、做菜、旅遊。髮色為深褐色。

Théo 迪歐

台灣台北人，20歲，因喜歡看法國電影而對法語、法國有興趣。目前在法國里昂第二大學留學。

Mélanie 梅蘭妮

法國巴黎人，18歲，目前就讀里昂第二大學。喜歡登山、聽音樂、攝影和拍微電影，對電影和藝術有特別研究。髮色是淺褐色。

Emilie 艾蜜莉

台灣高雄人，20歲，目前在法國里昂第二大學交換學生。喜歡畫插畫和學語言，會說法語和日語，也會彈鋼琴和拉小提琴。

▊▊ 其他人物介紹

Alice 艾莉絲

Laurent 的鄰居（la voisine）。

Monsieur Martin
馬丁先生

席歐的法文老師（le professeur）。

Anne&Hélène
安 & 海琳

艾蜜莉的 Home 媽 & Home 媽小孩 Hélène。

Guillaume
紀堯姆

艾蜜莉的同班同學（le camarade）。

■■ 在當地生活會遇到的人

hôte(sse) d'accueil
機場服務台人員

réceptionniste
飯店櫃台接待

chauffeur, -euse
司機

agent(e) du métro
地鐵站務人員

guichetier, -ière
售票員

serveur, -euse
服務生

boulanger, -ère
麵包店老闆

hôte(sse) d'accueil
旅遊服務中心職員

vendeur, -euse
服飾店店員

rayonniste
商品上架職員

banquier, , -ière
銀行行員

postier, -ière
郵務人員

conseiller, -ère de vente
手機店銷售人員

agent(e) immobilier, -ière
房屋仲介人員

libraire
書店老闆

agent de police
警察

docteur
醫生

pharmacien, -ne
藥劑師

paysan, -ne
市集農夫

plombier, -ière
水管工

coiffeur, -euse
髮型設計師

fleuriste
花店職員

bibliothécaire
圖書館員

目 錄

目　錄

SECTION I│基本簡短對話

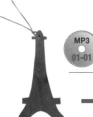

01-01 **Dialogue n° 1**

一般問候 學習目標 學習在各類場合都通用的問候語。

Emilie : Bonjour. Ça va ?

Laurent : Bonjour. Ça va, merci, et toi ?

Emilie : Pas mal.

艾蜜莉：	你好嗎？
羅蘭：	很好，謝謝，你呢？
艾蜜莉：	不錯。

NB | 請注意

不論是在白天或晚上，面對熟人或初次見面的人，**Bonjour.** 是最常用的招呼語。**Ça va ?** 用在和認識的人打招呼，主要在詢問對方目前近況。不過，在發音時要注意，因為是問句，所以語尾要上揚。但如果用 **ça va** 作為回應，此時的語尾要下降。

MP3
01-02 **Dialogue n° 2**

熟人之間的打招呼 學習目標 學習與好朋友、家人等熟人打招呼。

La voisine : Salut.

Laurent : Salut.

La voisine : Ça roule ?

Laurent : Bof.

鄰居：	嘿！你好。
羅蘭：	你好。
鄰居：	一切都還好吧。
羅蘭：	還好。

NB | 請注意

Salut. 用在與非常熟的人打招呼。**Ça roule ?** 也用在與非常要好的人打招呼，詢問對方目前狀況，**roule** 是動詞，其原形是 **rouler**。用 **Bof** 回應對方的問候時，表示你目前狀況為還好、馬馬虎虎。

Dialogue n° 3

與不熟的人／長者打招呼

學習目標 與第一次見面或不熟的人、長輩打招呼。

Théo :	Bonjour. Monsieur Martin.	迪歐： 馬丁老師早。
Un vieux professeur :	Bonjour.	老教授： 早。
Théo :	Comment allez-vous ?	迪歐： 您過得好嗎？
Un vieux professeur :	Oui, bien.	老教授： 很好。

NB│請注意

當對方是長輩或初次見面，用詞會帶點尊敬的口吻，所以在詢問對方目前近況時，就要用 **Comment allez-vous**，主詞 **vous** 表示「您」，搭配動詞變化 **allez**。

TIPS│臉頰上的招呼：faire la bise

在法國打招呼的方式，除了言語上的表達，最常見的即是親臉頰或握手。通常男性之間會以握手的方式打招呼，但在家人之間或要好的朋友之間，即使是兩位男士也會互親臉頰。兩位女士之間或是男女之間會以親臉頰方式打招呼。

至於親臉頰的次數也因地區而不同，通常法國北部是兩次，法國南部則為四次，而在法國中南部的某些地區則為三次。

Dialogue n° 4

MP3 01-04

早上、下午的問候

學習目標 學習在上午至下午時段和人打招呼。

Mélanie :	Bonjour. Comment ça va ?
Théo :	Je vais bien, et toi ?
Mélanie :	Très bien. Je te souhaite une bonne journée.
Théo :	Merci. Bonne journée à toi aussi.

梅蘭妮：	早安，你好嗎？
迪歐：	我很好，你呢？
梅蘭妮：	我很好，祝你有個美好的一天！
迪歐：	謝謝，你也是。祝你有個美好的一天！

NB｜請注意

在打完招呼、準備要離開時，可用 **Bonne journée**，是個在任何場合都能使用的詞語，代替 **Au revoir**（再見）。此句也可用 **Je te souhaite une belle journée.** 來表示，動詞 **souhaite** 是「祝福」的意思，在一般對話中是比較有禮貌的用法。

Dialogue n° 5

MP3 01-05

晚間的問候

學習目標 學習在晚間和人打招呼。

Mélanie :	Bonsoir.
Théo :	Bonsoir.
Mélanie :	Tu as passé une bonne journée aujourd'hui ?
Théo :	Oui, tout s'est bien déroulé.

梅蘭妮：	晚安。
迪歐：	晚安。
梅蘭妮：	今天一切都還不錯吧？
迪歐：	一切都順利完成了。

NB｜請注意

Bonsoir 是用於晚上六點以後的打招呼方式。

* **se dérouler** 是「進行」之意，主詞 **tout** 是代表整體的代名詞，在這裡指一天內發生的所有事，為避免主詞太長，所以用 **tout** 來代替。要特別注意的是，**tout** 被視為單數，所以動詞也必須以第三人稱單數來做動詞變化。

MP3 01-06 **Dialogue n° 6**

睡前問候

學習目標 學習在睡前和人道晚安。

Mélanie :	Je vais me coucher*.
Théo :	Moi aussi. Je dois me lever* tôt demain.
Mélanie :	Bonne nuit. Fais de beaux rêves.
Théo :	Merci. Bonne nuit à toi aussi.

梅蘭妮： 我要去睡了。

迪歐： 我也是。明天還要早起呢！

梅蘭妮： 晚安。祝有個好夢。

迪歐： 謝謝。晚安。

NB | 請注意

Bonne nuit 是僅適用於睡前的晚安用語。

* 法文中的某些動詞除了自己本身的意思之外，還可加上反身代名詞，使之成為反身動詞。如句中的 **me coucher** 以及 **me lever**。字面意思分別是「使我自己躺下」也就是睡覺，「使我自己起來」也就是起床。

TIPS | 其他各類招呼語與回應句

除了簡單的招呼用語，另外還有其他打招呼的方式，請見以下：

招呼用語	中譯	使用時機	回應方式
Bonjour à tous	大家好	在跟一群人打招呼時	Bonjour
Rebonjour	你好，又見面了	在一天中再次遇到同一個人時	Rebonjour
Coucou	哈囉	對親密好友打招呼時	Coucou
Bisous	親一個	對親密好友打招呼時	Bisous

久別重逢

學習目標 學習與很久沒見的朋友、家人打招呼。

Mélanie : Tiens, ça fait longtemps. Comment ça va ?

Théo : Ça va bien, et toi*1 ? Qu'est-ce que tu fais de beau*2 ?

Mélanie : J'ai trouvé un travail dans un restaurant. Et toi ?

Théo : Je suis très pris*3 par mes études.

梅蘭妮： 天呀！好久不見，你好嗎？

迪歐： 我很好呀！你呢？最近在忙什麼？

梅蘭妮： 我找到一份在餐廳的工作。你呢？

迪歐： 我都在忙學校課業。

NB | 請注意

tiens 是表示驚訝的詞語，在此表示「天呀」的意思，但在某些情況下還可表示不以為然的態度，完全以語調來決定，是一個重要的語氣詞。**ça fait longtemps** 是常用來表示「好久不見」的用詞。

*1 在回答對方自己的近況之後，可用簡單的 **et toi ?** 來反問對方同樣的問題。

*2 **Qu'est-ce que tu fais de beau ?** 相當於英文的 **What's up**，表示「最近在忙什麼有趣的事嗎」。

*3 **être pris par** 表示「忙於～」的意思。

TIPS | 好久不見的其他表現

關於「好久不見」，除了 ça fait longtemps，還有以下各種用法：

ça fait un moment	一段時間沒見面了（一般用法）
voilà bien longtemps	好久不見（一般用法）
ça fait un bail	一段時間沒見面了（用於年輕人或是熟人之間的口語用法）

* bail 與 moment 都是表示「一段時間」。

MP3 01-08

Dialogue n° **8**

一般道別

學習目標 學習和一般人道別說再見。

Laurent : Je vais aller en cours. Au re-voir.

Une camarade : Bonne journée. A plus tard.

Laurent : A plus tard.

羅蘭： 我要去上課了，再見。

同學： 祝你有個美好的一天。晚點見。

羅蘭： 晚點見。

NB ┃ 請注意

Au revoir 是一般的道別方式，字面上是「再見」之意。
A plus tard 跟 **Au revoir** 有同樣的意思，但比較適用於家人、同事、同學的關係，比較不適用於只會見一次面的關係之中，例如在購物、買車票或問路等的簡短對話中。雖然 **A plus tard** 是「晚點見」的意思，但並不代表同一天內還會再見面，而是指兩人的關係是會持續見面的。

MP3 01-09

Dialogue n° **9**

熟人之間的道別

學習目標 學習與好朋友、家人等熟人道別。

Laurent : Il est dix heures, je dois y* aller.

Mélanie : Zut, je vais être en retard à mon cours. Salut. A plus.

Laurent : Salut. A plus.

羅蘭： 10點了，我得走了。

梅蘭妮： 糟糕，上課要遲到了。掰，待會見。

羅蘭： 掰，待會見。

NB ┃ 請注意

對話中的 **A plus** 是比 **A plus tard** 更為口語的用法，都有待會見的意思。

* **y** 是個地方代名詞，通常是代替在對話中出現的地方名詞，為了不重覆該地方名詞，法文會用 **y** 表示，放在動詞前面。而 **Je dois y aller** 是固定用語，表示「該走了」，可能是回家或是去上課等等，並沒有特別指定什麼地方。

不熟的人／長者的道別

學習目標｜學習與不熟的人、長者道別。

Le vendeur :	Cela vous fait trois euros.
Mélanie :	Tenez.
Le vendeur :	Merci bien, au revoir.
Mélanie :	Au revoir.

店員：	這樣總共 3 歐元。
梅蘭妮：	好的，給您。
店員：	謝謝，再見。
梅蘭妮：	再見。

NB｜請注意

tenez 在這裡的意思是「拿著」、「給您」，依字尾的 **ez** 變化可知對象為 **vous**（您），不過這是一個固定用語，並沒有不禮貌的意思。其原形為 **tenir**。

TIPS｜其他道別方式

除了一般的 Au revoir，法文中還可用其他方式來道別，請見以下：

A bientôt.	（改天見）
A la prochaine	（下次見）
A demain	（明天見）
A la semaine prochaine	（下週見）
Au mois prochain	（下個月見）
A l'année prochaine	（明年見）
A lundi	（週一見）
Je vous embrasse.	（飛吻一個給您）
Bisous	（飛吻一個）
Adieu	（再會了）*常用在不常見面或很難再見到面的情況
Tchao	（掰掰）*源於義大利文ciao，用於年輕人之間的道別

MP3 01-11 Dialogue n° 11

天氣話題

學習目標 學習與人聊天氣話題。

Mélanie : Il fait beau aujourd'hui.

Théo : Et oui, quel temps magnifique pour cette saison. C'est agréable.

Mélanie : Nous allons bien en profiter.

梅蘭妮： 今天天氣真好。

迪歐： 是啊！在這樣的季節，難得的好天氣。真棒。

梅蘭妮： 我們要好好把握今天的時光。

NB | 請注意

用法文表示天氣時，常用 **Il fait~** 句型，例如 **Il fait beau.**（天氣好），**Il faut mauvais.**（天氣不好），**Il fait un temps mitigé.**（天氣時好時壞），**Il fait chaud.**（天氣很熱），**Il fait froid.**（天氣很冷）。

MP3 01-12 Dialogue n° 12

歡迎對方到訪

學習目標 學習歡迎朋友到家裡來玩。

Maman de Laurent : Bienvenue à la maison.

Mélanie : Merci pour l'invitation. Je suis enchantée.

Maman de Laurent : Faites comme chez* vous.

Mélanie : Merci beaucoup.

羅蘭的母親： 歡迎您到我家裡來。

梅蘭妮： 謝謝邀請，我感到非常榮幸。

羅蘭的母親： 請把這裡當作自己的家，不要感到拘束。

梅蘭妮： 非常感謝您。

NB | 請注意

對於初次見面的人，自我介紹的時候會用到 **Enchanté(e)**。在對話中，羅蘭的媽媽跟梅蘭妮說 **Faites comme chez vous**，雖然跟梅蘭妮是初次見面，但因為梅蘭妮跟羅蘭的關係友好，對梅蘭妮也就比較親切大方。

* 這裡的 **chez** 是「在～家、在～那邊」的意思，**chez vous** 即「在您家」，而 **chez moi** 即「在我家」。

Dialogue n° 1

一般自我介紹

學習
目標 學習跟法國人自我介紹。

Laurent :	Bonjour, je m'appelle* Laurent. Enchanté.
Emilie :	Bonjour, je m'appelle Emilie. Je suis ravie de te rencontrer.

羅蘭： 你好，我叫羅蘭。很榮幸認識你。

艾蜜莉： 你好，我叫艾蜜莉。我很高興認識你。

NB | 請注意

對於兩個初次見面的人，用法文互相稱呼時比較適合用 **vous**，但在年輕學生中之間，即使是初次見面，一般還是用 **tu**。

* **Je m'appelle** 是自我介紹的基本句型，表示「我叫～（名字）」。**m'appeler** 是一個反身動詞，是 **me**（反身代名詞）＋ **appeler**（稱呼）的組合，**me** 字尾的 **e** 跟 **appeler** 字首的 **a** 相遇時會省略 **e**，成為 **m'appeler**。

Dialogue n° 2

國籍自我介紹

學習
目標 學習向法國人介紹自己來自於哪裡。

Laurent :	De quelle nationalité es-tu ?
Emilie :	Je suis taïwanaise.
Laurent :	Quelle* langue parles-tu ?
Emilie :	Je parle (le) mandarin.

羅蘭： 你是哪一國人呢？

艾蜜莉： 我是台灣人。

羅蘭： 你的母語是什麼？

艾蜜莉： 我講中文。

NB | 請注意

在法文中，**le chinois** 與 **le mandarin** 雖然都指中文，但 **le chinois** 是指所有在中國講的語言，不一定是官方語言，但 **le mandarin** 是指台灣使用的官方語言。

* **quel(quelle, quels, quelles)** 是疑問形容詞，表示「哪個」，用法為 **quel＋名詞**，可用在問哪個國籍或哪個語言時。此外，**quel** 必須根據所接的名詞做陰陽性＆單複數的變化：

quel	＋陽性單數	quels	＋陽性複數
quelle	＋陰性單數	quelles	＋陰性複數

MP3 02-03 **Dialogue n° 3**

介紹第三者

學習目標 學習向法國人介紹自己的朋友或家人。

Théo : Je te présente Vincent. C'est un ami d'enfance.

Mélanie : Enchantée. Je m'appelle Mélanie.

Vincent : Enchanté. Je m'appelle Vincent. Je suis content de faire ta connaissance.

迪歐： 我跟你介紹一位朋友文生。他是我童年的玩伴。

梅蘭妮： 很榮幸認識你。我叫梅蘭妮。

文生： 很榮幸認識你。我叫文生。很高興認識你。

NB | 請注意

【及物動詞 **présenter**＋人事物】表示「介紹某人、某事、某地方」。對話中 **Je te présente Vincent** 的 **te** 是「你」的意思，是 **tu** 的間接受格，像是這樣遇到人稱代名詞的受格時，此代名詞要放在動詞（如對話中的 **présente**）前面。而 **Vincent** 在此句是直接受格的角色。

Vincent

MP3 02-04 **Dialogue n° 4**

主動問對方身分

學習目標 學習用法文問法國人的名字等資訊。

La banquière : Comment vous appelez-vous ?

Laurent : Je m'appelle Laurent.

La banquière : Êtes-vous étudiant ?

Laurent : Je suis étudiant à Lyon II.

理專： 請問您的大名是？

羅蘭： 我叫羅蘭。

理專： 請問您是大學生嗎？

羅蘭： 我是里昂二大的學生。

NB | 請注意

問對方姓名的基本句型 Comment vous appelez-vous ?

各位會發現此句有兩個 **vous**（您）。首先要了解一下，此句用到反身動詞 **s'appeler**（稱呼自己），也就是 **se**（自己）＋ **appeler**（稱呼）。這裡的 **vous appelez-vous**（您稱呼您自己）中，第一個 **vous** 是 **s'appeler** 中的反身代名詞，而第二個 **vous** 是主詞，因為是問句，所以要使用倒裝句，放在動詞後面。

· **Comment t'appelles-tu?** 你叫什麼名字？
· **Comment s'appelle-t-il?** 他叫什麼名字？

Dialogue n° 1

表達謝意

學習目標 學習法國人一般的道謝方式。

Théo :	Un croissant et un pain au chocolat, s'il vous plaît.
La boulangère :	Voilà, deux euros vingt, s'il vous plaît.
Théo :	Merci.
La boulangère :	C'est moi*.

迪歐：	請您給我一個可頌和巧克力麵包。
麵包店員：	好的，一共是兩歐元二十分，麻煩您。
迪歐：	謝謝。
麵包店員：	是我該跟你說謝謝。

NB | 請注意

merci 是法文中表達謝謝最為普遍的用詞。

* 聽到對方跟你說謝謝，若覺得其實是自己應要跟對方說謝謝時，可以用 **C'est moi.** 來回覆。

Dialogue n° 2

很感謝對方

學習目標 學習用更誠懇的法文用詞來表達謝意。

Une passante :	Monsieur, c'est à vous ce porte-feuille ?
Théo :	Ah... oui ! Merci beaucoup. Vous êtes très aimable.

路人：	先生，這是您的皮夾嗎？
迪歐：	咦？對耶！感謝您。您人真好。

NB | 請注意

merci 後面若加上副詞如**beaucoup, infiniment, sincèrement** 等，其感謝程度是有略高一些，帶有非常感謝的意味。

Dialogue n° 3

MP3 03-03

表達不客氣

學習 目標　學習如何回應法國人的道謝。

Mélanie :	Tu peux me passer le sel ?	梅蘭妮：	你可以把鹽拿給我嗎？
Théo :	Bien sûr.	迪歐：	好啊。
Mélanie :	Je te remercie.	梅蘭妮：	謝謝你。
Théo :	De rien.	迪歐：	不客氣。

NB｜請注意

「merci,＋人名」跟「remercier＋人名」是法文中比較常用的道謝方式，可用在任何場合。對話中的 remercie，其原形為 remercier，若受詞為代名詞（如 te）就要擺在動詞前面。表達「不客氣」，De rien 為關係較熟識的回答方式，直譯為「這沒有什麼」。

TIPS｜表達謝謝＆回應對方謝謝的其他表現方式

以下介紹法文表達謝謝的幾種用法與禮貌程度（由上至下表示從一般的程度到最禮貌的程度）：

Merci.	謝謝。	Je vous remercie beaucoup.	
Merci beaucoup.	非常謝謝你。	我非常感謝您。	
Je vous en prie.	非常謝謝您。	Je n'oublierai jamais ma dette envers vous.	
Merci mille fois.	感謝萬分。	我這輩子不會忘這份情。	
Merci pour tout.	感謝這一切。	Je vous suis très reconnaissant(e).	我非常感謝您。

除了 De rien 之外，以下還有其他表達類似「不客氣」的方式：

Il n'y a pas de quoi.	這沒有什麼。
Ce n'est rien.	沒什麼。
Je t'en prie.	別這麼說。
C'est moi.	是我該跟你說謝謝。

Dialogue n° 4

表達歉意 學習目標 學習用法文道歉。

Laurent :　Je suis désolé d'être en retard.

Emilie :　Je t'en prie*.

迪歐：　對不起，我遲到了。

艾蜜莉：沒關係。

NB | 請注意

一般表達對不起，法文會用 **Je suis désolé** 或簡短的 **désolé**。也可用「**Je suis désolé de ＋事物**」此句型，介系詞 **de** 後面接要道歉的原因。

* **Je t'en prie** 的用法非常廣泛，字面意義為「我拜託你做／別做」，除了可用來接受對方道歉外，也可表示「請」「沒關係」「不客氣」。例如：

Est-ce que je peux utiliser ton crayon ?
▸ 我可以用你的鉛筆嗎？

Oui, je t'en prie.
▸ 可以，請用

Dialogue n° 5

回覆對方歉意 學習目標 學習用法文回覆對方的道歉。

Théo :　Je suis vraiment désolé d'avoir cassé votre pot de fleur.

La voisine :　Ce n'est pas grave. Cela peut arriver.

迪歐：真抱歉打破了您的花盆。

鄰居：這不是什麼大不了的事，只是個意外。

NB | 請注意

Je suis désolé 可用副詞如 **vraiment** 或 **sincèrement** 來強調其程度。回應對方的道歉，可用 **Ce n'est pas grave**（這不是什麼大不了的事）, **Ce n'est rien**（這沒什麼）, **Ne fais pas de souci** 或 **pas de souci**（別擔心）、**Il n'y a pas de mal.**（沒什麼大礙）。

MP3 03-06 Dialogue n° **6**

沒聽清楚時

學習目標 學習用法文表達自己剛剛沒聽清楚。

Théo :	Est-ce que vous avez l'heure* ?
Une passante :	Pardon? Je n'ai pas compris.
Théo :	Quelle heure est-il, s'il vous plaît ?
Une passante :	Ah! Il est 11 heures.

迪歐：	請問現在幾點了？
路人：	不好意思，我沒聽清楚。
迪歐：	請問現在幾點了？
路人：	喔，現在11點。

NB 請注意

一般在沒聽清楚的狀況下，法國人會用 **Pardon** 或 **Je vous demande pardon** 來請對方再說一遍。

* 此句主要是用來問對方時間，但為了表示禮貌，動詞 **avoir** 也會用條件式 **auriez** 來表達。

MP3 03-07 Dialogue n° **7**

需要和某人談幾句話

學習目標 學習用法文跟法國人借一步說話。

Mélanie :	Excusez-moi, est-ce que vous avez une minute* ?
Un étudiant :	Oui, c'est à quel sujet ?
Mélanie :	Est-ce que vous pouvez m'aider à remplir un questionnaire ?
Un étudiant :	Il n'y a pas de problème.

梅蘭妮：	不好意思，我能打擾您幾分鐘嗎？
學生：	有什麼事嗎？
梅蘭妮：	可否請您幫我填個問卷？
學生：	沒問題。

NB 請注意

Excusez-moi 在這個對話中並不是要道歉，而是要麻煩對方或詢問事情時的開頭語。

* **Est-ce que vous avez une minute?** 是個禮貌性的說法，主要是讓對方知道有事相求。以 **Est-ce que** 開頭的句型是法文最常見的問話方式，後面接主詞和動詞。聽到這個問句，通常以 **oui**（是） 或 **non**（不）回應。

 Dialogue n° 1

跟對方説借過

學習目標 學習用法文表示借過。

Emilie :　　　　Pardon Monsieur, est-ce que je peux passer ?

Un passant :　　Excusez-moi.

Emilie :　　　　Il n'y a pas de mal.

艾蜜莉：　先生不好意思，可以借我過一下嗎？

路人：　　對不起。

艾蜜莉：　不會，不會。

NB | 請注意

法國人要說借過時，最常以 **Pardon** 作為開頭語，再加上 **Monsieur**、**Madame** 等稱謂就更顯得禮貌。若想要更明確請人家借過，可用疑問句 **est-ce que je peux passer?** 來表示。但如果動詞部分的 **peux** 換成條件式 **pourrais** 就能更顯示出你的禮貌與誠意。

 Dialogue n° 2

要問路時

學習目標 學習用法文問路。

Théo :　　　　　Excusez-moi de vous déranger, Madame, où* est la gare Part-Dieu, s'il vous plaît ?

Une passante :　Vous allez tout droit et tournez à droite au deuxième feu.

Théo :　　　　　Merci beaucoup.

迪歐：　小姐不好意思打擾了，請問 Part-Dieu 車站在哪呢？

路人：　您這邊直走，並在第二個紅綠燈右轉。

迪歐：　感謝。

NB | 請注意

先前提到要打擾到人家或問事情時可用 **Excusez-moi** 來當開頭語，後面可再加上介系詞 **de + vous déranger**（打擾您）來強調。

* 一般要問路時會用到 **où est...** 句型，表示「～在哪」，另外還可用 **Où se trouve...**（～位在哪裡）來問路。在問話的後面加上 **s'il vous plaît ?** 會更顯示自己的禮貌。

Dialogue n° 3

MP3 04-03

確認某事

學習目標 學習用法文確認預訂等事。

Mélanie :	Pardon, Monsieur. Je voudrais savoir si vous avez une table pour quatre personnes pour ce soir ?
Le serveur :	Je suis vraiment désolé. Toutes les tables sont réservées ce soir.
Mélanie :	C'est bien dommage.
Le serveur :	Voici notre carte, à bientot.

梅蘭妮：	先生不好意思，請問今晚你們有四個人的座位嗎？
服務生：	真抱歉，今晚餐廳已客滿。
梅蘭妮：	真可惜。
服務生：	這是餐廳名片。只好下次囉。

NB | 請注意

在法國與陌生人談話時，為了表達禮貌以及一定的距離感，主詞要使用 **vous**，而動詞也會用到條件式 **voudrais**（想要），其原形為 **vouloir**。而 **voudrais savoir (si)** 是用來確認某事的句型，意思是「想知道（是否）～」，後面接一個子句。請見以下句型解說：

Je voudrais savoir（我想知道）＋ si（是否）＋主詞＋動詞

▶ **Je voudrais savoir si vous acceptez les animaux de compagnie.**

我想知道您那邊是否接受寵物。

※ 一般法國人去餐廳吃飯前，尤其是比較有名氣的餐廳，通常都會事先預訂，尤其是週末或特殊假日，在餐廳前大排長龍的景象在法國比較少見。

 Dialogue n° 1

提出請求

Théo :	Est-ce qu'il est possible de vous demander un crayon et un papier ?
La banquière :	Tenez Monsieur.
Théo :	Merci infiniment.

迪歐： 請問能否跟您借筆跟紙呢？

理專： 這裡有。

迪歐： 謝謝您。

NB | 請注意

「**Est-ce qu'il est possible de ＋動詞**」是一個非常有禮貌地詢問句型，因為此問句方式留給對方一個否定的空間。但如果是用 **Prêtez-moi un crayon et un papier, s'il vous plaît.**（請您借我筆跟紙），這句話的表達方式就有認定對方一定有紙筆的意思。

 Dialogue n° 2

詢問資訊

Mélanie :	Pardon, Madame, à quelle heure est-ce que ce musée ouvre?
La réceptionniste :	Il ouvre à 8 heures.
Mélanie :	Merci.

梅蘭妮： 小姐不好意思，請問這間博物館幾點開館？

服務台： 8 點開館。

梅蘭妮： 謝謝。

NB | 請注意

「**à quelle heure... s'ouvert**」句型用來詢問幾點開放、開門。

à quelle heure 這個疑問句型主要用來詢問幾點。**à** 是用在 ~ **heure**（~點）之前的介系詞，以表示「在~點」。

ouvre 的原形是 **ouvrir**（打開）。

Dialogue n° 3

求助警察

學習目標　學習怎麼用法文呼喊救命。

Mélanie :	Au secours, au voleur, au voleur !
L'agent de police :	Est-ce que vous êtes bléssée, Madame ?
Mélanie :	Heureusement non.
L'agent de police :	Vous pouvez venir avec moi au commissariat pour déposer une plainte.

梅蘭妮：	救命！有小偷！有小偷！
警察：	小姐，您有沒有受傷？
梅蘭妮：	幸好沒有。
警察：	請跟我到警局做筆錄。

NB | 請注意

在法國旅遊時，尤其在巴黎，特別要注意自己的隨身物品，你的一舉一動可能隨時都是歹徒下手的時機。在人多的地方如地鐵裡或擁擠的街道上，一定要特別小心，務必注意自己身邊的人事物，以及貴重物品是否都在自己所監控的安全範圍內，而不要光顧著拍照。若真的遇到東西被偷或被搶，馬上要用到的法文有：**au secours**（救命）、**à l'aide**（救命）、**au voleur**（小偷），來引起現場所有人注意，不讓小偷得逞。另外，法國警察局電話是 **17**，可以以英文與法文溝通，而法國臺北代表處的緊急聯絡電話是**+33680074994**。

Dialogue n° 1

接受建議

 學習目標 學習如何用法文附和對方、接受對方建議。

Mélanie :	Qu'est-ce que nous pouvons faire ce week-end ?
Théo :	Ça te dit d'aller au musée de Confluence, il y a une exposition.
Mélanie :	C'est une bonne idée.

梅蘭妮： 這個週末我們要做什麼呀？

迪歐： 我們去 Confluence 博物館看展如何？

梅蘭妮： 好主意。

NB | 請注意

想提議對方做什麼時，可用句型「**Ça te dit de**＋動詞」（你覺得～怎麼樣）或「**Pourquoi pas**＋動詞」（何不～），前者是比較口語化的用法。要附和對方的意見或贊同對方時，可用 **C'est une bonne idée** 或 **C'est une excellente idée**（這是個好主意）。

Dialogue n° 2

提出意見

學習目標 學習用法文提出個人意見。

Mélanie :	Nous pouvons faire une promenade au parc cet après-midi. Qu'en penses-tu ?
Théo :	A mon avis[1], il va pleuvoir bientôt. Les nuages noirs arrivent.
Mélanie :	Tant pis alors.[2]

梅蘭妮： 我們今天下午可以去公園散步。你覺得怎麼樣呢？

迪歐： 我覺得快下雨了，有好多烏雲。

梅蘭妮： 那還是算了吧！

NB | 請注意

想要提出自己的意見給對方參考時，可先講出想法，後面再用**Qu'en penses-tu ?**（你覺得呢）。**Qu'en** 是 **Que**＋**en** 的縮寫，這裡的代名詞 **en** 是代替前面所提到想法。

[1] 針對對方提問，要表達自己看法時，可用 **A mon avis** 跟 **Je pense (que)**，然而在語氣上，**A mon avis** 表現出說話者比較肯定的態度。

[2] **tant pis** 有「好可惜」的語意。

MP3 06-03 Dialogue n° 3

確認事項

學習目標 學習用法文和人確認某事。

Théo :	Le bus C3 est très en retard.
Un passant :	J'ai vu le bus passer il y a cinq minutes.
Théo :	Vous êtes sûr qu'il est déjà passé ?
Un passant :	Il me semble bien*.

迪歐： C3公車遲到很久了。

路人： 這班公車我剛看它五分鐘前從這經過。

迪歐： 您確定公車已經開走了？

路人： 應該沒錯。

NB | 請注意

être sûr que 是用來表達非常肯定的句型，後面接一個子句。

* **Il me semble** 是略帶懷疑、不太確定的表達，但後面加上 **bien** 則是幾乎確定的用法。在法文中，有些句子看起來雖相似，但語氣上的差異性是很大的。

MP3 06-04 Dialogue n° 4

回應他人

學習目標 學習如何用法文回應對方、給對方建議。

Emilie :	Cette robe me plaît bien, comment tu la trouves ?
Mélanie :	Je pense qu'elle te va magnifiquement bien.
Emilie :	Je vais la prendre alors !

梅蘭妮： 我好喜歡這件洋裝。你覺得如何呢？

艾蜜莉： 我覺得你穿起來超美的。

梅蘭妮： 那我買吧！

NB | 請注意

希望對方給你意見時可用 **Comment tu le/la trouves ?** 此句型，而要提出看法時就用 **Je pense que**。在法文中，一般不會一直重複同一個名詞，而是會使用代名詞。句中的洋裝（**robe**）是陰性名詞，所以在第一句再次提到時就用代名詞 **la**（它，陰性）來表示，此時的 **la** 是直接受詞，放在動詞前面。但當它以主詞出現時，就用陰性的代名詞 **elle**。

Dialogue n° 5

婉拒

學習目標 學習如何用法文婉拒對方。

La vendeuse :	On fait une promotion pour les chemises, vous pouvez en[*] achetez trois au prix de deux.	店員：	我們襯衫現在有在做促銷活動，買二送一。
Théo :	Je vais réfléchir, merci.	迪歐：	我考慮一下，謝謝。

La vendeuse : On fait une promotion pour les chemises, vous pouvez en* achetez trois au prix de deux.

Théo : Je vais réfléchir, merci.

NB | 請注意

Je vais réfléchir 是個婉拒對方提議的用法，一般來說法國人不會用很直接的方式拒絕別人的好意。

* 對話中提到買兩件襯衫送一件襯衫，當法文要重複「數量＋名詞」時，我們會用 **en** 來取代該名詞，但會保留數量詞。請見以下例句：

> 原句： Vous pouvez acheter **trois chemises** au prix de **deux chemises**.

> 用en代替：Vous pouvez **en** acheter **trois** au prix de **deux**.

Dialogue n° 6

制止

學習目標 學習用法文制止對方做某事。

La bibliothécaire :	Je vous prie de ne pas faire de bruit dans la salle de lecture !	圖書館員：	請你們不要在閱覽室喧嘩！
Théo :	C'est entendu.	迪歐：	好的。
La bibliothécaire :	Merci pour votre compréhension.	圖書館員：	謝謝你們的配合。

NB | 請注意

「**Je vous prie de ne pas**＋動詞」是一種禮貌式的請求，字面意指「我拜託您／你們不要～」。雖然也可用「**Ne pas**＋命令式動詞」，但命令的口吻會比較重，語意會是「不要～」。另外一個禮貌的用法是 **Veuillez ne pas**（請勿）多用於書寫時。

MP3 07-01

Dialogue n° **1**

請服務生做介紹

學習目標 學習在點餐前請服務生做介紹。

Le serveur :	Est-ce que vous avez fait votre choix, Monsieur ?
Théo :	J'hésite encore, quel est le plat du jour* ?
Le serveur :	C'est le pavé de cabillaud grillé.
Théo :	Ceci me semble parfait.

服務生：	先生，您選好了嗎？
迪歐：	我還在猶豫耶。今日特餐是什麼呢？
服務生：	是鱈魚排。
迪歐：	這聽起來不錯。

NB｜請注意

請服務生做介紹時，可直接用句型 **quel est** 來問，如 **Quel est le plat du jour / plat préféré**（今日特餐／大家最喜歡點的餐是什麼）。當然也可用 **Qu'est-ce que vous me conseillez ?** 來請服務生作完整的介紹。

* **Le plat du jour**（今日特餐）是法國人午餐最常點的餐點，一般來說介於 **8** 歐元到 **12** 歐元，通常是一份主食加蔬菜、加飯麵或馬鈴薯，但不包含前菜或甜點。

MP3 07-02

Dialogue n° **2**

點菜

學習目標 學習用法文點餐。

Le serveur :	Qu'est-ce que vous désirez, Madame ?
Mélanie :	Je voudrais un café et un croisssant, s'il vous plaît.
Le serveur :	C'est noté*.

服務生：	小姐，您要點什麼？
梅蘭妮：	請給我一杯咖啡加一個可頌。
服務生：	好的，沒問題。

NB｜請注意

Qu'est-ce que vous désirez 是服務生或店員會對客人問說「您想要什麼？」，**désirer** 意指「想要」。當要點餐時，一般會用比較有禮貌的 **voudrais**（**vouloir** 的條件式）來表達，即 **Je voudrais +** 想點的東西。

* **C'est noté.** 的字面意義是「已記下來了」，也就是「沒問題」之意。

MP3 07-03 **Dialogue n° 3**

準備用餐

Théo :	Ça sent bon, ce plat.	迪歐：	這道菜感覺好好吃的樣子。
Mélanie :	Oui. Bon appétit.	梅蘭妮：	是呀，好好享用。
Théo :	Merci. Bon appétit.	迪歐：	謝謝，好好享用。

NB | 請注意

Ça sent bon 主要用來表達「看起來很好吃的樣子」，若用 **C'est bon**，則表示「好吃」之意。**Bon appétit** 字面意思是「好胃口」，主要用於午餐與晚餐時準備用餐前的用語，可理解成「好好享用」「開動」或「請慢用」。

MP3 07-04 **Dialogue n° 4**

上菜了

學習目標 學習準備上菜時的法文用語。

Mélanie :	Le dîner est prêt. A table. Bon appétit.	梅蘭妮：	晚餐準備好了，吃飯囉，請好好享用。
Théo :	Merci. Bon appétit.	迪歐：	謝謝。請好好享用。

NB | 請注意

此對話是在家用餐的用語，**A table** 的意思就是叫家裡的人到餐桌這邊來，準備用餐，而 **prêt** 是「（餐點）準備好」的意思。

Dialogue n° **5**

結帳

學習目標　學習如何用法文結帳。

Le serveur :	Est-ce que vous désirez un café pour terminer votre repas ?
Théo :	Non, merci bien. L'addition, s'il vous plaît.
Le serveur :	Je vous l'apporte.

服務生：	請問您要一杯餐後咖啡嗎？
迪歐：	不了，謝謝。請給我帳單。
服務生：	我給您送過來。

NB | 請注意

法國人習慣以一杯咖啡結束餐點，服務生通常會在給客人咖啡的同時，也附上帳單。當然也可以不點咖啡直接結帳，這時就可以用 **L'addition**，服務生就會把帳單拿到你的座位跟你結帳。**L'addition** 是專指在餐廳或咖啡店消費的帳單。

* **Je vous l'apporte.**：在 **Je** 和 **apporte**（帶來）之間有兩個受詞代名詞，**vous**（您）是間接受詞，**l'apporte** 是 **la** 和 **apporte** 的縮寫，**la** 代指 **L'addition**，是此句的直接受詞。

Dialogue n° 1

一般恭賀用語

學習目標 學習如何用法文說恭喜。

| Mère de Mélanie : | Félicitations ! Ma fille. Tu as réussi le concours d'entrée* avec les félicitations du jury. |
| Mélanie : | Merci beaucoup maman. |

梅蘭妮的母親： 女兒，恭喜你。你的入學成績得到評審一致的認可。

梅蘭妮： 謝謝媽媽。

NB | 請注意

Félicitations（注意：以複數形式）是法國人用來表示祝賀的方式，可用於所有場合。

* **Le concours d'entrée**：指一般學校開放給符合資格的人去考的「入學測驗」。**concours** 是有名額限制的，像高等職業學校、音樂及美術學校才會用 **concours**。

Dialogue n° 2

祝好運

學習目標 學習如何用法文祝對方好運。

Théo :	Je vais passer l'examen de conduite aujourd'hui.
Mélanie :	Bonne chance !
Théo :	Merci.

迪歐： 我今天要去考駕照路考。

梅蘭妮： 祝你好運。

迪歐： 謝謝。

NB | 請注意

Bonne chance 是用來祝福對方好運的用語，例如祝對方找工作或考試順利。不過呢，對於一些比較迷信的法國人來說，他們比較會避免使用這句話。

MP3 08-03 Dialogue n° **3**

為對方加油

學習目標 學習用法文為對方加油。

Melanie :	Allez Théo, tu peux y* arriver !
Théo :	Mais c'est dur !
Laurent :	Encore un peu d'effort, tu peux réussir !

梅蘭妮：	加油，迪歐。你可以辦到的！
迪歐：	可是好難！
羅蘭：	再加一點油，你一定可以的。

NB | 請注意

allez 是法國人最常用來給對方加油的用詞。對話中用到的 **tu peux y arriver**（字面意義：你可以到達的）、**encore un peu d'effort**（字面意義：再一點努力）、**tu peux réussir**（字面意義：你會成功）也都是鼓勵的話。

* **y** 一般都是代稱某地點的地方代名詞，但在這裡並不是地方代名詞，而是代稱「**arriver à** ＋動詞」中的「**à** ＋動詞」，也就是成功達成的某件事。基本上，**y** 可代稱「**à** ＋動詞」「**à** ＋事物名詞」。

TIPS | 其他各種稱讚用語補充

前面提到法國人常用的祝賀用語 félicitations，除此之外，法國人也常用以下用語來稱讚對方：

bravo 太棒了，恭喜	**superbe** 棒極了
excellent 優秀	**remarquable** 很出色

此外，另一種稱讚的用法是以 que 或 comme 為首的讚嘆句，例如：

▶ Qu'il est sage !　　　　　他真乖！

▶ Comme elle est belle !　　她真美！

祝旅途愉快

學習目標 學習用法文祝對方旅途愉快。

Une amie :	Je pars à Taïwan pour* trois semaines de vacances.
Mélanie :	Bon voyage.
Une amie :	Merci bien.

一個朋友：	我要去台灣玩三個禮拜。
梅蘭妮：	旅途愉快。
一個朋友：	謝謝。

NB | 請注意

Bon voyage 是法國人用來祝福對方旅途愉快的用語，但通常是用在比較長的旅途上，例如搭飛機、搭船或是要開長途車程時。

* **pour** ＋期間：只能用於未來式。
  ▶ **pour trois jours**（未來的）三天
pendant ＋期間：可用於過去式或未來式。
  ▶ **pendant trois jours**（過去的）三天；（未來的）三天

祝對方有愉快的住宿

學習目標 學習用法文祝對方住宿期間愉快。

Laurent :	Bonjour Madame, j'ai reservé une chambre* au nom de* Dupont.
La réceptionniste :	Oui, j'ai votre dossier devant moi. Voici votre clé de chambre. Bon séjour.
Laurent :	Merci bien.

羅蘭：	小姐您好。我用杜朋的名字預訂了一間房間。
櫃台：	好的，我有看到您的預訂資料。這是您的鑰匙。祝您住房期間愉快。
羅蘭：	謝謝您。

NB | 請注意

Bon séjour 是法國人用來祝對方旅遊期間住得舒適、玩得愉快的用語。

*réserver une chambre 預訂房間 | au nom de... 以…之名

MP3 08-06 **Dialogue n° 6**

祝週末愉快

 學習目標 學習用法文祝對方週末愉快。

Un camarade :	Enfin on[*1] est vendredi !
Emilie :	Et oui, reposez-vous[*2] bien le week-end.
Un camarade :	Bon week-end!
Emilie :	Bon week-end à vous également.

一位同學：	終於到星期五了！
艾蜜莉：	是啊，您週末要好好休息。
一位同學：	祝您週末愉快。
艾蜜莉：	您也是，週末愉快。

NB | 請注意

法國人在星期五的下午之後，在任何場合都會跟對方說 **Bon week-end**，祝對方週末愉快。

* 法國人表達今天是星期幾時，會用句型「**on est**＋星期」或「**nous sommes**＋星期」，表示「我們是星期～」。

* **reposez-vous** 雖然是用命令形（原形為 **se reposer**），但在這裡是用作建議使用。

MP3 08-07 **Dialogue n° 7**

祝玩得愉快

 學習目標 學習用法文祝對方玩得愉快。

Emilie :	Je vais organiser une fête d'anniversaire ce soir. Quelques amis vont venir à la maison.
Un camarade :	Bonne fête et amusez-vous bien.

艾蜜莉：	今晚我要辦個生日會。有幾個朋友要來家裡一起慶祝。
一位同學：	好好去慶祝喔，祝你們玩得愉快。

NB | 請注意

amusez-vous bien（祝你們玩得愉快）或 **amuse-toi bien**（祝你玩得愉快）是法國人很常用的表達，尤其是在週末當對方要去哪裡玩的時候，其動詞原形是**s'amuser**（玩樂）。而 **Bonne fête** 則是用在當對方要參加慶生或慶祝活動的時候，名詞**fête**意指「慶祝」。

45

Dialogue n° 8

MP3 08-08

生日1

學習目標 學習用法文祝對方生日快樂。

Emilie :	Bon anniversaire, Hélène !
Hélène :	Merci Emilie.
Emilie :	C'est un cadeau pour toi.
Hélène :	Une montre ? Super ! Merci beaucoup.

艾蜜莉： 海琳，生日快樂。

海琳： 謝謝，艾蜜莉。

艾蜜莉： 這是要送你的禮物。

海琳： 手錶嗎？太棒了，謝謝你。

NB | 請注意

Bon anniversaire 是用來祝福對方生日快樂的慣用語，也可用 **joyeux anniversaire** 來表達。

Dialogue n° 9

MP3 08-09

生日2

學習目標 學習生日送禮的法文。

Mère d'Hélène :	Hélène, qu'est-ce qui te fait plaisir comme cadeau pour ton anniversaire ?
Hélène :	Je souhaite avoir une montre.
Mère d'Hélène :	C'est une bonne idée de cadeau ! Papa et moi allons te l'offrir.

海琳的媽媽： 海琳，你生日的時候想要什麼生日禮物呢？

海琳： 我想要一支手錶。

海琳的媽媽： 這個禮物好，我和爸爸就送你這個。

NB | 請注意

「**qu'est-ce qui... faire plaisir ?**」意指「什麼事物會取悅～？」，**faire plaisir** 是「取悅，使滿意」的意思，此句與 **Qu'est-ce que tu veux comme cadeau**（你想要什麼禮物）是同樣的意思。**comme cadeau** 意指「作為禮物」，而 **pour ton anniversaire** 意指「為了你的生日」。送禮物的動詞，法文用 **offrir**（送，給）。對話中的 **allons te l'offrir**，**allons**（原形為 **aller**）為「將要」，這裡的 **l'** 是 **la** 的縮寫，代指前面提到的 **montre**。

Dialogue n° 10

祝新年快樂

學習目標 學習用法文祝對方新年快樂。

Emilie :	Bonne année, bonne santé !
Laurent :	Bonne année à vous aussi.
Une voisine :	Que de bonnes choses pour vous pour cette nouvelle an-née*.
Un voisin :	Tous mes meilleurs vœux pour cette nouvelle année.

艾蜜莉：　新年快樂，身體健康。

羅蘭：　　也祝您新年快樂。

鄰居(女)：新年新希望。

鄰居(男)：新的一年心想事成。

NB | 請注意

法國人通常在元旦之後大約三個星期之內，仍會互相祝福新年快樂。耶誕節是與家人共度的節日，而新年元旦則是與朋友一起歡度的節日。

* **année** (f.) 一整年 | **santé** (f.) 健康 | **nouvelle** (f.) 新的 | **meilleur** (m.) 更好的 | **vœux** (m.) 心願

TIPS | 其他祝福語補充

法國人常用的祝福用語，除了以上所提到的之外，還有以下幾個用法：

招呼用語	中譯
bonnes vacances	假期愉快
bonne santé	祝身體健康
bon appétit	祝用餐愉快
bon retour	祝福回家的路上平安順利

Dialogue n° 1

安慰

 學習目標 學習用法文安慰對方。

Théo : Je me suis séparé de ma copine, je suis triste.

Mélanie : Je suis vraiment désolée. Si tu as besoin de quoi que ce soit, je serai toujours là pour toi.

Théo : Merci beaucoup.

迪歐： 我跟我女朋友分手了，我好傷心。

梅蘭妮： 真令人難過！如果你需要找個人聊，我會在的。

迪歐： 謝謝。

NB | 請注意

Je serai toujours là pour toi 在法文中是表達強烈情感的一句話，通常會用在對方失去親人或是在感情上遭遇打擊時，所示表的關懷。

* **se séparer de** 使分開 | **triste** 傷心的 | **avoir besoin de** 需要～ | **serai** être 的簡單未來時態，表示未來

Dialogue n° 2

祈禱

學習目標 學習用法文針對事件表示關切。

Théo : Il y a eu[1] un tremblement de terre dans la region.

Mélanie : Heureusement les secours sont arrivés[2] très vite.

Théo : Nous allons prier pour les victimes.

迪歐： 那個地區發生地震。

梅蘭妮： 幸好救援團隊很快到了現場。

迪歐： 我們來為受害者祈禱。

NB | 請注意

「**prier pour** ＋人名」意指「為…祈禱」，這個片語帶有宗教意味，通常是有信教的人才會使用，使用的場合是為自己身邊受重病的人或是為天災人禍的受害者祈禱。

*1 **il y a eu** 為 **il y a** 的複合過去時，表示已發生。

*2 **sont arrivés** 是 **arriver** 的複合過去時，此為移動性動詞，所以助動詞部分與 **être** 搭配。

 Dialogue n° 3

鼓勵

學習目標 學習用法文鼓勵對方。

Laurent : J'ai plein* de partiels cette se-maine.

Emilie : Pareil pour moi. J'ai passé toutes mes vacances de Noël à réviser.

Laurent : J'espère que tes efforts vont payer. Bon courage.

Emilie : Toi aussi.

羅蘭：　這個星期我有很多考試。

艾蜜莉：我也一樣。整個耶誕假期，我都在複習功課。

羅蘭：　希望你考試順利，加油。

艾蜜莉：你也是。

NB | 請注意

要鼓勵對方時，法文會用 **Bon courage**，表示知道對方所要進行的事是有點難度的。

* **avoir plein de** 有很多的 | **partiels** 專有名詞，意指大學的期中考，通常是在耶誕節假期後舉行 | **espérer** 希望

 Dialogue n° 4

詢問發生什麼事

學習目標 學習用法文詢問發生什麼事。

Mère d'Mélanie : Qu'est-ce qu'il y a, ma fille ? Tu n'as l'air contente.

Mélanie : J'ai perdu mon portable à la fac*.

Mère d'Mélanie : Tu dois faire plus attention à tes affaires.

梅蘭妮的母親：女兒怎麼了？你看起來不太高興。

梅蘭妮：　我在學校弄丟了手機。

梅蘭妮的母親：你應該要多注意點自己的東西。

NB | 請注意

用來詢問對方狀況、發生什麼事時，法國人通常會說 **Qu'est-ce qu'il y a ?** 或是 **Qu'est-ce qui t'arrive ?**，這裡的 **t'arrive** 是 **te + arrive** 的縮寫，原形 **arriver** 有「發生」的意思。如果對方看起來不高興時，法文可用「主詞 + ne + avoir l'air contente」來關心對方。**avoir l'air** 意指「看起來～」，而 **content(e)** 意指「高興的」。

* **fac** 為 **faculté** 的縮寫，適用於口語

Dialogue n° 5

弔唁

學習目標 學習用法文請對方節哀。

Une voisine :	Ma mère nous a quittés avant-hier.
Laurent :	C'est une triste nouvelle, je vous adresse toutes mes condoléances.
Une voisine :	Je vous remercie.

鄰居：	我母親前天過世了。
羅蘭：	真是令人難過的消息，請節哀。
鄰居：	謝謝您。

NB | 請注意

當聽到有人離世的消息，除了對話中的用法之外，法國人會用以下用語來表達哀悼與安慰，如 **je suis vraiment désolé(e)**（真是抱歉）、**je suis vraiment désolé(e) de cette triste nouvelle**（真是抱歉聽到這難過的消息）。

Dialogue n° 6

關心對方健康

學習目標 學習用法文關心對方的健康狀況。

Mélanie :	Tu es un peu pâle, est-ce que ça va ?
Théo :	Je vais bien, juste un peu fatigué. J'ai pas mal de boulot en ce moment.
Mélanie :	Mon pauvre[1], pense[2] un peu à ta santé.

梅蘭妮：	你臉色怎麼這麼蒼白？還好嗎？
迪歐：	還好啦，只是有點疲倦，最近要忙的事挺多的。
梅蘭妮：	要多注意點自己的健康。

NB | 請注意

詢問對方狀況也可用完整問句 **Est-ce que ça va ?**（你還好嗎），回答時可用 **Ça va**，也可用 **Je vais bien**（我還好）。

[1] **pauvre** 是指可憐、貧窮的意思。但 **mon pauvre** 並沒有這樣的意思，只是表達心中對於對方處境感同身受。

[2] 句型 **penser à** 表示「想到，想想」之意。此對話用命令式 **pense** 來請對方（你）想想自己的健康，若對方是長輩，命令式形態用 **pensez**。

MP3 09-07 Dialogue n° 7

詢問目前狀況

學習目標 學習用法文詢問對方狀況。

Mélanie :　Qu'est-ce qui t'arrive ?

Théo :　J'ai glissé.

Mélanie :　Ça va ? Tu ne t'es pas fait mal ?

Théo :　Ça va aller, rien de grave.

Mélanie :　Tant mieux.*

梅蘭妮：　你怎麼了？

迪歐：　我剛滑倒了。

梅蘭妮：　還好嗎？沒事吧？

迪歐：　還好，只是一點擦傷，沒什麼大礙。

梅蘭妮：　沒事就好。

NB | 請注意

詢問對方狀況時，一般會用到像是 **Qu'est-ce qui t'arrive ?**（你發生什麼事）、**Ça va ?**（還好嗎），而 **Tu ne t'es pas fait mal ?** 是用在確認對方是否有受傷的情況，**se faire mal** 意指「使～受傷」，用在過去式時要搭配 **être**，若是「你使你自己受傷了」就是 **Tu t'es fait mal**。

回應自己還可以、沒問題，可用 **Ça va aller**（還可以）、**Rien de très grave**（沒什麼嚴重的）。

* **Tant mieux** 表示「幸好」或「不幸中的大幸」，通常是安慰對方遇到一件不好的事，但沒有遭到太多傷害或遺憾時所用的詞語。

Dialogue n° 1

MP3 10-01

一般電話問候語

學習目標 學習法文的電話問候語。

Un ami de Laurent :	Allô, c'est Thomas à l'appareil.
Laurent :	Allô Thomas, qu'est-ce que tu deviens* ?
Un ami de Laurent :	Très bien, je viens de trouver un travail sur Paris.
Laurent :	Viens à la maison un de ces jours.

羅蘭的朋友：	喂，我是湯瑪士。
羅蘭：	喂，湯瑪士。最近在忙什麼？
羅蘭的朋友：	我過得不錯，我剛在巴黎找到一份工作。
羅蘭：	那有空來家裡玩。

NB | 請注意

Allô 是接聽電話的開頭問候語，相當於「喂」。講完 **Allô** 之後，來電者通常會馬上說「c'est＋名字＋à l'appareil」，是在電話中自我介紹的基本句型。

* **Qu'est-ce que tu deviens ?** 表示「你在忙什麼」，用於好一段時間沒見到面的彼此，對方的回答不一定是跟工作有關，也可跟學業、休假狀況等等有關。

Dialogue n° 2

MP3 10-02

確認自己就是要找的人

學習目標 用法文說「我就是」。

Un ami de Laurent :	Bonjour, je voudrais parler à Laurent.
Laurent :	C'est lui-même. Bonjour Thomas !
Un ami de Laurent :	Tu es libre ce soir, Laurent ?

羅蘭的朋友：	哈囉，我找羅蘭。
羅蘭：	我就是（羅蘭），哈囉，湯瑪士。
羅蘭的朋友：	羅蘭，你今晚有空嗎？

NB | 請注意

除了用 **Allô** 之外，也可用 **Bonjour** 作為電話的開頭問候語。當聽到對方要找的人是你之後，法文可以直接說「**C'est lui-même.**」或「**C'est moi-même.**」，前者是比較正式的用法。

MP3
10-03

Dialogue n° **3**

詢問對方身分

學習目標　學習在電話中用法文詢問對方身分。

Théo : Bonjour Monsieur, est-ce que Laurent est là ?

Père de Laurent : C'est de la part de qui, s'il vous plaît ?

Théo : Je suis son camarade.

迪歐：	先生您好，請問羅蘭在嗎？
羅蘭的父親：	請問哪裡找？
迪歐：	我是他的同班同學。

NB | 請注意

在電話中，基於禮貌，我們通常應先自我介紹，但若對方問到 **C'est de la part de qui ?**（請問是哪裡找；請問是哪個單位），回答則是「**C'est de la part de**＋人名」，但「**C'est de la part de**＋人名」不能用在自我介紹的第一句。開頭的自我介紹要用 **C'est**＋人名＋**à l'appareil**.

MP3
10-04

Dialogue n° **4**

請對方等一下

學習目標　學習在電話中用法文請對方稍候。

Emilie : Allô, c'est Emilie à l'appareil, je voudrais parler à Mélanie.

Frère de Mélanie : Un instant, s'il vous plaît.

Emilie : Merci.

艾蜜莉：	喂，我是艾蜜莉，請問梅蘭妮在嗎？
梅蘭妮的弟弟：	請稍等。
艾蜜莉：	謝謝。

NB | 請注意

在電話中自我介紹完之後，會馬上說明自己要找誰。除了先前學過的「**est-ce que ~ est là ?**」（請問～在嗎）之外，還可用 **je voudrais parler à ~.**（我要找～說話）。請對方稍等、不要掛斷的表達是 **Un instant, s'il vous plaît.**。

為對方轉接

學習目標　學習在打電話時為對方轉接的法語。

Collègue de Dupont : L'agence Orpi, bonjour.

Mélanie : Bonjour, c'est Mélanie Massé, est-ce que Mme Dupont est disponible ?

Collègue de Dupont : Ne quittez pas, je vous la passe*.

杜彭的同事： Orpi不動產公司您好.

梅蘭妮： 您好我是馬賽梅蘭妮，請問杜彭女士現在有空嗎？

杜彭的同事： 請不要掛斷，我來幫您轉接。

NB | 請注意

打電話到公司或其他辦公單位時，自我介紹時要提及自己的全名，並說明要找的人是某某先生（**Monsieur OO**）或某某小姐（**Madame OO**）。

＊ 動詞 **passer** 有「傳達」的意思，**je vous la passe** 其實是從 **Je passe Madame Dupont pour vous** 而來，**la** 也就是對話中的杜彭女士，即要轉接過去的目標，若為男性的話就用 **le**。當一個句子的受詞用代名詞 **vous** 或 **la** 取代時，都必須放在動詞前面。

要找的人不在

學習目標　學習在電話中請對方留言、晚點再撥的法語。

Mélanie : Allô, je m'appelle Mélanie Massé, je souhaite parler à Mme Dupont, je suis une amie.

Collègue de Dupont : Désolé Madame, mais Mme Dupont n'est pas là.

Mélanie : Je rappellerai plus tard, merci.

梅蘭妮： 喂，我是馬賽梅蘭妮，我找杜彭女士，我是她朋友。

杜彭的同事： 小姐不好意思，杜彭女士現在不在。

梅蘭妮： 我晚點再撥，謝謝。

NB | 請注意

在介紹自己大名、說明自己要找的人之後，可再提到自己與要找的人的關係，如對話中的 **je suis une amie**。除了 **je voudrais parler à ~** 之外，也可以用 **je souhaite parler à ~** 表達相同的意思。若要回電可說 **je rappellerai plus tard**，這裡的動詞 **rappellerai**（將再撥）是簡單未來式的時態，原形是**rappeler**。

Dialogue n° 7

忙線中

學習目標 學習如何用法文説對方要找的人在忙線中。

| Laurent : | Je n'arrive pas à joindre Pierre, la ligne sonne toujours occupée. |
| Théo : | Il a peut-être mal raccroché* son téléphone. |

| 羅蘭： | 皮耶的電話我打不進去，會發出嘟嘟聲，一直都是佔線中。 |
| 迪歐： | 他可能沒掛好吧！ |

NB｜請注意

動詞 **joindre** 是「聯繫上」的意思，句型「**n'arriver pas à** ＋動詞原形」意指「無法成功達成某事」，所以 **n'arriver pas à joindre~** 也就是「無法聯繫上～」或「～的電話打不通」之意。

* **raccrocher** 掛上（電話），若是 **avoir mal raccroché** 則意指「沒掛好（電話）」的意思。

Dialogue n° 8

詢問是否需要留言

學習目標 學習用法文請對方留言與告知回電。

Emilie :	Allô, c'est Emilie à l'appareil, je voudrais parler à Mélanie.
Le frère de Mélanie :	Elle n'est pas là, désirez-vous laisser un message ?
Emilie :	Est-ce que vous pouvez lui dire de me rappeler ?
Le frère de Mélanie :	Bien entendu*.

艾蜜莉：	喂，我是艾蜜莉。我要找梅蘭妮。
梅蘭妮的弟弟：	她不在。請問你要留言嗎？
艾蜜莉：	可否請她回電給我呢？
梅蘭妮的弟弟：	沒問題。

NB｜請注意

laisser un message 意指「留言」，**désirez** 的原形是 **desirer**，意指「想要」。法文可用動詞 **dire... de** 來表示「請~做~」，即對話中的 **Est-ce que vous pouvez lui dire de me rappeler**，請注意受詞的位置，都放在動詞前面：**lui**（他）和 **me**（我）皆為間接受詞。此外也可用命令式來表達 **dites-lui de me rappeler**（請您告知他回電給我）。

* **bien entendu**：**entendu** 意指「聽到了」，此片語帶有「好的」「知道了」之意。

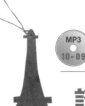

Dialogue n° 9

請求留言

學習
目標 學習用法文請對方幫忙留言。

Théo :　　　　　　　Allô, je suis un ami de Laurent, est-ce qu'il est dans les parages* ?

La sœur de Laurent :　Il est absent pour le moment.

Théo :　　　　　　　Puis-je lui laisser un message ?

La sœur de Laurent :　Bien sûr que oui.

迪歐：　　　　喂，我是羅蘭的朋友，請問羅蘭在嗎？

羅蘭的妹妹：　他現在不在。

迪歐：　　　　我可以留言嗎？

羅蘭的妹妹：　當然可以

NB | 請注意

想要請人協助留言，可開口說 **Puis-je lui laisser un message ?**（我可以留言給他嗎），**lui** 是間接受詞代名詞，表示「他」。

* **dans les parages** 意指「在某處附近」，在電話中此句可用來問「他在你旁邊嗎」。

Théo

15:30

06 25 15 33 52

Dialogue n° 10

聽不清楚

學習
目標 學習在電話中用法文表達自己沒聽清楚。

Théo :　　　　　Allô, Madame, je voudrais prendre un rendez-vous* avec le docteur.

La secrétaire :　Excusez-moi, je ne vous entends pas bien. Il y a une interférence*.

Théo :　　　　　Je vous rappelle.

迪歐：　　喂，小姐你好，我想跟醫師約診。

祕書：　　抱歉，我聽不清楚，電話有雜音。

迪歐：　　我再打一次。

NB | 請注意

在電話中若出現雜音或訊號不穩，可馬上說 **je ne vous entends pas bien**。**entends** 的原形為 **entendre**，意指「聽見」。接著可再說 **Je vous rappelle**（我再打給您），**rappelle** 的原形為 **rappeller**（重打，重撥）。

* **prendre un rendez-vous** 預約｜**interférence** 干擾

 Dialogue n° 11

打錯電話

學習目標 學習打錯電話時的法文用語。

Théo :	Allô, je suis bien chez France Télécom ?
Un monsieur :	Non, vous êtes chez un particulier.
Théo :	Pardon, mais ce n'est pas le 08 10 03 04 05[*] ?
Un monsieur :	Non, en fait, c'est le 08 10 03 04 50.
Théo :	Je suis désolé, j'ai fait un mauvais numéro.
Un monsieur :	Il n'y a pas de mal.

迪歐：	喂，請問是法國電信嗎？
一位先生：	不是，這是住家電話。
迪歐：	抱歉，不過這裡是08 10 03 04 05嗎？
一位先生：	不，這裡是08 10 03 04 50。
迪歐：	對不起，我打錯了。
一位先生：	沒關係。

NB｜請注意

如果想要確認自己所撥的電話是否正確，可用此句型 **je suis bien chez~ ?** 來詢問，「chez＋人名／專有名詞」指的是「在…家」或是「在…單位」。**un particulier** 意指「私人」，所以 **vous êtes hez un particulier** 暗指對方打到私人的住家電話了。如果打錯電話時，法國人會說 **J'ai fait un mauvais numéro**，**mauvais numéro** 意指「錯誤的號碼」。類似的用法還有 **J'ai composé un faut numéro**，這裡的 **composer le numéro** 是「撥號」的意思。

* 法國的電話號碼總共有**10**碼，念電話號碼時兩個兩個一起唸。前兩碼為區碼，分別表示不同地區的號碼，詳細內容請見第**11**課的文化篇。

MEMO

SECTION II |
到當地一定要會的場景會話

Leçon 1

在機場大廳 Au hall arrivées/départs

Emilie :

Bonjour Monsieur.

Le réceptionniste :

Bonjour Madame, est-ce que je peux vous aider[*1] ?

Emilie :

Pour aller à Paris, est-ce qu'il y a un bus qui conduit directement au centre ville ?

Le réceptionniste :

Vous pouvez prendre[*2] le Roissy Bus .

Emilie :

Où se trouve l'arrêt du Roissy Bus ?

Le réceptionniste :

L'arrêt se trouve juste à la sortie du terminal 2. Vous allez voir l'indication.

Emilie :

Comment puis[*3]-je acheter le ticket ?

Le réceptionniste :

Vous pouvez acheter le ticket avec l'automate ou au guichet[*4].

Emilie :

Merci beaucoup.

Le réceptionniste :

Je vous en prie.

艾蜜莉：

先生您好。

接待：

小姐您好。請問有什麼需要幫忙的嗎？

艾蜜莉：

我想到巴黎，請問有直達巴黎市區的公車嗎？

接待：

您可以搭華西機場巴士。

艾蜜莉：

請問華西機場巴士的車站在哪裡？

接待：

該車站就在第二航廈前，您可以看到指示牌。

艾蜜莉：

那我該如何買票呢？

接待：

您可以用機器買票，或者您也可以在車站櫃台買。

艾蜜莉：

謝謝您。

接待：

不客氣。

NB | 請注意

[*1] 禮貌用法 **est-ce que je pourrais vous être utile** | [*2] 禮貌用法 **Je vous conseillerais de prendre...** | [*3] 禮貌用法為把 **puis** 換成條件式的 **pourrais** | [*4] 進階的用法為 … *soit* l'acheter avec l'automate, *soit* au guichet.，「**soit**… **soit**…」有「或是…還是…」之意，**le ticket** 直接改用代名詞 **le** 代替

必學單字表現

utile	a.	有用處的
aider	v.	協助
conduire	v.	行駛
centre ville	m	市中心
directement	ad.	直接地
prendre	v.	搭乘
arrêt	m	公車站牌
sortie	f	出口
terminal	m	航廈
indication	f	指示牌
ticket	m	票
acheter	v.	買
automate	m	購票機

會話重點

重點1 Où se trouve＋名詞

此問句與「 Où est＋名詞」是完全一樣的意思，都表示「…在哪裡？」，只是說用 se trouve 來表達這個句子，在語言層次上會比用 être 的句子來得高級。se trouver 有「在…地方」「位在…」之意。

Ex. Où *se trouve* le rayon des livres pour enfant?（兒童讀物區位於哪裡呢？）

重點2 pour＋地點／對象／動詞

「pour＋動詞」主要表示目的，表達「為了（達到某目的）」，最常用來表達如何達成某目的或到達某處，像是對話中 pour aller...(為了去…)。與「afin de＋動詞」是同樣的意思，不過 afin de 比較適用於書寫，而 pour 可適用於口語與書寫。

Ex. *Pour* / Afin de bien parler le français

為了說好法文。

「pour＋名詞」主要表示達「為了…」「給…」，後面可接人物名詞，表達「為了某某人」「給某某人」。

Ex. Ce gâteau est *pour* mon fils.

這個蛋糕是給我兒子的。

法文數字的表達方式 | 0~20

剛到法國，學會聽懂和表達法文數字是很重要的，像是幾號出口、幾號櫃台、第幾航廈、幾號公車等等都攸關到你接下來的行程。0~20中，0~16和20都是個別獨特的單字，只有17~19是10加上個位數。

zéro	零	sept	七	quatorze	十四
un	一	huit	八	quinze	十五
deux	二	neuf	九	seize	十六
trois	三	dix	十	dix-sept	十七
quatre	四	onze	十一	dix-huit	十八
cinq	五	douze	十二	dix-neuf	十九
six	六	treize	十三	vingt	二十

文法焦點 | 法文的疑問句

一般常用的疑問句形式，不外乎就是以「是不是～」和「疑問詞～」開頭的這兩類問句。第一類就相當於「你是學生嗎？」這種問句；而第二類就相當於「這是什麼？」這類的問句。

以下先講解「是不是～」問句。在法文中，此問句可分成三種。第一種為以 **Est-ce que** 起始的疑問句，後面直接加直述句，可用於書面或口語，就如對話中所用到的：

est-ce que ＋ je peux vous aider ?
（直述句）

est-ce que ＋ il y a un bus ? → est-ce qu'il y a un bus ?
（直述句）　　　　　　　　　（que 和 il 會有母音 e 省略現象）

第二種為正式場合、表示禮貌或是書報雜誌中採用的句法：動詞放在主詞之前作倒裝，動詞、主詞中間加上橫線，就以上面第一句來做修改的話：

直述句：Je peux vous aider
疑問句：Puis-je vous aider ?

（當 peux 要改成問句時，peux 要換成 puis）

第三種則是直接在直述句後面加上問號，語尾上揚，但這個疑問句型只可用於口語。

直述句：Je peux vous aider
疑問句：Je peux vous aider ?（語尾上揚）

第二類以「疑問詞」開頭的問句，在法文中也就是以 où, comment, qui, que, quand, pourquoi, combien, quel 以及「疑問形容詞 quel ＋名詞」的疑問句型，這些疑問詞之後都要用動詞＋主詞的倒裝句。

où	哪裡	**Où se trouve l'arrêt du Roissy Bus ?**（華西巴士站在哪裡呢？）
comment	如何	**Comment puis-je acheter le ticket ?**（我可以怎麼買車票呢？）
qui	誰	**Qui cherchez-vous ?**（您找誰呢？）
que	什麼	**Qu'est-ce que c'est ?**（這是什麼？）
quand	何時	**Quand est-ce que tu viens ?**（你何時會來？）
pourquoi	為什麼	**Pourquoi aime-tu le livre ?**（你為何喜歡這本書？）
combien	多少（的～） 多少（錢）	**Ça fait combien ?**（總共多少錢？）
quel(le)	哪一個	**Quelle est votre taille ?**（您的身高是多少／哪個？）
quel(le) ＋名詞	哪一個的～	**Vous voulez quelle couleur ?**（您想要哪個顏色？）

短對話 A ～這個時候這樣問、這樣表達～

目前位置

Excusez-moi, je suis perdu(e).
抱歉，我迷路了。

Où sommes-nous ? S'il vous plaît.
這裡是哪裡呢？謝謝。

Nous sommes à la sortie 5 du terminal 2.
這裡是第2航廈的5號出口。

出口位置

Où est / se trouve la sortie numéro 6 ?
請問 6 號出口要往哪個方向？

C'est par là.
那個方向。

Vous allez tout droit et ensuite vous tournez à gauche.
這裡直走後左轉就到了。

確認方向

Est-ce que l'arrêt de la navette est par là ?
請問機場巴士站是往那邊嗎？

Non, c'est par ici.
不對。往這邊才對。

Vous allez tout droit et tournez à droite.
直走後右轉。

確認方向

Est-ce que le RER se trouve sur mon côté droit ou mon coté gauche ?
機場快線是往右邊還是左邊？

Il se trouve sur votre gauche.
往你左邊走。

Après avoir tourné à gauche, il faut marcher encore 10 minutes.
左轉後再走 10 分鐘。

交通工具

Comment aller au centre ville de Paris ?
巴黎市區該怎麼去？

Comment aller à Lyon ?
要搭什麼到里昂？

Vous pouvez prendre le RER ou la navette.
可搭機場快線或機場接駁巴士。

Vous devez prendre le TGV.
得搭國鐵列車。

哪裡
買票

> **Je voudrais savoir où je pourrais acheter le billet de train.**
> 我想知道該在哪裡買車票。

> **Au guichet de la SNCF**
> 在法國國鐵的櫃台處。

> **Tournez à droite et vous allez voir le guichet.**
> 右轉後會看到售票櫃台。

站牌
位置

> **Est-ce que c'est le bon arrêt pour aller à la gare du Nord ?**
> 請問這是到巴黎北站的站牌？

> **Non, c'est l'arrêt d'à côté.**
> 不對，是在旁邊的站牌。

搭車
位置

> **Où puis-je prendre le bus pour aller au centre ville de Paris ?**
> 往巴黎市區該去哪裡搭車？

> **Vous pouvez prendre la navette ou le RER. Vous continuez cette direction, au fond à droite.**
> 可搭接駁巴士或快線。這個方向走到底右轉。

> **Comment faire pour aller au centre ville ?**
> 我要怎樣才能去市區？

 法文數字的表達方式 | 21~100
MP3 P2-L01-06

21~100中，要特別注意到70以後的數字表達規則，像是70=60+10，而80=4×20。

vingt et un	二十一	soixante et onze	七十一（規則：60+11）
vingt-deux	二十二	soixante-douze	七十二（規則：60+12）
trente	三十	quatre-vingts	八十（規則：4×20）
trente et un	三十一	quatre-vingt-un	八十一（規則：4×20+1）
quarante	四十	quatre-vingt-deux	八十二（規則：4×20+2）
cinquante	五十	quatre-vingt-dix	九十（規則：4×20+10）
soixante	六十	quatre-vingt-onze	九十一（規則：4×20+11）
soixante-dix	七十（規則：60+10）	cent	百

Exercices ｜ 練習題　 MP3 P2-L01-07

1. 請完成下面的句子，並試著念念看。

❶ Où se _____ la station du Roissy Bus ?　　　　華西機場巴士的車站在哪裡？

❷ _____ puis-je acheter le ticket ?　　　　我要如何買票呢？

❸ Comment _____ centre ville de Paris ?　　巴黎市區該怎麼去？

❹ Vous pouvez acheter le ticket _____ l'automate.　您可以用機器買票。

❺ _____ -nous ? S'il vous plaît.　　　　　　這裡是哪裡呢，謝謝？

2. 請聽MP3，並做會話的應答練習。

❶（請注意聽錄音裡對方發問的問題），並請用法文回答【我想買一張公車票】。

❷（請注意聽錄音裡對方發問的問題），並請用法文回答【您直走後右轉】。

❸（請注意聽錄音裡對方發問的問題），並請用法文回答【往那個方向】。

❹（請注意聽錄音裡對方發問的問題），並請用法文回答【您可以搭巴士】。

❺（請注意聽錄音裡對方發問的問題），並請用法文回答【不對。往這邊才對】。

3. 請聽MP3，並做會話的發問練習。

❶（請注意聽錄音裡對方的說明），並請用法文回答【350路巴士站牌位在哪裡？】。

❷（請注意聽錄音裡對方的說明），並請用法文回答【我要如何買票呢？】。

❸（請注意聽錄音裡對方的說明），並請用法文回答【我可以在櫃檯買公車票嗎？】。

❹（請注意聽錄音裡對方的說明），並請用法文回答【21 號出口要往哪個方向？】。

❺（請注意聽錄音裡對方的說明），並請用法文回答【231路公車站牌在那個出口嗎？】。

正確答案請見附錄解答篇 p.338

le hall arrivées 入境大廳
le hall départs 出境大廳

le carrousel à bagages
行李提領處

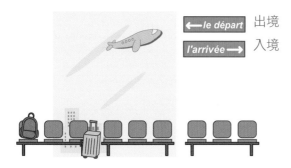

←le départ 出境
l'arrivée→ 入境

l'arrivée →
✈ Le Transfert 轉機
RER

le bureau de change
外幣兌換處

le comptoir d'enregistrement
登機報到櫃台

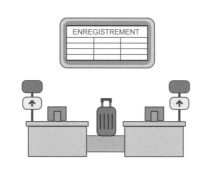

la navette express
機場快線巴士

la douane
海關

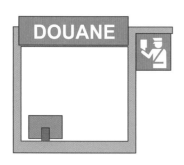

la navette bus
機場接駁巴士

le contrôle de sécurité
出入境安檢

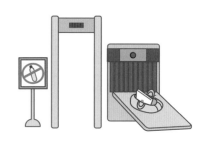

le service de détaxe
退稅服務處

la boutique hors taxes
免稅商店

CDGVAL
航廈之間的接駁電車

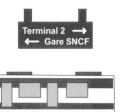

*全名：Charles de Gaulle véhicule automa-tique léger　戴高樂機場內線

補充表達

我要轉機	J'ai un transfert à faire.
我要去第二航廈	Je vais au terminal 2
我在等行李	J'attends ma valise
我要搭RER／機場巴士	Je voudrais prendre le RER/la navette.
我要買機場快線的票	Je voudrais acheter un ticket de RER.
我要退稅	C'est pour le service de détaxe.
我要換歐元	Je voudrais des euros.
我要登機	Je vais débarquer.
這是我的護照	C'est mon passeport.
我的航班是…	Mon vol est...
我是來念書的／旅遊的	Je viens pour mes études/le tourisme

從機場搭車到市區的方式

　　到法國來求學的莘莘學子們，不管選擇的學校是否在巴黎，應該都會選擇花都巴黎作為首站。巴黎戴高樂機場距離巴黎市區約 40 公里，從機場到市區最簡便的方式是利用RER的B線（即通往巴黎市郊南北走向的快速鐵路線），再轉巴黎地鐵到達目的地。不過若是有家人、親朋好友的陪同，搭乘計程車也是不錯的選項，因為在不塞車的情況下，計程車車資並不如想像的昂貴，唯一要注意的是，搬運行李的費用是另外計算的。一般來說，一件行李約 5 到 10 歐元，因此在付計程車車資時，依據跳表所顯示的車資，客人必須依照自己的行李數給予適當的小費，這是法國計程車業者間的潛規則。RER 車站與計程車站皆於出關後，一路上都可看到指示牌的指示，機場內也有服務人員不斷提醒所有旅客每一個大眾運輸的匝口。

　　若要前往外省旅遊、留學或工作等，可直接從戴高樂機場搭乘高速火車（即TGV），各班次的火車時刻表皆可在法國國鐵的網站上查詢。在現場買票時，若還無法用法文溝通，請不用擔心，可以用英文與站務人員溝通。為了方便起見，對於要到法國南部求學的留學生們，筆者我會建議可直接在里昂聖艾修伯里機場下飛機，從里昂機場搭乘機場快速電車約半小時就能到里昂市中心，里昂機場內也能搭乘高速火車，可節省約兩個小時的行車時間。

Leçon 2

在巴士總站 A la gare routière

Théo :

Excusez-moi, Monsieur. Je voudrais aller à la Gare de l'Est. Quel bus puis-je prendre[*1] pour y[*2] aller ?

Le chauffeur :

Vous pouvez prendre la ligne 350, la ligne 351 ou le Roissybus. L'arrêt du 350 est le plus proche[*3] de la gare.

Théo :

Où puis-je trouver l'arrêt du bus 350 ?

Le chauffeur :

C'est par là. Vous allez continuer tout droit encore cinquante mètres environ, l'arrêt se trouve sur votre gauche[*4]. Ne vous trompez[*5] pas de direction, <u>il faut</u>[*6] prendre la direction <Gare de l'Est>.

Théo :

Merci beaucoup[*7]. Bonne journée Monsieur.

迪歐：

先生，不好意思，我想去巴黎東站，請問我可搭哪一線公車？

公車司機：

您可以搭 350 路公車、351 路公車或者是搭華西機場巴士，而 350 路公車的下車站牌離該車站最近。

迪歐：

那請問 350 路公車站牌在哪裡？

公車司機：

在那個方向。您繼續直走，再走差不多五十公尺，站牌就在您的左手邊，請您注意不要搞錯方向了，您要搭的方向是要往巴黎東站。

迪歐：

非常謝謝您，先生，再見。

NB | 請注意

[*1] **prendre** 也可改用 **emprunter**（取用，取道）｜ [*2] **y aller** 的 **y** 是用來代稱地點的代名詞，在此代稱前面的 **à la Gare de l'Est** ｜ [*3]「**le plus**＋形容詞」用來表示最高級的「最⋯」之意｜ [*4] **sur ~ gauche/droite** 表示「在某某人的左邊／右邊」｜ [*5] 原形為 **se tromper de**，表示「弄錯~」，在這裡是用否定型的祈使句｜ [*6] **il faut**＋動詞原形是「一定要~」之意｜ [*7] 若要表達「謝謝您的詳細解釋」，可用 **Merci de m'avoir si bien renseigné.**

必學單字表現

 ## 會話重點

plusieurs	(a.)	好幾個的
ligne	(f)	路線，號線
proche	(a.)	靠近的
le plus	(adv.)	最…
continuer	(v.)	繼續
mètre	(m)	公尺
environ	(adv.)	大約
tout droit	(a.)	直走
gauche	(m)	左邊
se tromper (▶vous vous trompez)	(v.)	弄錯
falloir (▶il faut)	(v.)	應該

重點1　Je voudrais＋動詞不定式／名詞

動詞 voudrais 的原形是vouloir是一個客氣、禮貌的用法（來取代比較直接的 je veux...），表示意願「我想要，我希望」的，後面可接名詞或動詞不定式。在法文中表示禮貌的方式，除了在句尾加上 S'il vous plaît之外，另一個方式則是利用動詞變化中的條件式，如 Je voudrais, j'aimerais, je souhaiterais：

Ex Je *voudrais* une carafe d'eau.
　我想要一瓶水。

重點2　c'est par là 的用法

c'est 意指「這是」，是ce+est的縮寫。
par là（在那邊，往那邊）是介系詞＋副詞，表示位置。法文的 ici（這邊），là（那邊）是根據主詞的所在地來表示方向或位置。ici 表示靠近主詞的位置，有「這裡，這個方向」之意，là 則表示離主詞較遠的位置，表示「那裡，那邊，那個方向」。

Ex Le métro est par ici.
　地鐵在這邊；地鐵站要往這邊。

與巴士相關的表達

我要買Navigo卡	Je voudrais acheter une carte Navigo.
上車請刷卡	Veuillez composter votre titre de transport.
我要下車	Je voudrais decendre.
我要上車	Je voudrais monter.
會經過巴黎北站	passer par la Gare du Nord
等公車	attendre le bus
位在E月台	arriver sur le quai E
車程約45~60分鐘	environ 45 à 60 minutes en voiture
20分鐘一班	toutes les 20 minutes
巴士停駛	la fin de service

y 這個代名詞的用法在法文中非常特別，它有兩種用法。首先，它可代表我們曾經待過的地方或即將要去的地方，更明確一點來說，也就是可以代替「介系詞 à/dans/en ＋地方名詞」。請見以下例句：

用法1

Elle y a vécu plusieurs années.

她在那裡生活了好幾年。

這邊要特別注意到 y 的位置，是放在動詞的前面，就以上面這句來看，也就是 a vécu 前面。這裡的 y 指的可以是一間房子、一個地區、一個城市或一個國家等等，完全要以前後文來決定 y 所代表的地點。對話中原先可能是提到「在某間房子」、「在巴黎」、「在法國」，所以原句可以是 ：

· Elle a vécu plusieurs années dans la maison.　　　她在那間房子生活了好幾年。
· Elle a vécu plusieurs années à Paris.　　　她在巴黎生活了好幾年。
· Elle a vécu plusieurs années en France.　　　她在法國生活了好幾年。

y 的第二個用法，則是取代不及物動詞之後的 à 與受詞。請見以下例句：

用法2

Je n'y pense plus.

我不再去想了。

這裡的 y 是代替不及物動詞 penser 之後的 à 與受詞，受詞可以是所有能想（penser）的事物，像是想「過去」、想「這個家」等等。原句可以是 ：

· Je ne pense plus au passé.　　　我不再想著過去了。
· Je ne pense plus à la maison.　　　我不再想著那個家了。

第三種用法是帶有副詞意味的代名詞，單純表示一件事或一句話，當然也是說話雙方都知道的事情：

用法3

Allons-y.

做吧！

短對話 A ～這個時候這樣問、這樣表達～

MP3
P2-L02-04

確認方向

Est-ce que ce bus *va à* l'Arc de Triomphe ?
這班公車是往巴黎凱旋門嗎？

Est-ce que le bus 3 *passe par* la Tour Eiffel ?
3 號線公車有經過巴黎鐵塔嗎？

Non, vous devez *prendre* le bus 2.
沒有，您要搭2號線。

幾號線

Quel bus *dois-je* prendre pour aller au Louvre ?
到羅浮宮需要坐幾號線公車？

Quel bus *passe devant* le Louvre ?
哪一線公車會經過羅浮宮？

C'est le bus 68.
請搭 68 號線。

問距離

Est-ce qu'*il faudra**1 beaucoup de temps en bus pour aller à Notre-Dame de Paris ?
到聖母院搭公車會很遠（久）嗎？

Environ 10 arrêts.
約十站。

La cathédrale est tout près, environ 300 mètres plus loin.
聖母院很近。就在前面 300 公尺處而已。

站牌位置

Est-ce que l'arrêt de bus est *loin* ?
請問公車站遠嗎？

Est-ce qu'il y a un bus qui *passe au* deuxième arrondissement de Paris?
這裡有到巴黎第 2 區的公車嗎？

Il est un peu loin, il faut *marcher* environ dix minutes.
有點遠。大概要走10分鐘。

Oui, l'arrêt se trouve *en face*.
有，要到對面。

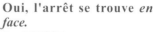

NB｜請注意

*1 **il faut**＋名詞表示「需要～」。**faudra** 是 **falloir** 的條件式形態，表示禮貌性用法。

買車票

Un ticket, s'il vous plaît.
一張單程車票，麻煩您。

Je voudrais un ticket journée, s'il vous plaît.
我要買一張一日券。

Cela vous fait trois euros et trente centimes.
這樣是3.30歐元。

時刻表

A quelle heure _partira_ le bus pour la Gare du Nord ?
到巴黎北站，幾點發車呢？

Le _départ_ est à 10 heures 20.
10:20發車。

時刻表

Je voudrais connaître les horraires de ce bus.
我想知道這班公車的時刻表。

Elles sont affichées là. Le prochain partira dans 10 minutes.
公車時刻表在這。下一班是 10 分鐘後發車。

停靠站

Est-ce que ce bus _passe devant_ le marché de Bastille ?
請問這班公車停靠在巴士底市集站嗎？

Tout à fait.
有的。

停靠站

Combien d'arrêts y a-t-il[*2] ?
中間會停靠多少站呢？

Dix arrêts.
10 站。

確認站名

Est-ce que c'est _l'arrêt_ de la mairie du premier?
請問這一站是(里昂)一區的區公所嗎？

Non. C'est le _prochain_.
不是，下一站。

Pas encore, c'est dans deux arrêts.
還沒，還有兩站。

[*2] **y a-t-il** 是 **il y a** 的問句，將 **y** 放至句首，但因 **a** 和 **il** 之間為方便連音，因而加上了 **t**。

Exercices | 練習題　　　　　　　　　　

1. 請完成下面的句子，並試著念念看。

❶ Je_____ à la Gare de l'Est.　　　　　我想去巴黎東站。

❷ _____ _____ puis-je prendre pour y aller ?　　我可搭哪一線公車過去？

❸ Vous pouvez _____ la ligne 10.　　　　　您可以搭10路公車。

❹ L'arrêt du 12 est _____ _____ _____ de la gare. 12 路公車的站牌離該車站最近。

❺ _____ _____ _____ trouver l'arrêt du bus 15 ?　15 路公車站牌在哪裡？

2. 請聽MP3，並做會話的應答練習。

❶（請注意聽錄音裡對方發問的問題），並請用法文回答【**您可以搭10路公車**】。

❷（請注意聽錄音裡對方發問的問題），並請用法文回答【**您繼續直走，再走差不多十公尺**】。

❸（請注意聽錄音裡對方發問的問題），並請用法文回答【**沒有，您要搭3號線**】。

❹（請注意聽錄音裡對方發問的問題），並請用法文回答【**請搭30 號線**】。

❺（請注意聽錄音裡對方發問的問題），並請用法文回答【**不遠，那一站在對面**】。

3. 請聽MP3，並做會話的發問練習。

❶（請注意聽錄音裡對方的說明），並請用法文回答【**一張一日券，麻煩您**】。

❷（請注意聽錄音裡對方的說明），並請用法文回答【**中間有多少站呢？**】。

❸（請注意聽錄音裡對方的說明），並請用法文回答【**站牌在哪呢？**】。

❹（請注意聽錄音裡對方的說明），並請用法文回答【**請問公車站遠嗎？**】。

❺（請注意聽錄音裡對方的說明），並請用法文回答【**請問巴黎東站是不是過站了？**】。

正確答案請見附錄解答篇 p.338

la gare routière 巴士總站

❶	le distributeur	自動售票機
❷	guichet de vente	售票處
❸	les horaires	時刻表
	l'itinéraire	路線圖
	les heures de pointe	尖峰時刻
	les heures creuses	離峰時刻
❹	l'arrêt de bus	公車站
❺	l'arrêt	站牌
❻	le départ	起始站
❼	le terminus	終點站
❽	le bouton	下車鈴
❾	le ticket	車票
❿	le passager	乘客
⓫	le chauffeur	司機

Est-ce que ce bus va...
這班公車有到～嗎

Est-ce que ce bus s'arrête à...
這班公車有停靠在～站

A quelle heure arrivera le bus?
幾點鐘時會有這班公車？

Faut-il composter?
需要打印車票嗎？

→Faut-il composter en montant ?
是上車時打印車票嗎？

Le prochain arrêt est...
下一站是～

Vous êtes à...
目前這一站是～

74

距離的表達方式

MP3
P2-L02-08

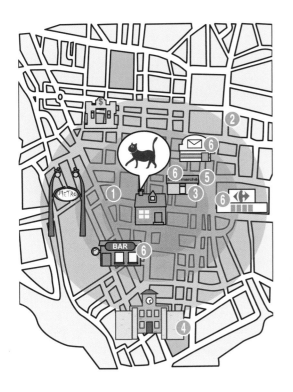

la distance	距離
❶ proche	近的
❷ loin	遠的
❸ le plus proche	最近的
❹ le plus loin	最遠的
❺ près de	靠近～
❻ autour de	在附近

mètre	公尺
❼ un mètre	1 公尺
❽ cinquante mètres	50 公尺
❾ un kilomètre	1 公里
❿ cinq kilomètres	5 公里

法國的巴士系統

　　法國的旅遊業發達，得天獨厚的地理位置以及悠久的人文歷史發展，不但每年吸引了許多的遊客，也是想到海外深造的學生們理想的求學選擇。然而以上的優勢並不是法國旅遊業發達的唯一主因，其交通運輸系統的完備，也是助力之一。

　　法國鐵道的密集度、地鐵系統的完善是大家耳熟能詳的，筆者在此為讀者簡單介紹法國的巴士業，法國的巴士可分為**市內公車**，聯繫城與城之間或通往歐洲鄰近國家的**大型巴士**。

市內公車

市內公車的路線可到達地鐵或電車沒有行駛的地方，雖然在尖峰時段會因路況而有塞車情況，但巴士專用道的設計，讓延誤的情況減至最低。搭乘市內公車時，乘客會先與公車司機問好、打票後往車後移動，公車內的指示燈會顯示到站站名，若要下車，必須按下車鈴。

大型巴士

鄰近城市之間的大型巴士並不隸屬於市內公車，除了車型較大，不賣站票，票價會隨著距離遠近而有變化，必須上車後才跟司機買票。為了方便使用者，這類巴士的站牌會與市內公車站牌設在一起。

基於歐洲大陸的地理特性，從法國到鄰近歐洲國家亦可搭乘巴士，花費的時間較其他運輸工具來得長，舒適度也不及火車或飛機，然而優惠的車票價格讓許多人尤其是學生仍會選擇巴士為旅遊的交通工具。

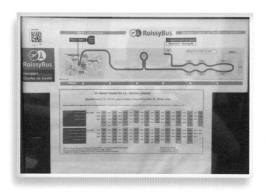

　　法國各類型巴士的服務品質、便利性與安全性，打破一般人對於這個交通工具的刻板印象，到法國旅遊的民眾或求學的學生可以善加利用，將法國優美的風景盡覽無遺。

MEMO

Leçon 3

在地鐵站 Au métro

Emilie :

Excusez-moi, Monsieur, je voudrais acheter des tickets de métro, est-ce qu'il y a une agence près d'ici ?

L'agent du métro :

Bonjour Madame, vous pouvez acheter vos tickets avec le distributeur.

Emilie :

Pouvez-vous[*1] me montrer comment faire, s'il vous plaît ?

L'agent du métro :

Tout d'abord, choisissez la quantité[*2], ensuite[*3] appuyez sur le bouton <valider>, vous allez procéder au paiement. Vous pouvez payer en espèces ou en carte bleue[*4]. Une fois l'achat terminé, n'oubliez pas de récupérer votre monnaie ou de retirer votre carte de crédit.

Emilie :

Merci beaucoup Monsieur.

艾蜜莉：

先生不好意思，我想要買地鐵票，請問這附近有售票亭嗎？

地鐵站務人員：

小姐您好，您可以用售票機買票。

艾蜜莉：

請問您可以教我怎麼使用嗎？

地鐵站務人員：

首先，您先選擇車票張數，然後按確定，您就會到付費頁面。您可以付現金或以信用卡付費。付費程序結束後，請不要忘記取回您的零錢或是您的信用卡。

艾蜜莉：

謝謝您。

NB | 請注意

[*1] 禮貌用法為 **Pourriez-vous...** | [*2] 這裡的 **la quantité** 表示「車票張數」，比較完整的說法是 **vous choisissez la quantité qu'il vous faut**（您選擇您需要的車票張數），**il vous faut** ＋受詞表示「您需要～」| [*3] **Tout d'abord... ensuite...** 是在說明步驟時很常用的副詞，表示「首先～，接著～」| [*4] 比較道地的用法為 **Vous pouvez payer soit en espèces soit en carte bleue.**

必學單字表現

MP3 P2- L03-02

métro	**m**	地鐵
agence	**f**	售票亭
près de...	**adv.**	靠近～
distributeur	**m**	售票機
montrer	**v.**	指示，說明
choisir	**v.**	選擇
quantité	**f**	數量
appuyer	**v.**	壓，按
bouton	**m**	按鈕
valider	**v.**	確認，使有效
espèces	**f** **pl.**	現金
carte bleue	**f**	信用卡
monnaie	**f**	零錢
récupérer	**v.**	收回
retirer	**v.**	抽回

 ## 會話重點

重點1 comment faire 的用法

疑問副詞 comment 意指「如何」，動詞 faire 意指「做，進行」，comment faire（如何做…）是一個法文的固定用法，這裡的 faire 可以取代兩人都已知動作，而不用再重複對方講過的話。例如在對話中前一句提到 vous pouvez acheter vos tickets avec le distributeur. 你可直接問 Pouvez-vous me dire comment faire ?（您可以告訴我怎麼做嗎？），而不用再重複 comment puis-je utiliser le distributeur。

重點2 il me faut 的用法

要說明某某人需要某某物時，會用「Il faut... à＋人」表示「某人需要～（事物）」。Il faut cinq euros à Laurent.（羅蘭需要五歐元）。如要以人稱代名詞（如 me, te, lui 等）來代替專有名詞（如上面的 Laurent）時，人稱代名詞要放在動詞之前。例如：

Ex. Il me faut un stylo.
我需要一枝筆。

 ## 購買地鐵票券的相關表達 1

MP3 P2-L03-03

ticket
車票

carnet
車票本

→ tarif normal 　　　　成人（票）
→ tarif réduit 　　　　優待（票）
→ hebdomadaire 　　　週的
→ mensuel 　　　　　　月的

zone
區間

charger
儲值

abonnement
儲值卡

在本課的對話中，地鐵人員在跟艾蜜莉解釋步驟時，用到了像是「choisissez 請您選擇～」「appuyez 請您按～」「n'oubliez pas de 請您不要忘記～」的表達，以上這些都是祈使句。

法文的祈使句（l'impératif）主要用於請求、建議、禁止或是禮貌性的要求，就像是跟對方說「去睡覺」「走吧」「出發吧」「請把它給我」這類的表達。既然是用於請求、建議、禁止，其對象當然就是「你 du」「您 vous」「你們 vous」「我們 nous」，也就是在自己身邊聽你說話的對象。

以下介紹祈使句的結構與用法。先看看一般的句子：

- **tu parles**
- **nous parlons**
- **vous parlez**

換成祈使句時，就會把主詞去掉，留下動詞，其基本結構如下：

- 動詞（tu 的變化）：**Parle!** 說話！
- 動詞（nous 的變化）：**Parlons!** 我們說話！
- 動詞（vous 的變化）：**Parlez!** 請您說話！

祈使句的動詞變化，基本上與直陳式現在時的動詞變化一樣，唯有以 er 結尾的第一類型動詞（如 parler），第二人稱單數的變化要去掉字尾 s（如上面的 Parle）。

當祈使句要用否定時，如用 ne... pas（不要～）時，就只要把祈使句的動詞夾在 ne 和 pas 中間即可，例如：

Ne parle **pas!** 不要說話！
N'oublie **pas!** 不要忘記！

另外，若動詞後面有受詞時，其祈使句的結構為：**動詞＋受詞**。

Range ta chambre ! 把你的房間整理好！

若祈使句中除了受詞之外又有受詞人稱代名詞時，其結構為：**動詞 - 受詞人稱代名詞＋受詞**。動詞和代名詞之間用連字號連接。

Passe-moi le sel ! 把鹽拿給我！

短對話 A ～這個時候這樣問、這樣表達～

買票 1

Un ticket de métro, s'il vous plaît.
一張地鐵票，謝謝。

Bien entendu.
好的。

Un carnet, s'il vous plaît.
一份10張的地鐵套票，謝謝

買票 2

Je voudrais un abonnement Navigo semaine, s'il vous plaît.
我要買（巴黎地鐵第一圈到第五圈的）週票 1 張。

Bien entendu.
好的。

Je voudrais renouveler mon abonnement hebdomadaire.
我的週票需要儲值。

買票 3

Je voudrais un ticket-journée.
我要買一張一日券。

Sans problème.
沒問題。

買票 4

Je voudrais un abonnement hebdomadaire/mensuel.
我要 1 張週票／月票。

Pas de problème.
好的。

付款
方式

Est-ce que je pourrais payer par carte ?
可以用信用卡付車票錢嗎？

Bien sûr.
可以。

Je vais payer en espèces.
我要用現金付款。

是否轉車

Est-ce qu'il y a une correspondance entre ici et la station de Charles de Gaulle Étoile ?
從這裡到凱旋門站需要轉車嗎？

Vous devez changer deux fois de lignes.
需要轉兩次。

Est-ce que la station Bastille et la station Concorde sont sur la même ligne ?
從巴士底站到協和廣場站是在同一條線上嗎？

Oui, c'est la même ligne.
是在同一條線上。

幾號線

Sur quelle ligne se trouve les Galeries Lafayette ?
拉法葉百貨公司在哪一號線上呢？

Vous pouvez prendre la ligne 7 et la ligne 9.
您可搭7號線和9號線。

Quelle ligne dois-je emprunter pour aller aux Galeries Lafayete ?
到拉法葉百貨需要坐哪一號線？

確認站名

Pour aller au quartier de Montmarte, à quel arrêt dois-je descendre ?
到蒙馬特的話，要坐到哪一站？

La station de Blanche sur la ligne 2 et la station d'Abbesses sur la ligne 12.
2 號線的 Blanche 站和 12 號線的 Abbesses 站。

Quelle station est plus près du quartier de Montmarte?
蒙馬特是離哪一站最近？

A quel arrêt
哪一站

payer en espèces
付現金

payer avec la carte de crédit
用信用卡支付

→Combien y a-t-il d'arrêts entre~et~
～到～有幾站？

→faire la correspondance à~
在～站轉車

Exercices ｜ 練習題

1. 請完成下面的句子，並試著念念看。

❶ Un _____ _____ _____ , s'il vous plaît.

一張地鐵票，謝謝。

❷ Excusez-moi, Monsieur, _____ _____ _____des tickets de métro.

先生不好意思，我想要買地鐵票。

❸ Vous pouvez acheter vos tickets_____ _____ _____.

您可以用售票機買票。

❹ Pouvez-vous me _____ _____ _____?

您可以教我怎麼做嗎？

❺ Vous pouvez payer_____ _____ou _____ _____ _____.

您可以付現金或以信用卡付費。

2. 請參考範例將以下句子變成祈使句。

範例：

ranger la chambre → <u>Range la chambre</u>! 把你的房間整理好！（對 tu 要求）

❶ choisir la quantité →_____

請您選擇張數！（對 vous 要求）

❷ appuyer sur le bouton →_____

請按這個按鈕！（對 tu 要求）

❸ ne pas oublier de récupérer notre monnaie →_____

大家都不要忘了拿回零錢！（對 nous 要求）

❹ me passer l'assiette →_____

請您將盤子遞給我！（對 vous 要求）

❺ ne pas retirer ta carte de crédit →_____

不要忘了取回信用卡！（對 tu 要求）

正確答案請見附錄解答篇 p.339

le métro 地鐵

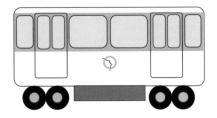

Le RER 區域快鐵

la station de métro
地鐵車站

le plan 路線圖

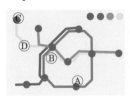

Ⓐ l'arrêt ~ ~站
Ⓑ la correspondance
　 轉乘站
Ⓒ le départ 起始站
　 le terminus 終點站
Ⓓ la ligne~ ~號線

le composteur
票閘出入口

l'escalateur
電動手扶梯

le guichet de vente
售票處

le distributeur
自動售票機

la sortie
出口

補充表達

點選螢幕	toucher l'écran
插入紙幣	entrer le billet
投入零錢	mettre les pièces
選擇票種	choisir le ticket
選擇張數	choisir le nombre de tickets
選擇單程票	choisir un ticket
選擇一日券	choisir un ticket-journée
確認	vérifier
打印車票	composter le ticket
出站時不用打印車票	Il n'est pas nécessaire de recomposter le titre de transport en sortant du métro.

巴黎地鐵系統介紹1

　　在巴黎市區，不用擔心有哪裡到不了的問題，因為巴黎市區的大眾運輸系統四通八達，你至少有以下這幾種工具可選：地鐵、公車、路面電車到區域快鐵RER。問題在於你要選擇哪一項來搭。而且，光是靠地鐵，巴黎主要的觀光景點大部分都到的了，若再搭配其他交通工具，去的地方又更多了。

　　我們可以把巴黎分成兩部分：小巴黎和整個大巴黎。以同心圓的視角來看，即「環區」的概念，小巴黎為同心圓裡面的兩圈範圍，而最裡面的第一圈包含了市中心與到巴黎必去的那些知名觀光景點，在這一圈裡巴黎地鐵可以帶你到想去的地方。巴黎地鐵目前有14條主線和2條支線，由不同顏色的圓圈數字（1~14）來表示。

　　同心圓再往外從第三圈到第六圈，即整個大巴黎的範圍。這區間的大眾運輸就要搭區域快鐵RER才能到目的地。像是戴高樂機場位於第五圈，從機場要進巴黎市區大部分的人都是靠RER的B線。目前RER共有5條線，由不同顏色的圓圈字母（A~E）來標示，是從最裡面的第一圈到最外圈之間的交通。有了以上「環區」的概念後，你可以選擇以下交通票券：

1. Ticket+ 票券：僅限第一圈和第二圈之內的地鐵。可以單程買，也可以一次買10張套票。單程票1.90歐／1張，10張的套票是14.90歐（2018年一月票價）。

2. Navigo卡（類似悠遊卡）：一張隨意讓你從第一圈搭到第五圈的交通卡，還分成週票、月票、年票。

3. Mobilis 一日票：顧名思義就是讓你在一天之內無限次搭乘的票，供你搭乘地鐵、RER。不過要注意，有依照圈數來設定價格，像是1~2圈是一個價格（7.5歐），1~3圈是另一個價格（10歐）（2018年一月票價）。

4. RER單程票：若只是單程而已，當然可以選單程票。一張Ticket+單程票雖然只能使用一次，不過於使用後一個半小時內有效，可供你持此同張票轉乘規定工具，像是地鐵轉地鐵，地鐵轉RER（第二圈之內），公車轉公車，公車轉路面電車，以及路面電車轉路面電車。巴黎市區內每日的通勤族，乘坐地鐵和RER的比例高達50％，比例遠高於私人交通工具與公車，由於路面交通阻塞，地鐵就成了巴黎市民外出的首選。

在地鐵車廂裡 Dans le métro

Laurent :

Théo, nous nous sommes trompés de métro !

Théo:

Ah bon[*1] ?

Laurent :

Il me semble que pour aller à la Part-Dieu, il faut prendre la direction[*2] <Charpennes>.

問人確認方向

Laurent :

Pardon Madame, nous voudrions aller à la Part-Dieu, est-ce que nous sommes dans le bon métro ?

Une passagère :

Malheureusement non, vous devez prendre le métro dans l'autre sens. Vous allez descendre au prochain arrêt et vous prendrez le métro en face.

Laurent:

Merci infiniment.

羅蘭：
迪歐，我們坐錯地鐵了！

迪歐：
是嗎？

羅蘭：
感覺要到 Part-Dieu 站，就要搭往 Charpennes 的方向。

羅蘭：
小姐不好意思，我們想要去Part-Dieu 站，請問我們坐的車是對的嗎？

乘客：
很遺憾不對喔。你們應該要搭另一個方向的車才對。你們在下一站下，然後到對面月台搭車。

羅蘭：
感謝您。

NB | 請注意

[*1] **Ah bon ?** 主要表示疑惑，帶有「真的嗎？」之意
[*2] **prendre la direction ~** 表示「搭往～方向」

必學單字表現

MP3 P2-L04-02

se tromper	**v.**	搞錯
malheureusement	**adv.**	遺憾地、可惜地
autre	**a.**	另一個
sens	**m**	方向
descendre	**v.**	下車
en face	**adv.**	對面
arrêt	**m**	站牌
prochain(e)	**a.**	下一個

 會話重點

重點1 **dans le bon métro**

這裡的 bon 帶有「對的，正確的」之意，而不是「好的」，可用在確認方向、道路時，如：

Ex. C'est la bonne direction ?
這方向是對的嗎？

重點2

Pour aller à＋地點, il faut＋動詞不定式

主要表示「為了要往～方向，得做～」，非常適用於說明路線怎麼走時，介詞 à 後面加表達方位或方向的名詞，il faut 表示「必須」。此句改成疑問句，也能用來問方向：

Ex. Pour aller à Nice, quelle direction est-ce qu'il faut prendre ?
要到 Nice，我得搭往哪個方向？

 與搭乘地鐵相關的表達 1

MP3 P2-L04-03

monter	上車
descendre	下車
*descendre à ~	在～站下車
*descendre dans (combien d') arrêts?	要坐（多少）站
le métro s'approche de l'arrêt	列車靠站
* (le métro) s'arrête à (l'arrêt)	（列車）停在～（站）
* (le métro) arrive	（列車）來了
* (le métro) arrive dans ~ minutes	（列車）～分鐘後才會來
attendre le métro	等車
prendre le métro	搭車
râter l'arrêt	過站
râter	錯過；沒搭上

Champs-Élysées

文法焦點 | 用來表示「必須」的 devoir 和 il faut

用法文表示「你必須做～」時，除了常用的 il faut ＋動詞不定式，還可用「主詞＋devoir」。

il faut 的 il 是虛主詞，不是指男生的「他」，後面直接加上動詞不定式，即能表示「必須做某事」。以下就用 il faut 來表示「您必須搭往 Charpennes 方向」：

Il faut prendre la direction <Charpennes>.

至於動詞 devoir，也能表達出一樣的意思，但此動詞得視主詞來做變化，請見以下整理：

je	dois	nous	devons
tu	dois	vous	devez
il / elle / on	doit	ils / elles	doivent

知道了變化之後，就來造出跟上面意思一樣的句子吧：

Vous devez prendre la direction <Charpennes>.

本課對話中的 Pour aller à la Part-Dieu, il faut prendre la direction <Charpennes>.，因為是兩人對自己說的話，所以主詞也就是「我們」，可改成：

Pour aller à la Part-Dieu, nous devons prendre la direction <Charpennes>. 或是
Pour aller à la Part-Dieu, on doit prendre la direction <Charpennes>.

短對話 A ～這個時候這樣問、這樣表達～

MP3
P2-L04-04

過閘門

Comment utiliser la carte du métro ?
這張票卡該怎麼使用？

Il suffit de l'insérer dans la machine.
直接插入即可。

確認月台

Est-ce que c'est bien le quai de la ligne 1 en direction de Château de Vincennes ?
這邊是往 Château de Vincennes 方向的 1 號線月台嗎？

Oui, c'est par là.
沒錯，這個方向。

確認方向1

Est-ce que je suis bien dans le métro en direction de Pont de Sèvres ?
這列車是往 Pont de Sèvres 這個方向的嗎？

Est-ce que ce métro s'arrête à la station de Jasmin ?
這列車有停靠 Jasmin 站嗎？

Non, vous vous êtes trompé de direction.
沒有，您方向反了。

確認方向2

Est-ce que je suis dans le bon métro pour aller à la station de Bastille ?
去巴士底站是坐往這個方向的列車嗎？

Non, vous devez prendre la ligne 5 à la prochaine station.
不對，您要在下一站轉 5 號線。

Non, vous devez trouver le quai de la ligne 8.
不對，你要到 8 號線的月台。

89

轉車

Est-ce que c'est la ligne directe pour aller au musée d'Orsay ?
這號線列車有直達奧賽美術館嗎？

Est-ce qu'il y a une correspondance pour aller au musée d'Orsay ?
到奧賽美術館的話，是否要轉車？

Vous devez changer à la station Invalides.
您得在 Invalides 站換車。

確認站名1

Est-ce que pour aller à l'université de Paris VIII, il faut descendre à la prochaine station ?
請問巴黎第八大學是不是在下一站下車？

C'est bien cela.
是的。

確認站名2

Est-ce que la station de Tuileries est déjà passée ?
請問杜勒麗站過站了嗎？

Oui, deux stations avant.
對，已經過了兩站。

坐回上一站

Comment retourner à l'arrêt precedent ?
我要怎麼坐回上一站？

Comment faire pour retourner à la station de la Gare de l'Est ?
要如何坐回到 Gare de l'Est 站呢？

Il suffit de prendre le métro d'en face.
直接搭對面月台的車即可。

 與搭乘地鐵相關的表達2　MP3　P2-L04-06

① vers~ / en direction de~　　　　往～（方向）

② ligne no.~　　　　　　　　　　～號線

③ l'arrêt　　　　　　　　　　　　站名

1. 重組句子

❶ la station de / à / vais / Concorde. / Je　　　　　我要去協和廣場站。

_____

❷ la direction / <Porte Dauphine>./ Il / prendre / faut　得搭往 Porte Dauphine 的方向。

_____

❸ allez / prochain arrêt. / descendre / Vous / au　　你們在下一站下。

_____

❹ Vous / la station / devez / à / Invalides. / changer　您得在 Invalides 站換車。

_____

❺ s'approche de / Le / métro / l'arrêt.　　　　　　列車靠站。

_____

2. 選擇下面的詞語填充句子。

| Il faut | bon | arrive | voudrions | prendre |

❶ Nous _____ aller à la Part-Dieu.　　　　我們想要去**Part-Dieu** 站。

❷ Est-ce que nous sommes dans le _____ métro ?　我們坐的車是對的嗎？

❸ Vous devez _____ le métro dans l'autre sens.　你們應該要搭另一個方向的車。

❹ _____ prendre le métro en face.　　　　得到對面月台搭車。

❺ Le métro _____ dans 5 minutes.　　　　　列車 **5** 分鐘後才會來。

3. 請聽MP3，並做會話的發問練習。

❶（請注意聽錄音裡對方的說明），並請用法文回答【您得搭往反方向的車】。

❷（請注意聽錄音裡對方的說明），並請用法文回答【沒有，您方向反了】。

❸（請注意聽錄音裡對方的說明），並請用法文回答【你要搭 5 號線】。

❹（請注意聽錄音裡對方的說明），並請用法文回答【您得在Invalides這一站

　　換車】。

正確答案請見附錄解答篇 p.339

le wagon　車廂

le quai　月台

❶	le couloir	車廂走道
❷	la poignée	手動開門把手
❸	la porte	車門
❹	le siège	座位
❺	la vitre	車窗
❻	la barre	扶手
❼	la place près de la porte	車門邊的位置
❽	la rame	列車
❾	le panneau de direction	方向指示標誌
❿	l'annonce	廣播
⓫	le rail	軌道

→ 常用於複數 les rails

⓬	l'interstice	月台間隙

補充表達

小心月台間隙	faire attention à l'interstice
我要下車。	Je voudrais decendre.
我要上車。	Je voudrais monter.
我要轉車。	Je vais faire une correspondance.
我坐過站了。	J'ai raté l'arrêt.
不要逃票。	Il ne faut pas voyager sans ticket de transport.
沒有座位可坐。	Il n'y a pas de place libre.
車上人很多。	Il y a beaucoup de monde (dans le métro).
最後一班車	le dernier service
抓緊扶手	bien tenir la barre
小心階梯	faire attention à la marche
到對面月台	aller sur le quai d'en face

巴黎地鐵系統介紹2

　　巴黎都會區約1300萬人口，可以想見在這麼多的人口壓力下，必須有健全的交通運輸系統，才不會在上下班的尖峰時間，讓整座城市癱瘓，巴黎地鐵的發達可說是最大功臣。

　　如果已有搭乘過台北捷運或高雄捷運的經驗，就不難了解巴黎地鐵系統的運作，首先，必須知道目的地位於哪一條線、哪一站附近，再依據所在地選擇正確的行車方向。跟台灣的捷運系統比起來，巴黎的地鐵線比較多元也比較複雜，一共14條線，但在地鐵圖上每一條線都用不同的顏色來代表，清晰可讀，有一點必須要注意的是，同一條線但方向相反的搭車月台並不在同一個地方，所以必須確認行車方向，以免搞錯月台、坐錯車。

　　巴黎地鐵的歷史悠久，雖然不斷地更新與維修，但大部分的車廂門到現在還不是自動的，乘客必須手動轉開把手，所以在此建議大家搭乘巴黎地鐵時，如果沒有把握轉開把手，站立在門口處也容易被推擠，最好不要滯留在車門口。

　　一張地鐵票的有效期以打票那一刻算起一小時半內有效，雖然在每一個地鐵入口處並沒有驗票員，但在地鐵裡或車廂裡常會遇到查票員驗票，如果被發現未買票搭乘或是地鐵票的時效期已過，將會被處以比一般票價貴上幾十倍的罰金，所以在此提醒大家一定要遵守規則。

　　搭乘地鐵的尖峰時段為早上七點到九點半，下午五點到晚上八點半，這些時段也是扒手最猖狂的時候，所以最好避開上下班的時間，並且隨時小心自己的物品。

在火車站 A la gare

Emilie :

Un billet aller-retour pour Nice, s'il vous plaît.

L'employé :

Quand est-ce que vous voulez partir ?

Emilie :

Est-ce qu'il est possible de partir ce matin ?

L'employé :

Tout à fait, vous avez un train qui part à dix heures, cela vous convient[*1] ?

Emilie :

Parfaitement.

L'employé :

Et pour le retour ?

Emilie :

Le samedi 10 mai, si possible.

L'employé :

Vous aurez[*2] un train le samedi vers quinze heures.

Emilie :

Très bien.

L'employé :

Le total vous fait 236 euros. Vous pouvez consulter le quai de départ sur l'écran d'affichage.

艾蜜莉：

一張到尼斯的來回車票，麻煩您。

售票員：

請問您想要什麼時候出發？

艾蜜莉：

請問今天早上有班車嗎？

售票員：

有的，早上十點的車，這樣可以嗎？

艾蜜莉：

太好了。

售票員：

那回程呢？

艾蜜莉：

如果可以的話，五月十日，星期六。

售票員：

星期六下午三點會有一班。

艾蜜莉：

正合我意。

售票員：

一共是236歐元。上車前，您可以看電子看板查詢您的上車月台。

NB | 請注意

[*1] **Cela vous convient ?** 表示「這是否適合您」，原句為 **Est-ce que cela vous convient ?** | [*2] **avoir** 的簡單未來式

必學單字表現

MP3
P2- L05-02

billet	m	車票
au départ de	phr.	從…出發
aller-retour	m	來回票
partir	v.	離開，出發
matin	m	早上
tout à fait	adv.	確實
convenir	v.	適合
parfaitement	adv.	完美地
retour	m	回程
vers	prep.	大約
total	m	總共
consulter	v.	查詢
quai	m	月台
écran d'affichage	m	螢幕

重點1

Est-ce qu'il est possible de＋動詞不定式

此為詢問可行性、用來請求對方做某事時會用的問句。possible 意為「可能的」，il est possible de 意為「可能、可以做…」，前面加上Est-ce que表示問句。de 後面再加上動詞就行了。

Ex. **Est-ce qu'il est possible de partir ce matin ?** 今早可以出發嗎？

重點2 子句＋si possible

si 的意思是「如果」，而 si possible 的意思就是「如果可能／可以的話」，是個用來跟對方確認自己要求、但又不確定對方是否同意的句型，只要在句子後面加上 si possible 就能表達出自己的要求。

Ex. **Je voudrais partir à dix heures, si possible.**
如果可以的話，我想要十點出發。

MP3
P2-L05-03

- 數字＋heure(s)(小時)
  huit heures　8 點鐘

① heure	小時
② minute	分鐘
→seconde	秒

【第3種表現方式：15分】

- 數字＋heure(s)＋數字15
  dix-huit heures quinze　18 點 15 分
- 數字＋heure(s)＋et（和）
  +le quart（一刻鐘）
  six heures et quart　6點和一刻

【第4種表現方式：30分】

- 數字＋heure(s)＋數字30
  huit heures trente　8 點 30 分
- 數字＋heure(s)＋ et ＋demie（半）
  huit heures et demie　8點和半

【第2種表現方式：45分】

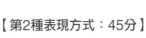

- 數字＋heure(s)＋數字45
  dix heures quarante-cinq　10 點 45 分
- 數字（未來的整點）＋heure(s)
  +moins（減去）＋le quart（一刻鐘）
  onze heures moins le quart　11 點 減去 一刻
  （= 10點45分）

【其他表現方式：加上時段】

- dix heures du matin 早上10點
- trois heures de l'après-midi (=quinze heures)
  下午 3 點（= 15 點）
- dix heures du soir (=vingt-deux heures)
  晚上 10 點（= 22 點）

文法焦點 | 主詞關係代名詞 qui

本課對話中有一句 vous avez un train qui part à dix heures，其中這裡的 qui 是關係代名詞，相當於英文的 which，功用在於將兩個子句連接在一起，請見下列原句。

Vous avez un train.   您會有一班列車。
Le train part à dix heures.   這班列車 10 點出發。

以上可以看到兩個句子，但如果要將這兩個句子變成一句，就要用關係代名詞 qui 代替第二句的主詞 Le train，並連接第一句的 un train，變成：

un train + qui + part à dix heures

（先行詞）　　　　（形容詞子句）

　　　→ qui part à dix heures（於 10 點出發的）就像是一個形容詞一樣在後面修飾
　　　　著 un train。

不過關係代名詞 qui 只用在當先行詞在關係子句中扮演主詞的功用時，也就是說 qui 後面的動作是主動的動作，是把先行詞視為主詞的情況，例如：

Je connais un homme **qui s'appelle Philippe.**

我認識一位名叫飛利浦的男子。

在這裡，名叫飛利浦（s'appelle Philippe）這個動作對先行詞（un homme）來說是主動的，所以用 qui 來連接。

短對話 A ～這個時候這樣問、這樣表達～

確認
車票

Un billet pour Marseille, s'il vous plaît.
我想買一張到馬賽的車票。

Je vais regarder pour vous.
我幫您看一下。

Est-ce qu'il y a encore de la place dans le train pour Paris ?
請問從這裡出發到巴黎，還有座位嗎？

預訂
車票

Je voudrais réserver un billet au départ de Paris pour Lyon ce soir à 18 heures.
我想預訂一張今晚六點巴黎到里昂的車票。

Malheureusement, il n'y a plus de place.
抱歉，這個時間已經沒票(座位)了。

Un billet pour Bordeaux le 20 janvier le matin à 9 heures, s'il vous plaît.
我想要一張1月20日早上9點到波爾多的票。

確認
時間

A quelle heure voulez-vous partir/arriver à l'aéroport ?
請問您要幾點出發到／抵達機場？

Je voudrais partir/arriver à 15 heures.
下午三點出發／抵達。

Demain matin à 10 heures.
明天早上10點。

確認
票種

Vous voulez un aller-simple ou un aller-retour ?
您要單程票還是來回票？

Je voudrais un aller-simple.
我要單程票。

Un aller-retour pour Paris-Nice.
巴黎到尼斯來回。

確認
座位

Je voudrais un billet pour Bordeaux le samedi 10 août, est-ce qu'il y a un train dans l'après-midi ?
我要一張8月10號星期六到波爾多的票，下午有車嗎？

Il y a encore des places disponibles dans les trains de 15h et de 19h.
目前是15點和19點都還有位子。

確認
月台

Sur quel quai se trouvera le train qui part à Lyon à 18 heures 20 ?
請問往里昂18點20分的這班，在第幾月台？

Sur le quai 10.
在第10月台。

確認
方向

Est-ce que ce train est pour Paris ?
請問這班車是往巴黎的嗎？

Oui, c'est bien cela.
是的，沒錯。

確認
張數

C'est pour combien de personnes ?
請問您需要幾張(幾個人)？

Deux places, s'il vous plait.
兩張(兩個座位)。

Deux adultes et un enfant.
我要兩張成人票，一張孩童票。

法文日期與時間點的表現

MP3
P2-L05-06

法文中要同時表達日期、星期、時間時，其順序為「le 星期＋le 日、月＋à 時間點」。在星期與日期前面都要加上冠詞 le，在時間點前要加上介系詞 à。

· 日期的表達：	le 20 janvier	（一月 20 日）
· 時間點的表達：	à 9 heures	（9 點時，可寫作 à 9 h）
· 時段、時間點的表達：	le matin/soir à 9 heures	（早上／晚上 9 點時）
· 日期、時間點的表達：	le 20 janvier à 9 heures	（一月 20 日 9 點）
· 星期、日期、時間點的表達： le samedi 20 janvier à 9 heures		（一月 20 日星期六 9 點）

Exercices｜練習題

1. 請依提示在空格中填入正確的動詞（請以直陳式現在時來完成句子）。

❶ Vous avez un train qui _____ à neuf heures.
(partir)

❷ Le total vous _____ 236 euros.
(faire)

❸ Cela vous _____ ?
(convenir)

❹ Un billet aller-retour pour Nice, s'il vous _____ .
(plaire)

❺ A quelle heure_____ -vous arriver à l'aéroport ?
(vouloir)

2. 請聽MP3，選出正確的時間。

❶　(A) 8 h　　　　(B) 9 h　　　　(C) 10 h

❷　(A) 10 h45　　(B) 18 h　　　　(C) 18h15

❸　(A) 14 h45　　(B) 15 h　　　　(C) 20h

❹　(A) 15 h　　　(B) 15 h30　　　(C) 15h45

❺　(A) 14 h15　　(B) 14 h45　　　(C) 15h15

3. 請聽MP3，並做會話的發問練習。

❶（請注意聽錄音裡對方的說明），並請用法文回答【請問今天早上有班車嗎】。

❷（請注意聽錄音裡對方的說明），並請用法文回答【明天早上10點半】。

❸（請注意聽錄音裡對方的說明），並請用法文回答【一張來回票】。

❹（請注意聽錄音裡對方的說明），並請用法文回答【兩張，麻煩您】。

❺（請注意聽錄音裡對方的說明），並請用法文回答【如果可以的話，一月23日，星期一】。

正確答案請見附錄解答篇 p.339

❶ la réservation	預訂票	❸ le distributeur	自動售票機	❹ le guichet	售票處
❷ l'abonnement	月票	→l'aller-simple	單程票	→l'aller-retour	來回票

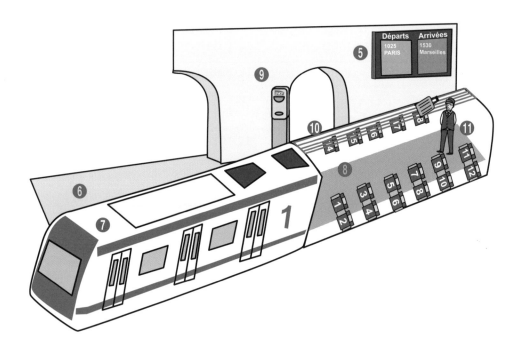

❺ le panneau électro-nique d'affichage	電子時刻表看板	❽ le couloir	車廂走道
❻ le quai	月台	❾ le composteur	車票打印機
❼ la rame	列車	❿ le porte-bagages	行李架
→le wagon	火車車廂	⓫ le contrôleur	查票員

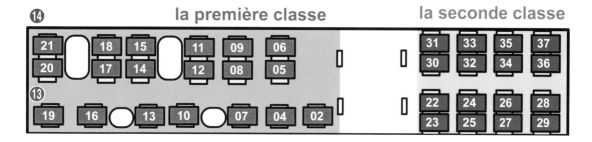

⑬ côté couloir	靠走道的
⑭ côté fenêtre	靠窗的
→zone fumeur	吸菸區

→zone non-fumeur	非吸菸區
→wagon~	第～節車廂
→place~	第～號座位

補充表達

我有預訂車票。	J'ai réservé le billet de train.
把行李放到行李架上	mettre la valise sur le porte-bagages
列車即將進站里昂車站。	Le train va arriver sur le quai de la gare de Lyon.
還有兩站才到尼斯車站	encore deux arrêts avant d'arriver à la gare de Nice

法國國家鐵路火車

法國國家鐵路SNCF(Société Nationale des Chemins de Fer Français)為法國最大的國營企業，負責法國國有鐵路的經營。法國國鐵中最有特色的火車莫過於TGV（全名為 train à grande vitesse 法國高速列車），車速快、平穩、舒適，載客列車時速為300-320公里。不過TGV的票價不斐，但法國國鐵提出不少優惠的方式，對於年輕學生（12-27歲）有提供青年卡，青年卡年費 50 歐元，每次要購買車票時，依據時段的不同會有至少七折的優惠，如果超過年齡上限，也可購買早鳥票或出發日前十日剩餘的位置。另外，利用網路購票可免費郵寄，也可到現場用機器取票，可避免在現場排隊買票的不便。

以下介紹法國各地區的高速列車：

法國高速鐵路東南線
法國高速列車的第一條路線，連接巴黎與里昂，於1981年九月啟用。

法國高速鐵路地中海線
主要連接瓦倫(Valence)與馬賽(Marseille)，於2001年六月啟用。

法國高速鐵路大西洋線
主要連接巴黎與不列塔尼半島的城市，於1989年啟用。

法國高速鐵路東歐線
主要連接巴黎與史特拉斯堡(Strasbourg)、盧森堡、瑞士、德國，於2007年啟用。

法國高速鐵路北歐線
主要連接巴黎與比利時，以及連接巴黎與倫敦的海峽隧道，於1993年正式營運。

Leçon 6

在租車中心 A l'agence de location de voiture

Théo :

Bonjour Madame, je voudrais louer une voiture pour quatre personnes, avec une assurance.

L'employée :

Oui, c'est pour combien de temps ?

Théo :

C'est pour une semaine.

L'employée :

Avez-vous un permis de conduire international ?

Théo :

Oui Madame.

L'employée :

J'ai une clio à vous proposer, la location est à 220 euros la[*1] semaine, avec l'assurance, cela vous fait[*2] un total de 280 euros.

Théo :

Cela me semble correct.

L'employée :

Si vous désirez rendre la voiture dans une autre ville, il suffit de nous prévenir par avance.

Théo :

D'accord.

迪歐：

　小姐您好，我想租一台四人的小客車，含保險。

職員：

　好的，您想租多長的時間呢？

迪歐：

　一個星期。

職員：

　請問您有國際駕照嗎？

迪歐：

　有的。

職員：

　我現在有部雷諾 clio 款的車推薦給您，一星期的租金是 220 歐元，連同保險一共是 280 歐元。

迪歐：

　我覺得這個價錢還滿合理的。

職員：

　若您想在另一個城市還車，只需要事先通知我們一聲即可。

迪歐：

　好的。

NB | 請注意

*1 在 **le/la** 後面接時間名詞（如 **lundi, semaine** 等）時表示「每～」| *2「**cela fait**＋金額」表示「總共是～歐元」

必學單字表現 MP3 P2-L06-02

louer	(v.)	租
personne	(f)	人
semaine	(f)	星期
permis de conduire	(m)	駕照
international(e)	(a.)	國際的
assurance	(f)	保險
proposer	(v.)	推薦
location	(f)	租借
rendre	(v.)	歸還
un(e) autre	(phr.)	另一個
prévenir	(v.)	通知
par avance	(phr.)	事先
ville	(f)	城市

Leçon 6 在租車中心

會話重點

重點1 c'est pour＋時間長度

主要表示「某某事物需要多久時間」，這裡的 pour 後面有時間長度時用來表明「在多久之內、多久期間」，所以 C'est pour une semaine. 的意思為「要一週之內」。

重點2 il suffit de＋動詞不定式

主要表示「只需～就夠了」。主要是配合虛主詞 il，動詞 suffit 的原形是 suffire（滿足～所需；足夠）。

Ex. Il suffit de prendre un café.
點一杯咖啡即可。

重點3

Cela＋人稱代名詞＋semble＋形容詞

主要表示「某事物對某某人怎麼樣」之意。cela 的部分也可以換用一般名詞。

Ex. Ces livres me semblent très utiles.
這些書我覺得很有用。

 開車上路的相關表現 MP3 P2-L06-03

faire demi-tour	迴轉	démarrer	發動
tourner à gauche	左轉	se mettre au point mort	把檔位打到停車檔
tourner à droite	右轉	passer la première vitesse	把檔位打到一檔
aller tout droit	直直開	passer en marche arrière	把檔位打到倒車檔
faire une marche arrière	倒車	s'arrêter au bord de la route	把車靠邊停
prendre l'autoroute	上高速公路	mettre de l'essence prendre de l'essence	去加油
quitter l'autoroute	下交流道	faire le plein	把油加滿
s'arrêter	熄火	crevaison (de pneu)	發生爆胎

文法焦點 │ combien 和 combien de ~ 的用法

疑問副詞 combien 意思為「多少」、「多少錢」，主要用來詢問數量、金額或程度。以 combien 造疑問句時，combien 放句首，後面接主詞、動詞。例如：

Combien ＋名詞 [或指示代名詞] ＋動詞 -t-il/elle

這是一個標準的疑問句造法，要先注意到語順，名詞會放在動詞之前，但在動詞後面要加上可代替此名詞之代名詞 il/elle。代名詞 il 或 elle 要隨名詞做變化。

Combien ce livre coûte-t-il ?　　　這本書要多少錢？

Combien cette jupe coûte-t-elle ?　　這件裙子要多少錢？

Combien cela coûte-t-il ? 這個多少錢？

但在口語中，我們可以用 Combien ça coûte？（這個值多少錢）、C'est combien？（這個多少）。

若用 Combien de 這個句型，後面再接名詞，還可詢問時間長短、人數。例如：

Combien de ＋名詞（時間、人、數量單位等）

・Combien de temps ?　　　　　多少時間？
・Combien d'années ?　　　　　多少年？
・Combien de mois ?　　　　　幾個月？
・Combien de personnes ?　　　多少人？
・Combien de kilos ?　　　　　多少公斤？
・Combien de grammes ?　　　　多少克？

短對話 A ～這個時候這樣問、這樣表達～

確認車型

Quelle gamme de voiture préférez-vous ?
您要哪種車呢？

Je voudrais une moyenne.
我要中型車。

還車方式

Voulez-vous rendre la voiture dans une autre agence ?
請問您要甲地借乙地還嗎？

Oui, j'ai l'intention de rendre la voiture à l'aéroport.
要，我打算在機場還。

Ce n'est pas nécessaire.
不需要。

租多久

Pour combien de temps voulez-vous louer ?
您想要租多久呢？

De quel jour à quel jour ?
從哪一天租到哪一天呢？

Pendant 5 jours. A partir d'aujourd'hui jusqu'au 30 avril.
租 5 天。從今天到 4 月 30 日。

取車地點

Je voudrais prendre la voiture à l'aéroport Charles de Gaulles.
我要在戴高樂機場取車。

Où voulez-vous récupérer la voiture ?
您要在哪裡取車呢？

Je voudrais la récupérer à la gare d'Avignon.
我要在亞維儂車站取。

加購保險

Est-ce que vous désirez prendre une assurance complémentaire ?
需要加購汽車失竊或意外損毀的保險？

Oui, je la prends.
好的，我要購買。

取車時間

Quel jour préférez-vous pour récupérer la voiture ?
您打算哪一天取車呢？

Je voudrais récupérer la voiture le 20 mars.
我要在3月20日時取車。

Demain après-midi.
明天下午。

還車時間

Quand est-ce que vous pensez rendre la voiture ?
您打算何時還車呢？

Dans une semaine, le 28 mars à 17 heures.
一週之後，3月28日下午5點還。

Après-demain matin à 10 heures.
大後天早上10點。

特定需求

Avez-vous une voiture avec boîte de vitesse automatique/manuelle ?
您還有自排車／手排車嗎？

Oui, tout à fait.
有。

aller 和 venir 的差別

❶   ❷

❶ venir（來）　Laurent vient (près de moi).
Laurent 來（朝我走來）。

❷ aller（去）　Laurent et moi, nous allons (au restaurant).
Laurent 和我去（餐廳）。

(moi)Emilie   Laurent   Laurent   (moi)Emilie

Exercices｜練習題

1. 重組句子。

❶ louer / Je / une voiture / voudrais / personnes. / pour / quatre

我想租一台四人的小客車。

_____

❷ semaine. / pour / C'est / une　　　　　　　要租一個星期。

_____

❸ location / à / 210 euros / La / est / la / semaine.　一星期的租金是 210 歐元。

_____

❹ un / total / Cela / 320 euros. / vous / fait / de　一共是 320 歐元。

_____

❺ prévenir / Il / nous / par / suffit / de / avance.　只需要事先通知我們一聲即可。

_____

2. 請聽MP3，並做會話的發問練習。

❶（請注意聽錄音裡對方發問的問題），並請用法文回答【租5天】。

❷（請注意聽錄音裡對方發問的問題），並請用法文回答【**我要中型車**】。

❸（請注意聽錄音裡對方發問的問題），並請用法文回答【**明天下午**】。

❹（請注意聽錄音裡對方發問的問題），並請用法文回答【**大後天早上10點**】。

❺（請注意聽錄音裡對方發問的問題），並請用法文回答【**要租一週**】。

正確答案請見附錄解答篇 p.340

❶ le pare-brise	擋風玻璃	❻ la vitre	車窗
❷ le pare-choc	保險桿	❼ le réservoir d'essence	油箱
❸ les essuie-glaces	雨刷	❽ le pneu	輪胎
❹ la plaque d'immatriculation	車牌	→la roue	輪子
❺ le phare	車燈	❾ la portière	車門

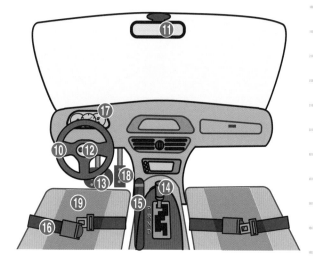

❿ le volant	方向盤
⓫ le rétroviseur	後視鏡
⓬ le klaxon	喇叭
⓭ le frein	剎車
⓮ le levier de vitesse	排檔桿
⓯ le frein à main	手剎車
⓰ la ceinture de sécurité	安全帶
⓱ le tableau de bord	儀錶板
⓲ l'accélérateur	油門
⓳ la place du conducteur	駕駛座

le sens unique
單行道

l'interdiction de tourner à droite
禁止右轉

l'interdiction de tourner à gauche
禁止左轉

l'interdiction de faire demi-tour
禁止迴轉

le sens interdit
禁止進入

le feu rouge
紅燈

le feu orange
黃燈

le feu vert
綠燈

le sens du rond-point
圓環遵行方向

la route à double sens
雙向道

le parking
停車場

l'autoroute
高速公路

la route nationale
國道
→la route départementale
省道

各類型汽車

petite voiture	小型車		camion 貨車	
voiture moyenne	中型車		voiture électrique 電動車	
grande voiture	大型車		voiture avec boîte de vitesse automatique 自排車	
camping car	旅行車輛		voiture avec boîte de vitesse manuelle 手排車	
voiture de luxe	高檔車輛			

* 也有人用 **boîte de vitesse mécanique** 來表示
「手排」，是比較專業的用法。

在法國租車的流程

想要到法國自助旅行的遊客，基於火車價格昂貴，以及基於方便性與機動性的考量，租車是一個不錯的選項，請記得在出國前先換好國際駕照。

法國有名的租車公司有 AVIS、HERTZ、EUROPCAR，租車的費用會依照人數、租用的天數、自排車或手排車、汽油車或柴油車、甲地租乙地還等的條件而有差距，在此建議遊客或留學生不要只以租車價格來當唯一的租車標準，還要考量車型。一般台灣人比較不習慣開歐洲車，主要是因為自排車的車款很少，在對法國路況不是很熟悉的情況下，最好還是選擇自己比較熟悉的車型。

用租車網頁預約租車的流程很簡單，請搭配右頁來理解：

一、選擇出發地點與還車地點

二、選擇租用日期

三、選擇車款

在選擇車款時，租車的價錢就會依可承載人數與汽車的功能性而有不同。在此要提醒大家，在確認所有的選項後，要仔細閱讀租車條款，例如取消預約時、超出里程數時、逾時還車時，租車公司會要求多少百分比的違約金，必須在付款前先確認清楚，此外，租車公司也會求客人在還車時把油箱加滿。

現場取車時，租車公司會詢問是否想要買汽車意外險，在此建議大家，會在大城市停留的遊客或是新手上路的年輕學生，保險的部分可以多保一些，讓自己安心上路。保險理賠的項目包括擦撞、板金刮傷、還有一些汽車配件(如後視鏡)的損壞。租車另一個要注意的問題是停車問題，若住宿的地方有提供停車位是最方便安全的，否則還是盡量選擇室內停車場，以避免違規停車。若被拖吊，車子被損壞的機率很大，造成領回時還須負擔車輛的維修費，所以不要因省停車費而因小失大。

以下是租車網站上的法文：

Recherchez une location de voiture

1 Lieu de prise en charge

☑ Je souhaite restituer la voiture dans un autre endroit **2**
Lieu de restitution
3

4 Date de prise en charge:　　**5** Date de restitution :
Jeu 21 Sep 2018 ⌄　　　　**Dim 24 Sep 2018** ⌄

🕐 12 ⌄　　00 ⌄　　🕐 12 ⌄　　00 ⌄

Recherchez **6**

🅿 Plein à rendre plein **7**

Citadine **8**

9 **4 sièges｜2 portes｜2 petites valises**

10 ✔ Air conditionné　✔ Boîte manuelle

~~au lieu de EURO320.00~~

11 Tarif de votre location
de voiture
EURO300.77

12 Prestation et protections GRATUITES:

✅ Modifications

✅ Protection en cas de vol

✅ Couverture partielle en cas de collision

13 Les petits plus GRATUITS de votre location:

✅ Taxe d'aéroport

✅ Taxes locales

✅ Frais d'emplacement spécifique

✅ Kilomètres illimités

---

1 取車地點

2 甲地租乙地還（字面意義：我想要在另一個地點還車）

3 還車地點

4 取車日期

5 還車日期

6 搜尋

7 歸還時加滿油

8 適用於市區內行駛的車型

9 4 人座｜兩門｜可放兩件小行李

10 有冷氣｜手排檔

11 租車費用

12 服務與保障之免費項目：

修改合約
失竊險
車禍之部分理賠

13 附加的免費的項目

機場稅
當地稅或地方稅（註解：到另一個歐洲國家時當地政府所要求的稅，若留在法國則無此稅）
額外的停車費（在機場或車站領車或交車時，會被要求付額外的停車費用）
無上限公里數

Leçon 7

在大街上 Dans la rue

Emilie :

Excusez-moi Monsieur, je voudrais aller à la banque de France, est-ce que je suis dans la bonne[*1] direction ?

Un passant :

Pour aller à la banque de France, vous allez d'abord tout droit, dans environ trois cents mètres, vous allez voir le magasin Printemps, ensuite vous tournez à gauche, vous continuez encore[*2] un peu, la banque se trouve juste à votre gauche.

Emilie :

Cela me paraît assez simple.

Un passant :

En effet, vous n'êtes pas très loin. Si vous ne la trouve pas, demandez là-bas quand vous serez[*3] plus près.

Emilie :

Merci pour votre patience. Bonne journée.

艾蜜莉：

先生不好意思，我想到法國銀行，請問我走的方向是對的嗎？

路人：

從這裡到法國銀行，您先直走約300公尺，會看到春天百貨，然後您向左轉。再走幾步路，您就會看到法國銀行在您的左手邊。

艾蜜莉：

聽起來感覺不難。

路人：

事實上，您現在的位置就在附近不遠處。如果您找不到的話，您到那附近再問問看比較保險。

艾蜜莉：

謝謝您的耐心說明，再見。

NB｜請注意

[*1] **dans la bonne direction** 意指「方向是對的」，而 **dans la mauvaise direction** 意指「方向是錯的」｜[*2] 是「再，又，仍」的意思｜[*3] 是 **être** 的簡單未來時

必學單字表現 🎵 MP3 P2-L07-02

banque	**f**	銀行
d'abord	**adv.**	首先
tout droit	**adv.**	直走
environ	**adv.**	大約
magasin	**m**	商店
tourner	**v.**	轉
gauche	**adv.**	左邊
un peu	**adv.**	一點點
paraître	**v.**	顯得
simple	**a.**	簡單的
en effet	**adv.**	確實地
loin	**a.**	遠的
là-bas	**adv.**	那邊
patience	**f**	耐心

會話重點

重點1 **tourner à＋左／右**

tourner 這個動詞的意思為「轉彎」「變換方向」，後面加上介系詞 à，接著再接上方向詞，如左邊或右邊。

tourner à gauche　左轉
tourner à droite　右轉

重點2 **aller tout droit**

aller表示「前進、走」，droit 則是表示「直行或直線的方向」，tout 只是有強調意味的副詞。這句的意思就為「往前直走」，跟 aller droit 是同樣的意思，也可表示兩端最短的距離。

 法文方向表達 🎵 MP3 P2-L06-03

droite	右邊	
gauche	左邊	
tourner à droite	右轉	
tourner à gauche	左轉	
sur votre droite	在你的右手邊	
sur votre gauche	在你的左手邊	
aller tout droit →continuer à aller tout droit	直走 繼續直行	

❶ l'est	東
❷ le sud	南
❸ l'ouest	西
❹ le nord	北

par là	在那個方向
aller vers	朝著～走
longer	沿著～走
traverser	穿過

文法焦點 | 法文的否定型用法 1

基本句型

ne... pas 是法文中的否定句型，通常是把動詞放在 ne... pas 中間，如以下句型分析。

ne ＋動詞＋ pas（＋名詞／形容詞等）

・**ne ＋ êtes ＋ pas   loin**
　　　　　　　　　　（形容詞）
・**ne ＋ trouve ＋ pas   la banque**
　　　　　　　　　　（名詞）

請比較以下肯定句與否定句的差別：

肯定句：**C'est loin.** 　　　　（很遠）

否定句：**Ce n'est pas loin.**（不遠）

受詞與否定的語順

若出現像是 le, la 之類的直接受詞代名詞的話，句子結構就會是：

ne ＋ le/la/les ＋動詞＋ pas

・**ne le trouve pas**
（若用 la 就表示陰性名詞，如 la banque）

此外，法文中除了 ne... pas 之外，還有其他否定的表達，請見以下表格：

ne... plus	不再…	**Je ne mange plus.** 我不要再吃了。
ne... guère	不太…	**Elle n'aime guère ce film.** 她不太喜歡這部電影。
ne... rien	什麼都不…	**Ce garçon n'écoute rien.** 這個男孩什麼都不聽。
ne... jamais	從不…	**Cet enfant ne ment jamais.** 這個孩子從不説謊。
ne... ni... ni	不…也不…	**Je n'aime ni les chats ni les chiens.** 我不喜歡貓也不喜歡狗。
ne... aucun(e)	一個都沒有… （aucun 是帶有否定意思的形容詞。強調「一個也沒有」）	**Il n'a aucun ami.** 他一個朋友都沒有。
ne... personne	沒有人 （personne 原意為「一個人」，用於否定句時帶有否定意義。）	**Je ne connais personne.** 我一個人都不認識

短對話 A ～這個時候這樣問、這樣表達～

確認
在哪

C'est quelle direction pour aller à la Tour Effel ?
哪個方向才是往巴黎鐵塔呢？

C'est par où pour aller à la Gare du Nord?
哪邊才是往巴黎北站呢？

C'est par là.
往那邊。

確認
方向

Est-ce que je suis bien dans la direction du Louvre ?
這條路是往羅浮宮的方向嗎？

Oui, vous continuez tout droit et tournez à droite.
是的，繼續直走再右轉。

Vous êtes dans la mauvaise diretion. Le Louvre est loin dans l'autre sens.
你搞錯了，在遙遠的那一頭。

確認
怎麼走

Comment aller à cette adresse, s'il vous plaît ?
我 要 到 這個地址，請問要怎麼走嗎？

Je voudrais aller au musée d'Orsay, est-ce que c'est tout droit / qu'il est tout près d'ici ?
我要到奧賽美術館，這邊直走就到了嗎／請問在附近嗎？

Vous avancez et tournez à droite, il est à une minute.
前面右轉之後走1分鐘就到了。

確認
目的地

Est-ce qu'il y a une poste près d'ici / aux alentours ?
請問這附近有郵局嗎？

Où est la station de métro la plus proche, s'il vous plaît ?
請問離這裡最近的地鐵在哪裡呢？

Après cette rue, vous pourrez la voir.
過這條馬路之後，您就可以看到了。

確認
路名

Où se trouve le boulevard de Clichy ?
請問 Clichy 大街要怎麼走？

Vous continuez cette rue, c'est le troisième croisement.
眼前這條直走之後，第三個路口就到了。

115

短對話B ～這個時候這樣問、這樣表達～

MP3
P2-L07-05

確認
路名

Si je continue cette rue, est-ce que je vais tomber sur la place de l'Europe?
請問這條路直走會遇到 Place de l'Europe 嗎？

Vous vous êtes trompé de la direction.
您方向反了。

走多久

Combien de temps faut-t-il pour aller à pied à l'université de Paris VIII ?
從這裡到巴黎第八大學要走多久？

Environ 10 minutes.
大概要10分鐘。

確認
左右

Je vais aller à l'hôtel Orange, est-ce que je dois tourner à doite ou à gauche ?
我要去Orange飯店，請問我要右轉還是左轉？

Vous devez tourner à droite.
您得右轉。

與移動意義相關之動詞表現

MP3
P2-L07-06

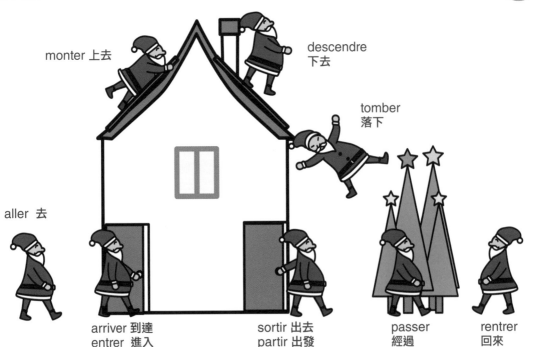

monter 上去　descendre 下去　tomber 落下　aller 去　arriver 到達　entrer 進入　sortir 出去　partir 出發　passer 經過　rentrer 回來

Exercices | 練習題

1. 請依提示在空格中填入正確的表達以完成句子。

❶ **Est-ce que je suis dans** ＿＿＿ ＿＿＿ **direction ?**（bon）

我走的方向是對的嗎？

❷ **Combien de temps** ＿＿＿＿＿＿ **pour aller à l'université de Paris VIII ?**（falloir）

從這裡到巴黎第八大學要多久？

❸ **Cela me** ＿＿＿ **assez simple.**（paraître）

感覺不難。

❹ **Vous continuez tout droit et** ＿＿＿ ＿＿＿ ＿＿＿ **.**（droite）

您繼續直走再右轉。

❺ **Est-ce qu'il y a une poste** ＿＿＿ ＿＿＿ **?**（ici）

請問這附近有郵局嗎？

2. 請聽MP3，將以下句子改成聽到的否定句。

❶ **Vous tournez à gauche.**

→ **Vous** ＿＿＿＿＿＿＿＿＿＿＿

❷ **Vous êtes loin.**

→ **Vous** ＿＿＿＿＿＿＿＿＿＿＿

❸ **Ma mère le mange.**

→ **Ma mère** ＿＿＿＿＿＿＿＿＿＿＿

❹ **Je connais Alex et Marie.**

→ **Je** ＿＿＿＿＿＿＿＿＿＿＿

❺ **Il aime les chats et les chiens.**

→ **Il** ＿＿＿＿＿＿＿＿＿＿＿

正確答案請見附錄解答篇 p.340

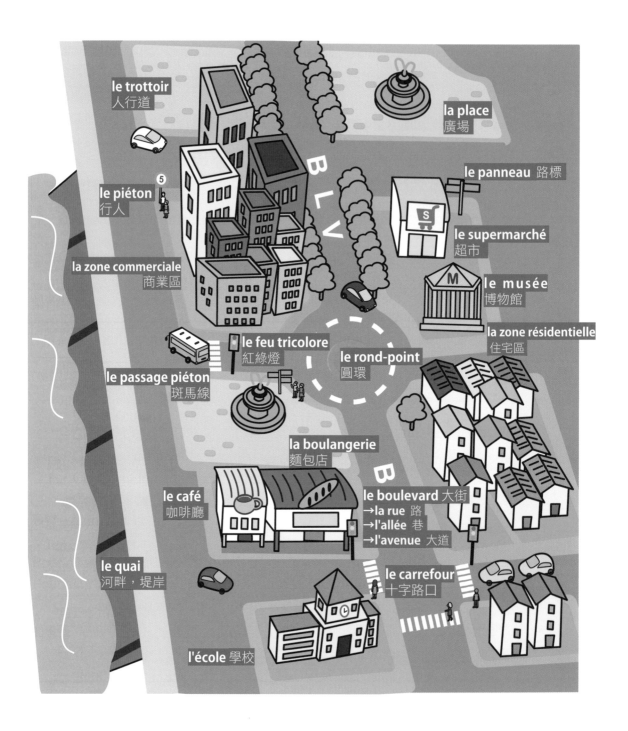

le trottoir 人行道

la place 廣場

le panneau 路標

le piéton ⑤ 行人

le supermarché 超市

la zone commerciale 商業區

le musée 博物館

la zone résidentielle 住宅區

le feu tricolore 紅綠燈

le rond-point 圓環

le passage piéton 斑馬線

la boulangerie 麵包店

le café 咖啡廳

le boulevard 大街
→la rue 路
→l'allée 巷
→l'avenue 大道

le quai 河畔，堤岸

le carrefour 十字路口

l'école 學校

118

法國的街頭藝術文化

　　一說到法國，大家一定會馬上聯想到藝術、時尚、美酒…，源自義大利的文藝復興，帶給歐洲大陸非常深遠的影響，而法國在藝術與哲學方面的發展尤為突出。在如此的文化背景下，法國人一般的生活與藝術息息相關，無論是家庭教育或是學校教育都非常注重藝術氣息的培養，以及藝術欣賞的能力。就以巴黎為例，有不少的博物館與美術館於每月的第一個星期日，開放給民眾免費參觀，而學校從小學到高中，也定期安排參觀美術館、博物館或欣賞戲劇表演。除了這樣深層文化的薰陶，另一種比較生活化的藝術型態，在法國也備受喜愛與歡迎的，那就是街頭藝術文化。

　　有不少街頭藝術表演者會選擇旅遊景點、博物館、美術館前或大的廣場前，也就是人潮較多的地方進行藝術表演，這類的藝術活動並不是以營利為目的，這些表演者追求的是讓觀眾欣賞他們的藝術才能以及與觀眾近距離的互動，在週末或假日常看到人群圍著藝術表演者歡笑著。

　　為了發展這類的藝術表演，法國各地會舉辦各類的活動，例如每年六月二十一號的音樂節(la fête de la musique)，每年七月份的亞維儂藝術季(le festival d'Avignon)，每年六月份的富維耶之夜(les nuits de Fourvière)，這類的藝術活動多半在天氣逐漸暖和的六月份起開始舉辦，讓法國人更有意願參與街頭藝術活動。

Leçon 8

在餐廳點餐 Au restaurant

La serveuse :

Avez-vous fait votre choix ?

Laurent :

J'hésite encore, quel est votre plat du jour ?

La serveuse :

C'est l'entrecôte grillée avec sa sauce brune accompagnée de ratatouille.

Laurent :

Bien, deux plats du jour, s'il vous plaît.

La serveuse :

Entendu. Pour votre viande, quelle cuisson préférez-vous ?

Laurent:

A point, s'il vous plaît.

點前菜、飲料

La serveuse :

Est-ce que vous désirez une entrée ?

Laurent:

Nous prenons la salade aux fruits de mer.

La serveuse :

Très bien. Et comme boisson ?

Laurent :

Un quart de vin rouge, s'il vous plaît.

La serveuse :

Je vous amène tout ça.

服務生：

您選好要吃什麼了嗎？

羅蘭：

我還在考慮，請問今日特餐是什麼呢？

服務生：

是烤牛排配上普羅旺斯雜燴。

羅蘭：

聽起來不錯，那就兩份今日套餐。

服務生：

好的。請問您的牛排要幾分熟？

羅蘭：

七分熟，謝謝。

服務生：

那請問您要點前菜嗎？

羅蘭：

那我們點海鮮沙拉。

服務生：

好的。那飲料部分呢？

羅蘭：

請給我們一小壺的紅酒。

服務生：

好的，我馬上為您送上餐點。

必學單字表現

MP3
P2- L08-02

plat du jour	**m**	今日特餐
entrecôte	**f**	（牛）排肉
grillé(e)	**a.**	烤的
sauce	**f**	（肉）汁
ratatouille	**f**	普羅旺斯雜燴
entrée	**f**	前菜
fruits de mer	**m**	海鮮
viande	**f**	肉
cuisson	**f**	熟度
préférer	**v.**	偏愛
à point	**phr.**	五分熟
boisson	**f**	飲料
vin	**m**	酒
amener	**v.**	帶來

會話重點

重點1 主詞＋prendre＋（餐名）

意指「某人要點～餐點」，適合用在任何場合的點餐時。唯一要注意的是prendre是原形動詞，在對話中表達時要隨主詞做變化。例如，je（我）搭配 prends，nous（我們）搭配 prenons，後面再加上餐點名稱，如牛排、義大利麵，或是如本文中的某某套餐。

Ex. **Je prends du saumon.** 我要點一客鮭魚。

重點2 je voudrais＋名詞／動詞不定式

表示「我想要～」的意思，也適合用在任何場合的點餐或其它訴求時。voudrais是條件式，是一種用來表示禮貌的婉轉語氣模式，其原形是 vouloir（想要），後面可接名詞或動詞不定式。同樣要隨主詞變化，je 搭配 voudrais，nous 搭配 voudrions。

Ex. **Je voudrais une carafe d'eau.**
我想要一瓶水。
Ex. **Je voudrais connaître les horaires.**
我想要知道時刻表。

幾分熟的表達方式

MP3
P2- L08-03

bien cuit 全熟

demi-anglais 七分熟

à point 五分熟

saignant 三分熟

bleu 一分熟

cru 生的

複合過去時主要是用來表示「在過去某一段時間，所完成的一個動作」，會由一個助動詞＋過去分詞組成，句型為「avoir＋動詞過去分詞」、「être＋移動動詞的過去分詞」或「être＋反身動詞的過去分詞」，本課只針對第一種來做介紹。先看以下結構：

複合過去時＝avoir＋ 過去分詞

Ex. mangé

- 動詞原形：**manger**
- 現在時：**Je mange.**
- 過去時：**J'ai mangé.**

過去分詞的變化

manger ➡ mangé

大部分的動詞（尤指第一類動詞），只要將不定式字尾 er 去掉，換成 é 即可。

動詞原形	分詞的種類	動詞原形	分詞的種類
manger	-er → -é	**comprendre**	-re →-is/-u
finir	-ir → -i/-t/-u	**répondre**	-re →-is/-u
boire	-oir → -u	**choisir**	-ir → -i/-t/-u

了解分詞之後，只要將 avoir 依主詞再做變化，就能表達出複合過去時了。

接下來就來看看以下例句，來了解依不同主詞、不同動詞種類，會產生的複合過去時形態，另外也來了解例句所表示的意義。

主詞	例句	動詞原形	分詞的種類	例句表達意涵
je	J'ai déjà mangé. 我已經吃過了。	manger	-er →-é	已完成**吃**的動作
tu	Tu as fini tes devoirs. 你完成了作業。	finir	-ir →-i/-t/-u	已完成**寫完作業**的動作
il/elle	Il a bu un verre d'eau. 他喝了一杯水。	boire	-oir →-u	已完成**喝水**的動作
nous	Nous avons bien compris. 我們全都懂了。	comprendre	-re → -is/-u	已達到**明白**的狀態
vous	Vous avez bien répondu à la question. 你們回答得很好。	répondre	-re → -is/-u	已完成**回答**的動作
ils/elles	Elles ont choisi la même robe. 她們挑了同一件洋裝。	choisir	-ir → -i/-t/-u	已完成**選擇**的動作

有幾位

Vous êtes combien de personnes ?
您有幾位呢？

Une personne.
一位。

Nous sommes trois.
我們有三位。

今日
特餐

Quel est le plat du jour ?
今日特餐是什麼？

Qu'est-ce que vous recommendez ?
您推薦什麼？

Le saumon rôti.
烤鮭魚。

口味

La tarte, ça a quel goût ?
餡餅是什麼口味呢？

C'est sucré.
吃起來甜甜的。

口味

La soupe, c'est amer ?
濃湯會苦嗎？

Non, ce n'est pas amer.
不會苦。

幾分熟

Comment voulez-vous votre entrecôte ?
(Quelle cuisson pour votre entrecôte ?)
您的牛排要幾分熟？

Bien cuit.
全熟。

À point, s'il vous plaît.
五分熟，麻煩您。

 點前菜

Qu'est-ce que vous voulez comme entrée ?
您的前菜想要什麼呢？

Je voudrais une salade verte.
我要蔬菜沙拉。

Une soupe à l'oignon en entrée.
開胃菜要洋蔥濃湯。

 點主餐

Et comme le plat principal ?
那主菜部分呢？

Pour le plat principal, une entrecôte.
主菜部分要牛肋排。

點甜點

Et comme dessert ?
甜點部分呢？

Qu'est-ce que vous voulez pour le dessert ?
甜點部分您想要什麼呢？

Tarte aux pommes.
蘋果派。

 一定要會的味覺表現
MP3 P2-L08-05

acide 酸　　**sucré** 甜　　**amer** 苦　　**épicé** 辣　　**pimenté** 辛辣

salé 鹹　　**parfumé** 香　　**puant** 臭　　**gras** 油膩　　**léger** 清淡

Exercices | 練習題

1. 請在空格中填入適當的單字，以完成下面的句子。

❶ Nous ＿＿＿＿＿＿＿＿ le menu à 20€.　　　我們想要點 20 歐元的這個套餐。

❷ Un soupe à l'oignon ＿＿＿＿＿＿＿ .　　　前菜部分要一份洋蔥濃湯。

❸ Comment ＿＿＿＿＿＿ votre entrecôte ?　　您牛排要幾分熟？

❹ ＿＿＿＿＿＿＿＿ , s'il vous plaît.　　　　買單，麻煩您。

2. 請聽 mp3，並做會話的應答練習。

❶（請注意聽錄音裡對方發問的問題），並請用法文回答【**我們五位**】。

❷（請注意聽錄音裡對方發問的問題），並請用法文回答【**我要點一客鮭魚**】。

❸（請注意聽錄音裡對方發問的問題），並請用法文回答【**我要五分熟**】。

❹（請注意聽錄音裡對方發問的問題），並請用法文回答【**我要柳橙汁**】。

3. 請聽 mp3，並做會話的發問練習。

❶（請注意聽錄音裡對方的說明），並請用法文發問【**今日特餐是什麼？**】。

❷（請注意聽錄音裡對方的說明），並請用法文發問【**您推薦什麼呢？**】。

❸（請注意聽錄音裡對方的說明），並請用法文發問【**這濃湯是什麼口味呢？**】。

❹（請注意聽錄音裡對方的說明），並請用法文發問【**這餡餅會辣呢？**】。

正確答案請見附錄解答篇 p.340

125

❶ l'assiette	餐盤
❶ l'assiette à salade	沙拉盤
❷ l'assiette creuse	湯盤
❸ la fourchette de table	主餐叉
→ la fourchette à poisson	魚叉
❹ le couteau à beurre	奶油刀
❺ le couteau de table	餐刀
→ le couteau à viande	牛排刀
→ le couteau à poisson	魚刀
❻ la cuillère à soupe	湯匙
❼ le verre à eau	水杯
❽ la flûte à champagne	香檳杯
❾ le verre à vin rouge	紅酒杯
❿ le verre à vin blanc	白酒杯
→ le verre à apéritif	餐前酒杯
⓫ la fourchette à dessert	點心叉
⓬ la cuillère à dessert	點心匙
le plateau	菜盤，托盤
la tasse	咖啡杯

la cuillère à café	咖啡攪拌匙
le verre	玻璃杯
le mug	馬克杯

補充表達

切	couper
剝	peler
切片	trancher
撒（胡椒粉之類的）	saupoudrer
拌	mélanger
把～倒進～	verser ~ dans
用烤箱烤	cuire au four
炸	frire
煎	poêler
燙	blanchir
炒	sauter
滷	saler
熬	mijoter

法國人的餐桌文化

餐桌禮儀

法國人非常注重就餐禮儀，不但講究各種不同形狀的餐刀、叉子和湯匙，在座位的安排上也極為注重。一般來說，法國人以餐盤就餐，餐桌上只能存在一道菜，撤去前一道才能上第二道，餐具會依據所用的餐點，全部擺放在餐盤兩側，從外到內使用，像是喝濃湯的湯匙、切魚的刀、切肉的刀（刀口向外）會放在餐盤右側，至於其他用途的叉子則放在餐盤左側，至於切乳酪的刀或其它前菜或甜點的小型刀叉都會放在餐盤前方。

杯子的擺放也有一定的規則，一般來說由大到小，由左至右，也就是小杯在最右邊，依序為紅酒杯、白酒杯、香檳杯，通常酒類只能倒半滿。服務生上菜時，會從顧客左側上菜，從右側倒酒或倒水，收髒盤子或換上乾淨的盤子也從右側。

法式料理

一頓現代化的法式料理，通常會包含三道菜：

前菜（L'entrée）：

有各式濃湯、沙拉、各式冷盤（如火腿或蔬菜）。

主菜（Le plat principal）：

有魚、海鮮或肉類配上蔬菜、飯、麵或馬鈴薯。

甜點或乳酪（Le dessert ou le fromage）

不過如果是在米其林餐廳或享譽盛名的餐廳，除了以上三道基本款之外，還能夠嘗到更多道的料理。像是：

開胃菜（Le hors-d'oeuvre）：通常是由主廚準備的精製的鹹的小點心。

甜點心（L'entremets）：是介於乳酪跟甜點之前的甜的小點心，如冰淇淋、布丁。

Leçon 9

在咖啡廳與麵包店 Au café et à la boulangerie

在咖啡廳

Le serveur :

Bonjour Madame. Qu'est-ce que je pourrais vous servir ?

Camille:

Je voudrais un croissant et un grand café, s'il vous plaît.

Le serveur :

Voulez-vous du lait avec votre café ?

Camille:

Volontiers.

在麵包店

Le serveur :

Bonjour Madame. Vous désirez... ?

Camille :

Ceci est une quiche aux lardons ?

Le serveur:

Oui, Madame.

Camille :

Et cela ?

Le serveur:

C'est une quiche aux jambons.

Camille :

Parfait, une quiche aux lardons et une baguette, s'il vous plaît.

Le serveur:

Oui, sur place ou à emporter ?

Camille :

A emporter, s'il vous plaît.

Le serveur:

Cela vous fait 3 euros en tout.

服務生：

　小姐您好，有什麼我能為您服務的嗎？

卡米爾：

　我想要一個可頌和一杯大杯的咖啡。

服務生：

　請問您的咖啡要加鮮奶嗎？

卡米爾：

　嗯，麻煩一下。

服務生：

　小姐您好，您要點什麼？

卡米爾：

　這個是臘肉派嗎？

服務生：

　是的。

卡米爾：

　那那個呢？

服務生：

　那個是火腿派。

卡米爾：

　好的，那我要一個臘肉派和一個長棍麵包。

服務生：

　好的，請問要內用還是外帶？

卡米爾：

　麻煩您，我要外帶。

服務生：

　這樣一共是 3 歐元。

必學單字表現

MP3 P2- L09-02

croissant	**m**	可頌麵包
grand(e)	**a.**	大的
café	**m**	咖啡
plaire	**v.**	使高興、喜歡
lait	**m**	牛奶
avec	**prep.**	和…一起
volontiers	**adv.**	樂意
donner	**v.**	給
quiche	**f**	鹹派
lardon	**m**	臘肉
jambon	**m**	火腿
baguette	**f**	長棍麵包
sur place	**phr.**	內用
à emporter	**phr.**	外帶

會話重點

重點1 Volontiers 非常樂意

這個副詞是一個可取代 oui，表達願意、同意的用法。

Ex. A: Voulez-vous un café avec sucre ?
您的咖啡想要加糖嗎？

B: Volontiers. 好！

重點2 ceci 與 cela 的用法

ceci 和 cela 是指示代名詞，用來指稱眼前附近的事物。但差別在於，ceci 有「這個」的意思，指比較靠近自己的東西，而 cela 有「那個」的意思，指某個離自己較遠的東西。

Ex. Ceci est mon café. 這是我的咖啡。

在用這句型時，是帶有強調口氣的，就以上面的例句來說，Ceci 主要在強調「這杯」咖啡是我的，而不是「那杯」或眼前的其他杯。相對的，cela 主要在強調離自己較遠的某個東西。

Ex. Je n'ai pas commandé cela.
我沒有點那個東西。

在咖啡廳點餐的相關表達

MP3 P2-L09-03

Je voudrais celui-ci et celui-là
我要這個和那個。

J'en voudrais deux
我要兩個這個。

Je voudrais du sucre
我要糖

sans sucre
不加糖

sans lait 不加牛奶

à emporter 外帶

sur place 內用

Je n'ai pas besoin de sac
不要袋子

文法焦點│部分冠詞

　　部分冠詞是法文一個很特殊的冠詞，主要是用在不可數名詞，用來表達如「一點」水，「一點」麵包的「一點、一些」的概念。

　　先回到之前學過的un 和 une。un/une 的意思為「一(個)」，是表示一整個的概念，例如：

- **Un croissant**　　　　　　　一個牛角麵包。
- **Une baguette**　　　　　　　一條法國長棍麵包。

　　可以想像一下，就是一個完整的牛角麵包、完整的長棍麵包放在你面前。

　　但如果你要表達的是「不確定的某個量」，像是「一些」「一點」「某些」時，這時就會遇到部分冠詞。請比較以下差異：

- **C'est un croissant.**　　　　這是一個牛角麵包。　　→很明確是一整個牛角麵包
- **Je vais manger du croissant.**　我要吃一些牛角麵包。　　→不是很明確到底是要吃多少量

　　因此只要直接在名詞前面加上部分冠詞，就能表達「不確定的某個量」。但部分冠詞也會隨名詞之陰陽性有所變化。

不定冠詞	部分冠詞	例句
un + 單數陽性名詞	du + 單數陽性名詞	Je vais chercher du pain. 我要去買點麵包。
	de l' + 單數陰性母音開頭的名詞	Je veux boire de l'eau. 我想喝點水。
une + 單數陰性名詞	de la + 單數陰性名詞	Donne-moi de la confiture. 給我一些果醬。
des + 複數陰陽性名詞		Je vais manger des légumes. 我要吃一些蔬菜。

　　但部分冠詞的用法與動詞也有關聯，並不是每一個不可數名詞都必須用部分冠詞。接在 aimer 後面的名詞，都要用定冠詞來表達，以表達一個綜觀的概念。

- **J'aime le pain.**　　　　　　我喜歡麵包（這個東西）。

點餐

Qu'est-ce que vous prenez ?
您要點什麼?

Qu'est-ce que je vous sers ?
有什麼能為您服務的嗎?

Une baguette, s'il vous plaît.
一條長棍麵包,麻煩您。

確認餐點

M'avez-vous dit que vous vouliez un pain au lait et un café au lait ?
您說您要一個奶油麵包和一杯拿鐵,是嗎?

Non, un pain au lait et un expresso.
不,是一個奶油麵包和一杯濃縮咖啡。

確認餐點

Voulez-vous du lait pour votre café ?
您的咖啡要加鮮奶嗎?

Non, ce ne sera pas nécessaire.
不,不用。

確認餐點

Voulez-vous commander un menu ?
您要點套餐嗎?

Non, je voudrais prendre à la carte.
不,我要單點。

Je prendrai la formule avec le croissant et l'expresso.
我要濃縮咖啡和可頌的套餐。

確認餐點

Voulez-vous un petit café ou un grand ?
您的咖啡要小杯還是大杯呢?

Un petit, s'il vous plaît.
我要小杯的。

Quelle est la différence de prix entre les deux ?
兩個相差多少錢呢?

點餐前詢問

Est-ce que c'est une quiche ?
請問這個是鹹派嗎？

Qu'est-ce que c'est?
請問這個是什麼？

C'est une tarte aux pommes.
這是蘋果派。

加點

Désirez-vous autre chose ?
您還要加點什麼嗎？

Encore cinq madeleines.
再加五個瑪德蓮蛋糕。

Non, ça ira. Merci
不了，這樣就夠了，謝謝。

內用或外帶

Sur place ou à emporter?
您要內用還是外帶？

Sur place.
我要內用。

直接吃

Est-ce que je vous donne un sac ?
我要給您個袋子裝起來嗎？

Non, ça ira. C'est pour manger toute de suite.
不用，我馬上要吃。

en promotion **特價**

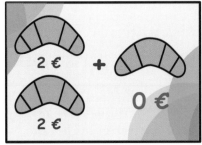

le troisième gratuit **買2送1**

à la carte **單點**

menu **套餐**

Exercices │ 練習題

1. 請在空格中填入適當的部分冠詞（du, de la, de l', des），以完成下面的句子。

❶ **Je voudrais _____ croissant et _____ grand café, s'il vous plaît.**

我想要一個可頌和一杯大杯的咖啡。

❷ **Voulez-vous _____ lait avec votre café ?**　　您的咖啡要加一點鮮奶嗎？

❸ **Pouvez-vous me donner_____ verre d'eau ?**　　您是否可以給我一杯水？

❹ **Donne-moi _____ confiture.**　　給我一些果醬。

❺ **Je vais manger _____ légumes.**　　我要吃一些蔬菜。

2. 請聽MP3，並做會話的應答練習。

❶ （請注意聽錄音裡對方的說明），並請用法文回答【這個是臘肉派嗎】。

❷ （請注意聽錄音裡對方的說明），並請用法文回答【麻煩您，我要外帶】。

❸ （請注意聽錄音裡對方的說明），並請用法文回答【一條長棍麵包，麻煩您】。

❹ （請注意聽錄音裡對方的說明），並請用法文回答【不，我要單點】。

❺ （請注意聽錄音裡對方的說明），並請用法文回答【我要小杯的】。

❻ （請注意聽錄音裡對方的說明），並請用法文回答【不了，這樣就夠了，謝謝】。

❼ （請注意聽錄音裡對方的說明），並請用法文回答【不用了，我馬上要吃】。

正確答案請見附錄解答篇 p.341

le café 咖啡

| le café noir 黑咖啡 | l'expresso 濃縮咖啡 | le café au lait 拿鐵 | le moka 摩卡 | le capuccino 卡布奇諾 | le petit （咖啡）小杯 | le moyen （咖啡）中杯 | le grand （咖啡）大杯 | le très grand （咖啡）超大杯 |

le pain 麵包

le baguette 長棍麵包
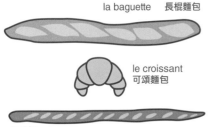
la baguette　長棍麵包

le pain aux céréales 五穀雜糧麵包

la tarte aux fruits 水果塔

le pain au maïs 玉米麵包

le croissant 可頌麵包

la flûte 笛子麵包

le pain au lait 奶油麵包

la mousse au chocolat 巧克力幕斯

le pain de courge 南瓜麵包

le dessert 甜點

le gâteau basque 巴斯克蛋糕

le macaron 馬卡龍

la crêpe 可麗餅

la madeleine 馬德連蛋糕

le millefeuille 千層派

l'éclair au chocolat 巧克力閃電泡芙

其他

la tarte flambée 火焰烤餅

la tarte aux pommes 蘋果派

la quiche 鹹派

le moulin à café 磨豆機

le pichet à lait 拉花杯

la machine pour faire mousser le lait 打奶泡機

la cafetière à piston 法式濾壓壺

le sandwich 三明治

法國麵包

若說到法國麵包，大家第一個想到的一定是**長棍麵包(la baguette)**。長棍麵包的製作是根據一條簡單的法國法律規定，必須由不含油脂的麵糰製作而成，直徑約五到六公分，長度介於八十公分到一公尺，重約250公克。

在法國人的飲食習慣中，長棍麵包扮演一個非常重要的角色，傳統的法式早餐就是在長棍麵包上塗上奶油或果醬（法國人稱之為tartine），在中午休息時間比較短的時候，法國人常選擇以長棍麵包做成的各式三明治為中餐。

法國的麵包非常多樣化，其中長棍麵包的優點在於攜帶方便、價位低廉，但現在的麵包店(la boulangerie)所提供的選項，無論在口味上、口感上，都是歐洲國家之最，為了搭配美味的法國料理，麵包店都製作出不同風味的麵包，例如鵝肝醬搭配無花果麵包，生蠔搭配核桃麵包。

麵包(le pain)在現在法國人的飲食習慣中，不再只是搭配餐點的副食品，漸漸地成為主食，例如南瓜麵包、五穀雜糧麵包、玉米麵包等其營養成分及飽足感都足夠成為主食。

在學校 A l'école

Guillaume :

Salut, c'est Guillaume. Comment tu t'appelles ?

Emilie :

Salut, je m'appelle Emilie.

Guillaume :

D'où viens-tu ?

Emilie :

Je suis taïwanaise.

Guillaume :

Tu viens de quelle ville ?

Emilie :

Je viens de Taïpei.

Guillaume :

J'ai très envie de visiter Taïwan. L'histoire de Taïwan m'intéresse[1] beaucoup.

Emilie :

Taïwan est un joli pays et les gens sont très sympathiques et accueillants[2].

Guillaume :

Pourquoi es-tu venu en France ?

Emilie :

Je voudrais améliorer mon niveau de francais.

Guillaume :

Bienvenue en France !

紀堯姆：

你好！我是紀堯姆，請問你叫什麼名字？

艾蜜莉：

你好！我叫艾蜜莉。

紀堯姆：

你從哪裡來？

艾蜜莉：

我是台灣人。

紀堯姆：

你來自哪個城市？

艾蜜莉：

我來自台北。

紀堯姆：

我非常想去台灣玩，我對台灣歷史非常有興趣。

艾蜜莉：

台灣是一個美麗的國家，台灣人也非常友善、好客！

紀堯姆：

你為什麼來法國？

艾蜜莉：

我想要加強我的法文語文能力。

紀堯姆：

歡迎來到法國！

NB | 請注意

[1] 事物＋ **m'intéresse** 表示「～讓我感興趣」| [2] 形容詞會受主詞之陰陽性單複數影響，因 **gens** 是複數，所以 **sympathique** 和 **accueillant** 字尾都加上 **s**

必學單字表現

MP3
P2-L10-02

comment	adv.	如何
s'appeler	v.	叫（…名字）
venir	v.	來
ville	f	城市
visiter	v.	參觀
histoire	f	歷史
s'intéresser	v.	使…感興趣
joli(e)	a.	美麗的，漂亮的
pays	m	國家
gens	m pl.	人們
sympathique	a.	友善的
accueillant(e)	a.	好客的
améliorer	v.	改善
niveau	m	程度，水準

會話重點

重點1 **d'où...** 從…（來）

venir de... 從…而來的

d'où是 de＋où 的組合，介系詞 de 在這邊有「從~，源自於~」的意思，疑問副詞 où 意指「哪裡」，所以 d'où 的意思為「從哪裡」。D'où 這個問句可以用來問國籍，也能用來問來自的城市或地區。而要回答時，就用動詞 venir＋de＋地點即能表達所來自的城市或家鄉。

Ex **D'où venez-vous ?** 您來自哪裡？
Je viens de Taïpei. 我來自台北。

重點2 **avoir envie de＋動詞不定式**

想要做…

envie 是「欲望」的意思，搭配動詞 avoir（有，擁有），變成慣用語 avoir envie de，後面加上動詞不定式，就能表達自己想要做的事。

Ex **J'ai envie de dormir.** 我想要睡。

介系詞＋國名的用法

MP3
P2-L10-03

要表達「在～國家」，法文用 en＋陰性國家名，au＋陽性國家名，aux＋複數國家名，à＋城市或島（嶼）之國名。

en＋國家名（陰性）	au＋國家名（陽性）
en France 在法國	au Danemark 在丹麥
en Italie 在義大利	au Canada 在加拿大
en Allemagne 在德國	au Brésil 在巴西
en Espagne 在西班牙	au Maroc 在摩洛哥
en Chine 在中國	au Japon 在日本
en Corée 在韓國	
en Grande Bretagne 在英國	

aux＋國家名（複數）	à＋國家名
aux Etats-Unis 在美國	à Taïwan 在台灣
aux Bahamas 在巴哈馬	à Monaco 在摩納哥
aux pays bas 在荷蘭	à Macao 在澳門
	à Singapour 在新加坡
	à Hong-Kong 在香港
	à Madagascar 在馬達加斯加

文法焦點 | 複合過去時（Passé composé）：移動性動詞

關於法文移動意義的動詞，已在之前提到，也就是如 aller, venir 等動詞。當這些動詞要用在複合過去時（passé composé）時，要搭配 être 動詞來使用，而不是 avoir 動詞。凡是用 être 動詞作為助動詞的過去時，其過去分詞必須依主詞的陰陽性與單複數來變化。

être + venu(e)(s)
　　　　　↑ 過去分詞（會隨陰陽性與單複數來變化）

請比較以下差異：

		現在時	複合過去時
以 avoir 作為助動詞		Je mange（我吃）	→J'ai mangé（我吃過了）
以 être 作為助動詞		Je viens（我來）	→Je suis venu （我來過）*說話者是男生 →Je suis venue（我來過）*說話者是女生

若主詞是陽性單數時，過去分詞不變，若為陰性單數時，過去分詞要在字尾加 e；若主詞是陽性複數時，過去分詞的字尾要加上 s，若為陰性複數時，過去分詞要在字尾加 es。

		單數	複數	
陽性		**Je suis venu**	**Nous sommes venus**	*全為男生或有男有女
陰性		**Je suis venue**	**Nous sommes venues**	
陽性		**Tu es venu**	**Vous êtes venus**	*全為男生或有男有女
陰性		**Tu es venue**	**Vous êtes venues**	
陽性		**Il est venu**	**Ils sont venus**	*全為男生或有男有女
陰性		**Elle est venue**	**Elles sont venues**	

短對話 A ～這個時候這樣問、這樣表達～

問國籍

> **D'où venez-vous ?**
> 您來自於哪裡？

> **De quelle nationalité êtes-vous ?**
> 您是哪一個國籍？

> **Je suis allemand(e).**
> 我是德國人。

介紹國家

> **Je viens de Taïwan.**
> 我來自於來台灣。

> **Je suis taïwanais(e).**
> 我是台灣人。

> **Je suis content(e) de faire votre connaissance.**
> 很高興認識您。

學法語

> **Pendant combien de temps avez-vous appris le français ?**
> 您法語學多久了？

> **Quand est-ce que vous avez commencé à apprendre le français ?**
> 您從何時開始學法語呢？

> **J'étudie le français depuis 10 ans.**
> 我學10年了。

> **Je suis débutant(e).**
> 我是初學者。

來法國目的

> **Quel est le but de votre visite en France ?**
> 您來法國的目的是什麼呢？

> **Pourquoi êtes-vous venu(e) en France ?**
> 您為什麼來法國呢？

> **Je viens pour les études / un séjour linguistique / un programme d'échange / chercher un travail.**
> 我來念書／遊學／交換學生／工作的。

問科系

Qu'est-ce que vous étudiez ?
您是什麼科系的？

Quelle est votre spécialité ?
您專攻什麼？

Je suis étudiant(e) en musique / en littérature moderne / en hôtellerie / en art / en droit.
我是學音樂的／現代文學的／廚藝的／藝術的／法律的。

請求
協助

Est-ce que vous pouvez me donner un coup de main pour le déménagement ?
您可以幫我搬家嗎？

Avec plaisir.
好的。

同學
邀約

Veux-tu déjeuner avec moi tout à l'heure / venir à la fête avec nous ce week-end ?
等下要和我一起去吃午餐嗎／這個週末要和我們一起去派對嗎？

Est-ce que nous allons visiter les appartements ensemble?
要一起去找房子嗎？

C'est une bonne idée.
好呀。

Désolée, j'ai un contre-temps.
抱歉，我有事。

 可用來形容國家或國人的形容詞

MP3
P2-L10-06

agréable	友善的	bavard	聒噪的	beaucoup de spécialités culinaires	有很多美食
gentil	親切的	calme	安靜的		
ouvert	開放的	xénophobe	排外的	infrastructure développée	交通發達
chaleureux	熱情的	chauvin	愛國的		
rapide	步調快的	orgueilleux	自尊心強的	très visité	很多人去觀光
lent	步調慢的	solidaire	團結的	xénophile	歡迎外國人的
froid	冷漠的	égoïste	自私的	bonne impression	印象好的
vaniteux	高傲的	poli	禮貌的		

Exercices | 練習題

1. 請依提示完成下面的句子。

| à | depuis | venu | pour | en | êtes | Quel |

❶ _____est le but de votre visite _____ Taïwan ?　　您來台灣的目的是什麼呢？

❷ Pourquoi _____-vous _____ en Italie ?　　您為什麼來義大利呢？

❸ Elle vient _____ les études.　　她是來念書的。

❹ Nous sommes étudiantes _____ musique.　　我們是學音樂的。

❺ J'étudie le français _____ 5 ans.　　我學法文 5 年了。

2. 請聽mp3，並依提示完成下面的句子。

❶ Comment _____ ?　(appeler)

❷ D'où _____ ?　(venir)

❸ _____ visiter la France.　(avoir envie)

❹ Les gens _____ très _____.　(être)

❺ L'exposition _____.　(intéresser)

3. 請聽mp3，並做會話的應答練習。

❶（請注意聽錄音裡對方的說明），並請用法文回答【我想要加強我的英文語文能力】。

❷（請注意聽錄音裡對方的說明），並請用法文回答【我來美國工作】。

❸（請注意聽錄音裡對方的說明），並請用法文回答【我來丹麥念書】。

❹（請注意聽錄音裡對方的說明），並請用法文回答【我來新加坡遊學】。

❺（請注意聽錄音裡對方的說明），並請用法文回答【我來日本交換學生】。

正確答案請見附錄解答篇 p.341

Taïwan 台灣
taïwanais, -e 台灣人

Hong-kong 香港
hong-kongais, -e 香港人

la Chine 中國
chinois, -e 中國人

la Corée 韓國
coréen, -ne 韓國人

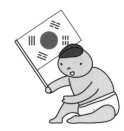

le Japon 日本
japonais, -e 日本人

Singapour 新加坡
singapourien, -ne 新加坡人

la Russie 俄國
russe 俄國人

la Malaisie 馬來西亞
malaisien, -ne 馬來西亞人

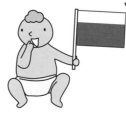

la Thaïlande 泰國
thaïlandais, -e 泰國人

le Viêtnam 越南
viêtnamien, -ne 越南人

l'Indonésie 印尼
indonésien, -ne 印尼人

l'Inde 印度
indien, -ne 印度人

l'Arabie saoudite 阿拉伯
arabe 阿拉伯人

la Nouvelle-Zélande 紐西蘭
néo-zélandais, -e 紐西蘭人

la France 法國
français, -e 法國人

l'Australie 澳洲
australien, -ne 澳洲人

l'Angleterre 英國
anglais, -e 英國人

l'Allemagne 德國
allemand, -e 德國人

la Grèce 希臘
grec, -que 希臘人

l'Italie 義大利
italien, -ne 義大利人

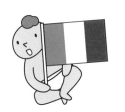

l'Espagne 西班牙
espagnol, -e 西班牙人

les États-Unis 美國
américain, -e 美國人

le Canada 加拿大
canadien, -ne 加拿大人

le Brésil 巴西
brésilien, -ne 巴西人

l'Argentine 阿根廷
argentin, -e 阿根廷人

le Mexique 墨西哥
mexicain, -e 墨西哥人

l'Egypte 埃及
égyptien, -ne 埃及人

la Maroc 摩洛哥
marocain, -e 摩洛哥人

la Côte d'Ivoire 象牙海岸
ivoirien, -ne 象牙海岸人

la Jamaïque 牙買加
jamaïcain, -e 牙買加人

l'Afrique du Sud 南非
sud-africain, -e 南非人

法國的學制

法國的教育制度是高度中央集權，非常有組織化，可分為三個階段：

初等教育

幼兒學校（Ecole Maternelle）

小班（petite section）
中班（moyenne section）
大班（grande section)

小學（Ecole Elémentaire）

一年級（CP）
二年級（CE1）
三年級（CE2）
四年級（CM1）
五年級 (CM2）

　　法國的學校教育要求六歲兒童進入小學就讀，第一年要學法語、數學、自然科學、歷史與地理。公立學校中不提供宗教教育，但得學習共和國的功能組織及自由平等博愛的理念。

中等教育

國中教育(Collège)

國一（6ème）
國二（5ème）
國三（4ème）
國四（3ème）

高中教育(Lycée)

高一（Seconde）
高二（Première）
高三（Terminale）

　　在完成國中教育後，學生必須通過 Brevet，有了這個文憑之後，才能進入高中。完成高中教育後，學生必須通過高中會考 Baccalauréat（簡稱Bac）才能進入大學、高等學校預備班或職業學校。

高等教育

大學（Université）

法國的公立大學以所在的城市和序號命名，例如里昂有三所公立大學，就以里昂一大、二大、三大來命名。各個大學雖各有其注重的領域，但大致上來說，並沒有名聲上或排名上的差別，根據 2016 年的統計，法國有 71 所大學。大學可分成 3 個階段

學士（La Licence）三年
碩士（Le Master）兩年
博士（Le Doctorat）三年

高等專業學校(Grande École)

這類的學校通常專注於某個單獨的學科領域，例如工程或商業，入學資格非常嚴格。所以高等專業學校普遍擁有較高的聲望，培養了法國大部分科學家和高級行政人員。

Leçon 11

在電話中 Au téléphone

Mère de Mélanie :

Allô ?

Laurent :

Allô.

Laurent :

Je voudrais parler à Mélanie, est-ce qu'elle est là ?

Mère de Mélanie :

C'est de la part de qui, s'il vous plaît ?

Laurent :

Je m'appelle Laurent, je suis un ami de la faculté.

Mère de Mélanie :

Mélanie n'est pas encore à la maison, est-ce que vous souhaitez laisser un message ?

Laurent :

Je vous remercie mais je rappellerai plus tard.

Mère de Mélanie :

C'est entendu, au revoir.

Laurent :

Au revoir.

梅蘭妮的母親：

喂？

羅蘭：

喂。

羅蘭：

我要找梅蘭妮，請問她在嗎？

梅蘭妮的母親：

請問您哪裡找？

羅蘭：

我叫羅蘭，是梅蘭妮的大學朋友。

梅蘭妮的母親：

梅蘭妮還沒到家，請問您要留話嗎？

羅蘭：

不了，謝謝。我晚點再打過去。

梅蘭妮的母親：

好的，再見。

羅蘭：

再見。

必學單字表現 MP3 P2-L11-02

là	adv.	在那邊
de la part de ~	phr.	以～之名義
faculté	f	大學，學院
encore	adv.	又，再
à la maison	phr.	在家
souhaiter	v.	希望
laisser	v.	留下
message	m	訊息
remercier	v.	感謝
rappeler	v.	再撥打
plus tard	adv.	晚一點
entendu	a.	好的，説定了

 會話重點

重點1　Je voudrais parler à＋人名

意指「我要跟某人說話」，是在電話中想要詢問某某人是否可以接電話的禮貌性問句。parler的意思為「說話」，後面加了介系詞 à，再加人名或一般名詞，則表示「跟某人說話」。

Ex. **Je voudrais parler à Mélanie.**

　　我找梅蘭妮（我想要跟梅蘭妮説話）。

重點2　c'est de la part de qui

意指「請問您是哪位？」，用於在電話中，詢問對方身分或名字的禮貌性用語。part 原本的意思是「部分」，但在這裡是指做某個動作或下了某個命令的人。介系詞 de 是「屬於」的意思。照字面上的意思為「這通電話是屬於哪個人的？」，也就是問「這通電話是哪個人打過來的。」

 電話用法｜從禮貌用法到口語用法 MP3 P2-L11-03

禮貌性用法	
Bonjour, je voudrais parler à ~	您好，麻煩您請找～
C'est de la part de qui, s'il vous plaît?	請問您那裡是哪裡？
C'est de la part de ~	我這裡是～
Je m'appelle~	我名叫～
Ne quittez pas, s'il vous plaît.	麻煩您稍等一下。
Je suis désolé(e), ~ est absent(e).	不好意思，～現在不在。

一般用法	
Bonjour, est-ce que je peux parler à ~	您好，我可以找找～嗎？
Vous êtes ?	您是？
Je suis~	我是～
Ne quittez pas	等一下。
Il/Elle est absent(e).	他／她現在不在。

口語用法	
~est là ?	～在嗎？
C'est qui ?	你是誰？
C'est~	我是～
Attends deux seconds!	等一下！
Il/Elle n'est pas là !	他／她不在！

法文的代名詞有很多種， 像是在中文不管在哪都用「我」「你」「她」等等，但在法文中，代名詞會隨在句中所發揮的功能而用不同的用字。法文的一般受詞都放在動詞後面，請先比較以下句子，並找出受詞。

・Je rencontre **un ami.** 　　　　　我跟一個朋友碰面。
・Je parle *à* **un ami.** 　　　　　我跟一個朋友說話。

　　句中的受詞是「一個朋友」，若要用代名詞來表示，中文可用「他」來表示，但這兩句的受詞的差別在於，第二句的動詞 parle 和 un ami 之間有一個介系詞 à，這樣的受詞就是**間接受詞**，而第一句直接接在動詞後面的受詞就是**直接受詞**。當要用「他」來代替 un ami 時，法文會用不同的代名詞。請注意用代名詞時在句子中的位置。

・Je *le* rencontre ~~un ami.~~ 　　　　我跟他碰面。
・Je *lui* parle ~~à un ami.~~ 　　　　　我跟他說話。

（受詞人稱代名詞放在動詞前面）

　　可以發現當要用到受詞人稱代名詞時，其位置要放在動詞前面，差別在於接在不及物動詞（即動詞＋介系詞）之後的受詞是**間接受詞**（如 lui），而接在及物動詞之後的是**直接受詞**（如 le）。

　　不過，就 Je parle à un ami.，也可以用 Je parle à lui. 來表示，這裡的 lui 也是代替間接受詞的代名詞，但功能為強調形人稱代名詞，固定是放在介系詞後面，詳細的整理請見下表。

直接受詞	間接受詞（放在動詞前面）	間接受詞（放在動詞＋介系詞後面）
me(m')	**me(m')**	**moi**
te(t')	**te(t')**	**toi**
le/la/l'	**lui**	**lui/elle**
nous	**nous**	**nous**
vous	**vous**	**vous**
les	**leur**	**eux**

短對話 A ～這個時候這樣問、這樣表達～

Allô, je voudrais parler à Mélanie.
喂！我要找梅蘭妮。

Bonjour, c'est Monsieur Dupont à l'appareil, est-ce que Mélanie est disponible ?
您好！我是杜朋先生，梅蘭妮在嗎？

Un instant, s'il vous plaît.
請稍候。

接電話

Bonjour, vous êtes....
您好！請問您是(哪位)？

Allô, c'est de la part de qui ?
喂！我正與哪一位講電話呢？

Bonjour, c'est Rafaëlle à l'appareil, je suis le professeur d'Emilie.
您好，我是艾蜜莉的老師 Rafaële。

叫人來聽

Un instant/moment, je vous le/la passe.
稍等一下，我叫他／她來聽。

Ne quittez pas, je vous passe à mon père.
別掛斷，我把電話轉給我爸。

Merci bien.
好的。

晚點再撥

Pouvez-vous rappeler plus tard ?
您可以晚點再打嗎？

Oui, dans à peu près combien de temps ?
好的，大概多久之後呢？

149

無法接聽

Paul est déjà en ligne.
Paul 在忙線中。

Ma mère n'est pas là.
我媽不在家。

Entendu, je rappellerai.
好的，我待會再打。

留言

Voulez-vous laisser un message ?
您要留言嗎？

Pourriez-vous lui dire de rappeler Paul ?
可否請您告訴他回電給 Paul？

留言

Pourriez-vous lui passer le message?
您可以幫我留言嗎？

Je vous écoute.
請說。

打錯電話

Vous vous êtes trompé(e) de numéro!
您打錯電話囉！

Je suis désolé(e). Est-ce que je suis bien au 06 98 31 20 65 ?
抱歉。這支電話是 06 98 31 20 65 嗎？

掛電話

Au revoir.
拜拜。

A bientôt.
再見。

A la prochaine.
下次再聊。

Exercices | 練習題

MP3
P2-L11-06

1. 請參考範例,並依提示將句中的名詞或強調形代名詞變成代名詞。

範例:Je téléphone à Paul. → <u>Je lui téléphone.</u> 我打電話給他。

❶ Je vous passe <u>à mon père</u>.

→ _____. 我把電話交給他聽。

❷ Je voudrais parler <u>à Mélanie</u>.

→ _____. 我想要找她。

❸ Pourriez-vous dire <u>à Marie</u> de rappeler Paul ?

→ _____. 可否請您告訴她回電給 Paul?

❹ Nous achetons un cadeau <u>à Marie</u>.

→ _____. 我們要買禮物給她。

❺ Il écrit <u>à ses enfants</u> ?

→ _____. 他要寫信給他們嗎?

❻ Elle achète une montre <u>à moi</u>.

→ _____. 她要買一隻手錶給我。

❼ Tu peux passer le message <u>à eux</u> ?

→ _____. 你可以留言給他們嗎?

2. 請聽MP3,並做會話的應答練習。

❶(請注意聽錄音裡對方發問的問題),並請用法文回答【**請問您哪裡找?**】。

❷(請注意聽錄音裡對方發問的問題),並請用法文回答【**請稍候**】。

❸(請注意聽錄音裡對方發問的問題),並請用法文回答【**好的,我待會再打**】。

❹(請注意聽錄音裡對方發問的問題),並請用法文回答【**抱歉。這支電話是06 82 32 15 65 嗎?**】。

正確答案請見附錄解答篇 p.342

❶le téléphone 電話機
❷le combiné 話筒

le smartphone
智慧型手機
le portable 手機

le numéro de fax
傳真號碼

l'appel international 國際電話

la publicité
廣告電話

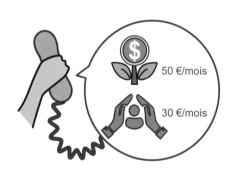

❹**l'indicatif international** 國碼
❺**l'indicatif régional** 區碼
❻**le numéro de téléphone fixe**
座機號碼

le numéro de portable
手機號碼

補充表達

打電話	téléphoner
打室內電話	l'appel local
撥電話號碼	composer un numéro
打錯電話	se tromper de numéro
沒人接	personne ne répond
回電	rappeler
～沒回電	~ne répond pas
留言	laisser un message
請留言	veuillez laisser un message
（話筒發出）雜音	l'interférence
（電話）有通	le téléphone sonne

法國各地區區碼的介紹

法國的座機號碼一共有十位數字，前兩個數字為區碼，從01、02、03 到 05，區碼代表的是各地區位置。

01 為大巴黎地區

02 為西北部諾曼第半島地區

03 為東北地區，包括香檳區、阿爾薩斯區、勃艮第區

04 為東南地區，包括隆河區、蔚藍海岸

05 為西南地區

至於06 與07，則是專屬手機號碼的前兩個數字。

而08是特殊號碼，專門提供給公司行號使用。有些是免費號碼，有些是以市內電話計算，有些是以特別費率計算。

09 是網路電話號碼，不論是打法國境內或是國際座機電話都免費。

從法國打電話回台灣的方式為 00 886+台灣的電話號碼（要去掉區碼的0）。

從台灣打電話到法國的方式為 002 33+法國的電話號碼(要去掉區碼的0)。

由於法國電信業的競爭激烈，現在一般的電信公司提供的月租費中包括電話、網路、電視節目，月租費約在20歐元上下，所以在法國的留學生可以多利用這個選項。

Leçon 12

在超市 Au supermarché

Emilie :

Bonjour. Pourriez-vous me dire où je peux trouver la lessive ?

Le rayonniste :

La lessive se trouve dans le rayon un peu loin, juste à côté des[*1] papiers toilette.

Emilie :

J'ai vu sur le catalogue qu'il y a des remises sur certains produits.

Le rayonniste :

C'est exact. Les lessives en promotion[*2] sont sur les présentoires en face des caisses.

Emilie :

Merci beaucoup Monsieur.

Le rayonniste :

Je vous en prie, Madame.

艾蜜莉：

您好，請問您能告訴我洗衣粉放在哪裡嗎？

超市員工：

洗衣粉放在有點遠的架子上，在衛生紙的旁邊。

艾蜜莉：

我在商場的DM上有看到某些產品正在打折。

超市員工：

沒錯。打折的洗衣粉就放在收銀檯對面的架子上。

艾蜜莉：

先生，謝謝您。

超市員工：

不用客氣。

NB | 請注意

[*1] **à côté des** 中的 **des** 是 **de** + **les** 的縮寫 | [*2] **en promotion** 表示「打折、促銷中」的意思

必學單字表現

MP3
P2- L12-02

lessive	**f**	洗衣粉(液)
trouver	**v.**	找到
rayonniste	**m**	商品上架職員
rayon	**m**	架子
papier toilette	**m**	衛生紙
catalogue	**m**	目錄、廣告
remise	**f**	折扣
certain(e)	**a.**	某些
produit	**m**	產品
promotion	**f**	特價
présentoire	**m**	展示架
caisse	**f**	收銀台

會話重點

重點1　un peu＋形容詞

un peu 意指「一點點」，只要在後面加上形容詞，就能表示「一點～」，不過要注意到形容詞的部分要隨修飾的名詞產生陰陽性變化。

Ex. un peu cher/chère
　　有一點貴

Ex. un peu bruyant(e)
　　有一點吵

重點2　J'ai vu sur＋A＋qu'il y a＋B

主要表示「我在A上面看到有B」。sur 後面可以是如對話中的目錄、DM或是一張紙、看板等等。qu'il y a（有～）是 que＋il y a的縮寫，用que來連接兩子句，在此作為動詞vu的受詞。

在超市的相關表現

MP3
P2-L12-03

chercher le rayon boulangerie	尋找麵包區
chercher des œufs	找雞蛋
~ en promotion	～有特價
~ est dans l'allée A	～位在 A 條通道
passer à la caisse	結帳
~ sur le rayon de ~	～位在～的架子上
faire la queue pour payer	排隊結帳
scanner le code barre	刷條碼
avoir le stock de ~	～有庫存
ne plus avoir de stock de ~	～沒庫存
La date de péremption de ~ est le vingt mars	～的保存期限為 3 月 20 日
~ sera périmé dans trois mois	～的保存期限剩下 3 個月

文法焦點 | *Pourriez-vous me dire* 的用法

Est-ce que vous pouvez me dire... 或是 Pourriez-vous me dire... 這樣的問句句型,是請對方提供我們資訊最標準正規的用法,我們可以翻譯為「您可以告訴我～嗎?」,若要表示禮貌或尊重(例如對不熟悉的長輩或職位比我們高的上司),我們就用 Pourriez-vous me dire 這個句型。此句型的結構與用法如下:

加名詞

Est-ce que	+	vous	+	pouvez	+	me	+ dire	+	名詞
		您		可以		對我	說		事物
[疑問句開頭]		[主詞]		[動詞]		[間接受詞]			[直接受詞]

Est-ce que 是最基本的「是否疑問句」,後面加上主詞、動詞、受詞即可。受詞的位置要注意,受詞人稱代名詞me放在動詞前面,在此是間接受詞;而另外一個受詞,也就是後面的名詞位置,是希望對方告知你的資訊,直接用定冠詞+名詞表示。

· Est-ce que vous pouvez me dire l'heure ?　您可以告訴我現在幾點了嗎?

· Pourriez-vous me dire l'heure ?　　　　請問您可以告訴我現在幾點了嗎?

加子句

若要加一個子句,必須使用關係代名詞,

Est-ce que	+	vous	+	pouvez	+	me	+ dire	+	疑問詞子句（疑問詞+主詞+動詞+受詞）
		您		可以		對我	說		疑問句
[疑問句開頭]		[主詞]		[動詞]		[間接受詞]			[子句]

疑問詞子句的位置,要放一個具有關係代名詞功能的疑問詞(如où),où 表示「在哪裡」,後面順接主詞+動詞+受詞。

· Est-ce que vous pouvez me dire **où** je peux trouver la lessive ?
　請問您可以告訴我在哪裡可以找到洗衣粉嗎?

短對話 A ～這個時候這樣問、這樣表達～

商品位置

Où sont les pains ?
請問麵包在哪裡？

Les fruits et les légumes sont-ils par là ?
請問蔬果區是往這邊走嗎？

Ils sont à côté de la poissonnerie.
它們在海鮮區旁邊。

商品位置

Où se trouvent les boîtes de thon ?
請問鮪魚罐頭放在哪裡？

Est-ce que vous avez des cotons-tiges ?
請問你們這邊有棉花棒嗎？

Ils se trouvent au deuxième rayon sur votre droite.
在您右手邊那排的第二個架子上。

保存期限

Où est marqué la date de péremption sur cette boîte ?
請問這個罐頭的保存期限在哪裡？

Au fond de la boîte.
在底部這裡。

保存期限

Est-ce que la date de péremption de cette confiture est décembre 2017 ?
這瓶果醬的保存期限是2017年12月嗎？

Non, c'est la date de fabrication.
不是，那是製造日期。

優惠訊息

Est-ce que les produits de nettoyage sur ce rayon sont en promotion ?
請問這一架的清潔用品有打折嗎？

Sur ce présentoire, tous les produits sont à moins vingt pour cent.
目前這一展示台的所有產品都打八折。

結帳

Combien vous dois-je ?
這樣是多少錢呢?

Combien cela coûte-t-il ?
這樣是多少錢呢?

Ça fait combien ?
這樣總共是多少錢呢?

Quinze euros en tout.
一共是15歐元。

付款
方式

Voulez-vous payer par carte ou en espèces?
您要刷卡還是付現呢?

Je vais payer en espèces / par carte.
我要付現/刷卡。

退換貨

Est-ce que vous faites l'échange ou le remboursement ?
請問您這裡接受退換貨嗎?

Nous pouvons (vous) faire l'échange mais nous ne pouvons pas vous rembourser.
這裡只接受換貨,不接受退貨。

自助
結帳機

Pourriez-vous me montrer comment faire pour la caisse libre-service?
您可以教我如何使用自助結帳機嗎?

Vous mettez d'abord vos articles sur le support, vous scannez un par un les codes-barres de tous les produits et vous pouvez voir le montant total de vos achats.
先把商品放在這個台子上,您一個一個地掃描完所有商品之後,最後會出現總價。

表示物品位置的法文介系詞、副詞

sur　在～的上面
（尤指有接觸到物體）

en dessous de　在～的下方
（可表示有接觸到物體，或沒接觸到）

à côté de　在～的旁邊

sous　在～的下面
（尤指有接觸到物體）

près de　靠近～

loin de　離～遠

· **au milieu de**
· **parmi**　在～的中間

à droite de　在～的右邊

au centre　在中央

à gauche de　在～的左邊

entre ~ et ~　介於～之間

tout en haut　在最上面

au-dessus de　在～的上方
（有接觸到物體或沒接觸到）

tout en bas　在最下面；在底部

devant	在～的前面	**au bout de**	在～盡頭
derrière	在～的後面	**jusqu'au bout de**	直到底
en face de	在～對面	**ici**	在這裡
· **dehors** · **en dehors de** · **à l'extérieur**	在外面	**là-bas**	在那裡
· **dans** · **dedans** · **à l'intérieur de**	在～裡面；在～之中	**autour**	在～周圍
en haut	在上面	**à travers**	穿過，通過
en bas	在下面	**par**	經過～，經由～

Exercices | 練習題

1. 請依照中文翻譯在空格中填入介系詞，以完成下面的句子。

❶ **La lessive se trouve** _____ **papier toilette.**

洗衣粉放在衛生紙的旁邊。

❷ **Les vêtement _____ promotion sont _____ les présentoires _____ caisses.**

打折的衣服放在收銀檯對面的架子上。

❸ **Les fruits sont-ils _____ là ?** 請問水果區是往這邊走嗎？

❹ **Ils se trouvent au deuxième rayon _____ votre gauche.**

在您左手邊那排的第二個架子上。

❺ **La date de péremption est _____ la boîte.**

罐頭的保存期限在底部這裡。

2. 請將以下中文翻譯成法文。

❶ _____ 它們在海鮮區旁邊。

❷ _____ 請問你們這邊有棉花棒嗎？

❸ _____ 請問這一架的清潔用品有打折嗎？

❹ _____ 這樣一共是多少錢呢？

❺ _____ 這所有產品都打八折。

3. 請聽MP3，並做會話的應答練習。

❶（請注意聽錄音裡對方發問的問題），並請用法文回答【**它們在海鮮區旁邊**】。

❷（請注意聽錄音裡對方發問的問題），並請用法文回答【**一共是15歐元**】。

❸（請注意聽錄音裡對方發問的問題），並請用法文回答【**我要付現**】。

❹（請注意聽錄音裡對方發問的問題），並請用法文回答

【**在您右手邊那排的第二個架子上**】。

❺（請注意聽錄音裡對方發問的問題），並請用法文回答【**我在找麵包區**】。

正確答案請見附錄解答篇 p.342

法國超市裡常見的商品

MP3 P2-L12-08

❶ l'alimentation des animaux domestiques	寵物飼料
❷ le produit d'entretien	清潔用品
la lessive en poudre	洗衣粉
le poduit de beauté	衛浴用品
le shampoing	洗髮精
le gel de douche	沐浴乳
le savon	香皂
❸ le produit congelé	冷凍食品
❹ la boisson	飲料
❺ la caisse	結帳收銀台
❻ le légume	蔬菜
le fruit	水果
❼ le produit laitier	乳製品
le lait	牛奶
le fromage	起士
❽ l'œuf	蛋
❾ le pain	麵包
la pâtisserie	糕點
❿ la viande	肉品（區）
le porc	豬肉
le poulet	雞肉
le bœuf	牛肉
l'agneau	羊肉
⓫ le fruit de mer	海鮮
le poisson	魚肉
⓬ le plat préparé	熟食
le jambon	火腿
la saucisse	香腸
⓭ le chariot	購物車
⓮ la caisse en libre service	自助結帳機
⓯ le produit pour bébé	嬰兒用品
⓰ la quincaillerie	五金

* ❷❸❼⓫⓬⓯常用於複數

法國知名的超市

　　說到法國的超市，一般普遍的超市有Carrefour、Auchan、Cora、Géant、Magasins U，而中小規模的超市有Casino、Champion、Franprix、G20、Monoprix等等，都是一般法國人常常採買生活必需品的場所。

　　但說到法國最具代表性且我們也耳熟能詳的超市，莫過於家樂福(Carrefour)了。創始於1960，於1963年在巴黎地區出現了第一家家樂福量販店，為歐洲量販店的首創者。1999年與普美德斯（Promodès）合併後，成為歐洲第一、世界第二大的零售商，目前在世界29個國家和地區擁有超過11,000多家營運零售店，目前以三種經營型態呈現；大型量販店、量販店及折扣店。

家樂福重要發展歷程：

1960年　　在安錫(Annecy)出現第一家家樂福超市

1963年　　在巴黎郊區，出現第一家家樂福量販店

1969年　　在比利時，出現第一家開在國外的家樂福分店

1989年　　台灣擁有亞洲第一家家樂福量販店。至2018年1月，全台灣有63間家樂福量販店，50間家樂福中小型超市。

　　從2005年起，家樂福不斷向海外發展，但並不是在每個國家都是成功的，例如日本、韓國，家樂福的經營型式被認為不符合當地居民的需求而退出。現在，家樂福不再只是量販店而已，還提供多樣的服務項目，例如：加油站、銀行業務、各類的保險、旅遊、藝術表演等，成為一個成功的企業典範。

在露天市集 Au marché

Mélanie :

Bonjour Monsieur. Vos légumes ont l'air très frais.

Le paysan :

Et oui, ils ont été ramassés ce matin.

Mélanie :

Combien coûte une livre de haricots verts ?

Le paysan :

Trois euros la livre.

Mélanie :

Et les pommes de terre ?

Le paysan :

Deux euros le kilo. Combien vous en voulez ?

Mélanie :

Je voudrais cinq cents grammes de haricots verts et un kilo de pommes de terre.

Le paysan :

Ce sera tout[*1] ce qu'il vous faut ?

Mélanie :

Oui, ce sera tout.

Le paysan :

Cinq euros, s'il vous plaît.

梅蘭妮：

先生您好。您的蔬菜看起來好新鮮。

農夫：

是啊，這些是今天早上（摘）的。

梅蘭妮：

請問 500 公克的四季豆多少錢？

農夫：

500 公克 3 歐元。

梅蘭妮：

那馬鈴薯怎麼賣？

農夫：

每公斤 2 歐元。您要多少呢？

梅蘭妮：

那我要 500 公克的四季豆跟 1 公斤的馬鈴薯。

農夫：

就這些嗎（您還需要其他東西嗎）？

梅蘭妮：

這些就夠了。

農夫：

這樣是五歐元。

NB | 請注意

[*1] **ce sera tout ?** 是店員或老闆常用來跟客人確認「這樣就好了嗎」「就這些嗎」的句型，字面意義是「這將是全部嗎」。回答時用 **Ce sera tout** 即可。

必學單字表現

MP3 P2- L13-02

légume	m	蔬菜
frais, fraîche	a.	新鮮的
ramasser	v.	採收，撿拾
haricot vert	m	四季豆
livre	f	半公斤
pomme de terre	f	馬鈴薯
gramme	m	公克
avoir l'air	phr.	看起來
coûter	v.	花費
combien	adv.	多少

會話重點

重點1　un kilo de... 與 ... le kilo

kilo 是 kilogramme的縮寫，un kilo de 是表達重量的單位詞，意指「一公斤的」。le kilo意指「每公斤」，le 在這裡表示「每～」。如以下的例句，主要是強調每公斤五歐元的意思，在這個句法中不用不定冠詞un。

Ex. **Cinq euros le kilo.**
每公斤五歐元。

重點2　主詞＋avoir l'air ＋形容詞

此動詞片語表示「看起來～」「好像～」，主詞可以是人或物，後面所接的形容詞主要在說明主詞感覺起來如何。形容詞會有陰陽性變化，只不過形容詞通常是隨主詞作變化。

Ex. **Les pommes de terre ont l'air bonnes.**
這道馬鈴薯看起來很可口。

Ex. **Le fromage a l'air frais.**
這起士看起來很新鮮。

法國使用的重量單位

MP3 P2- L13-03

　　在法國使用的重量單位為公斤制，農產品的標價通常以公斤、公克、半公斤等為單位。在法國的傳統市場，有許多攤販（尤其是自種菜農或果農）不願意讓客人自己動手挑選商品，所以就會習慣性地問客人需要多少的量（尤指重量），例如半公斤的四季豆、兩公斤的蘋果、三公斤的馬鈴薯、800克的番茄，而不太會問客人需要幾根紅蘿蔔或幾顆橘子。

un gramme de	一公克的	
un kilo de	一公斤的	
une livre de	半公斤的，一磅的	

en是法文的另一個中性代名詞，跟之前學過的 y 一樣都是代替一個介系詞＋名詞，只不過 en 會比較複雜一點。像是本課文中出現的 en，代替的是上下文中的量詞，請見以下解說。

en代替數量後的名詞

主詞＋　　en　　＋動詞　　＋**數量**

J　　　　'en　　prendrai　six.

我　　【某東西】　要買　　　六個

* en 放在動詞前面，動詞後面放量詞

在這裡，en 所取代的是原本要回答的 de ces pommes（這些蘋果），若不用 en 這個代名詞，就會如下面的原句那樣重複講過的東西。

問句　　Combien de pommes voulez-vous acheter? 您要買多少個蘋果？
答句　　J'**en** prendrai **six**. 我要買六個。
原句　　Je prendrai six **de ces pommes**. 我要買這六個蘋果。

代替起源、出處或離開的地方

主詞　＋en　　＋動詞

J　　　'en　　reviens.

我　【從那裡】　回來

在這裡，en 代替原句的 de l'école。j'en 是 je+en 的縮寫，en 放在動詞前面，代替離開的地點或來源之處。

問句　　Est-ce que tu vas à l'école? 你要去學校嗎？
答句　　Non, j'**en** reviens juste. 不，我剛從那裡（學校）回來。
原句　　Non, je reviens juste **de l'école**. 不，我剛從學校回來。

代替不及物動詞之後 de 的受詞

主詞＋　en　　　＋動詞

Je　　m'en　　souviendrai.

我　　【那個】　會記得

如下例句，en 拿來取代 de notre magnifique voyage de noce。因 souvenir（回憶）要搭配介系詞 de 使用，所以回答時可以使用en這個代名詞。

問句　　Te souviens-tu **de notre magnifique voyage de noce**？
　　　　　你還記得我們愉快的蜜月旅行嗎？
答句　　Je m'**en** souviendrai pour toujours. 我永遠都會記得！

短對話 A ～這個時候這樣問、這樣表達～

詢問價錢

Combien vendez-vous vos huîtres ?
請問您這裡的生蠔怎麼賣？

Douze euros le plateau.
每盤12歐元。

Combien vous en voulez? C'est huit euros la de-mi-douzaine.
每六個八歐元。

詢問價錢

Combien coûtent les oranges ?
請問柳橙的價格是多少呢？

Trois euros cinquante le kilo.
每公斤3歐元50歐分。

詢問價錢

Est-ce que tous vos fro-mages coûtent 3 euros la pièce ?
請問您這裡的起士都是每一個 3 歐元嗎？

Les fromages de chèvre uniquement, ceux de vache sont à deux euros la pièce.
羊乳酪是3歐，牛乳酪一個兩歐元。

確認折扣

Est-ce que vous faites une remise / un prix pour vos savons de Marseille ?
您的馬賽皂有折扣嗎？

Si vous en achetez deux, vous aurez trente pourcent de réduction.
買兩個打七折。

Vous en achetez six au prix de cinq.
買五個送一個。

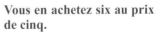

Est-ce que vous avez de grosses crevettes / des au-bergines ?
請問您這裡有賣蝦/茄子嗎？

確認庫存

Je voudrais un kilo de carottes, est-ce que vous en avez ?
我想要一公斤的胡蘿蔔，您這裡有嗎？

Je suis désolé(e), je les ai toutes vendues.
抱歉，我賣完了。

167

確認
庫存

Est-ce que vous avez des confitures de cerises ?
請問有櫻桃果醬嗎？

Il ne me reste que des confitures de fraises.
只剩下草莓果醬了。

Je n'ai plus de confiture, mais j'ai encore des compotes.
果醬已經賣完了。但還有果泥。

決定
購買

Je voudrais une livre de carottes, s'il vous plaît.
我要500公克的胡蘿蔔，謝謝。

Je voudrais (acheter) six œufs / deux kilos de farine.
我要（買）半打的雞蛋／兩公斤的麵粉。

Sans problème.
好的。

開放
時間

Quels jours y a-t-il ce marché ?
請問這市集的開放時間是何時？

A quelle heure commence le marché ?
請問這市集何時開放呢？

Du lundi au vendredi, de neuf heures à treize heures.
每週一到週五上午九點至下午一點。

商品
來源

Est-ce que la lavande dans ce paquet vient de la région d'Aix en Provence ?
請問這袋裡面的薰衣草是來自普羅旺斯的嗎？

Est-ce que ce sont des fromages alsaciens ?
這些是亞爾薩斯地區的起司嗎？

Oui, elle vient de la région d'Aix en Provence.
是的，那是來自普羅旺斯的。

Oui, ils viennent d'Alsace.
是的，來自亞爾薩斯。

表達數量的常用單位

MP3 P2-L13-06

un litre de	一公升的		un morceau de	一塊的	
un millilitre de	一毫升的（1 C.C.）		un bol de	一碗的	
un verre de	一杯的（玻璃杯）		un panier de	一籃的	
une tasse de	一杯的（茶杯）		un bouquet de	一束的	
un sac de	一袋的		une paire de	一雙的；一對的	
un sachet de	一包的（茶包）		une douzaine de	一打的	
une tranche de	一（薄）片的		une demi-douzaine de	半打的	

une assiette de	一盤的	
une moitié de	一半的	
une canette de	一罐的	
une bouteille de	一瓶的	
un tas de	一堆的	
une page de	一頁的	
un carton de	一箱的	

une boîte de/à	一盒（雞蛋／鞋子），一罐（罐頭）	
une carafe de	一壺的	
peu	一點點的	
beaucoup	多的	
assez	足夠的	
un peu	少的	
trop	過多的	

Exercices | 練習題

1. 請聽MP3，注意聽句子中提到的單位詞與價錢，從以下選項中選出所聽到的。

❶ carotte: **(A) une livre**   **(B) un litre**   **(C) un gramme**

❷ farine: **(A) deux grammes**   **(B) deux litres**   **(C) deux kilos**

❸ œuf :   **(A) six**   **(B) une boîte**   **(C) un gramme**

❹ fromage   **(A) deux euros trente la pièce**   **(B) deux euros le gramme**

                 (C) deux euros cinquante la livre

❺ huître   **(A) deux euros trente la livre**   **(B) deux euros le gramme**

                 (C) douze euros le plateau

2. 請參考範例將以下句子改用 en 表示。

範例： Je prendrai <u>six de ces pommes</u>. → <u>J'en prendrai six</u>.

❶ Combien de pommes de terre vous voulez ?

    →_____.

❷ Paul a deux frères.

    →_____.

❸ Si vous achetez deux fromages alsaciens, vous aurez trente pourcents de réduction.

    →_____.

❹ Je reviens de l'école.

    →_____.

3. 請聽MP3，並做會話的應答練習。

❶（請注意聽錄音裡對方發問的問題），並請用法文回答【**500 公克 3 歐元50分**】。

❷（請注意聽錄音裡對方發問的問題），並請用法文回答【**這些就夠了**】。

❸（請注意聽錄音裡對方發問的問題），並請用法文回答【**每盤12歐元**】。

❹（請注意聽錄音裡對方發問的問題），並請用法文回答【**每公斤2歐元50分**】。

❺（請注意聽錄音裡對方發問的問題），並請用法文回答【**我要買兩公斤的麵粉**】。

正確答案請見附錄解答篇 p.343

❶ l'ormeau	鮑魚
❷ la coquille Saint-Jacques	干貝
❸ l'huître	生蠔
❹ la gambas	龍蝦
❺ la crevette	蝦子
❻ la crevette rose	明蝦
❼ l'encornet	烏賊
❽ le calamar	魷魚
❾ le thon	鮪魚
❿ le cabillaud	鱈魚
⓫ le saumon	鮭魚

⓬ le radis	小蘿蔔
⓭ le céléri branche	芹菜
⓮ la salade	生菜
⓯ le chou	高麗菜
⓰ le choufleur	花椰菜
⓱ le haricot vert	四季豆
⓲ la truffe	松露
⓳ l'oignon	洋蔥
⓴ le gingembre	薑
㉑ le piment	辣椒
㉒ le maïs	玉米
㉓ la pomme de terre	馬鈴薯
㉔ l'ail	蒜頭
㉕ le champignon	蘑菇
㉖ la tomate	番茄
㉗ la carotte	胡蘿蔔

㉘ la confiture	果醬
㉙ la terrine	醬糜
㉚ la moutarde	芥末醬
㉛ la sauce tomate	番茄醬
㉜ le miel	蜂蜜

㉝	l'huile d'olive	橄欖油
㉞	la sauce de soja	醬油
㉟	la mayonnaise	美乃滋
㊱	le vinaigre	醋
㊲	le sel	鹽
㊳	le sucre	砂糖

㊴	la farine	麵粉
㊵	la menthe	薄荷
㊶	la cannelle	肉桂
㊷	le basilic	羅勒
㊸	le poivre	胡椒

㊹	le pâté	肉醬
㊺	la galantine	肉凍
㊻	le jambon cru	生火腿
㊼	le jambon cuit	熟火腿
㊽	le boudin	豬血腸
㊾	l'andouillette	內臟香腸
㊿	le saucisson	香腸

51	le comté	孔泰奶酪
52	le camembert	卡芒貝爾乾酪
53	le saint-marcellin	聖馬爾瑟蘭乳酪
54	la tomme de savoie	薩瓦低脂乳酪
55	le roquefort	羅克福乾酪
56	l'époisses	伊泊斯起司
→	le fromage de chèvre	契福瑞起司

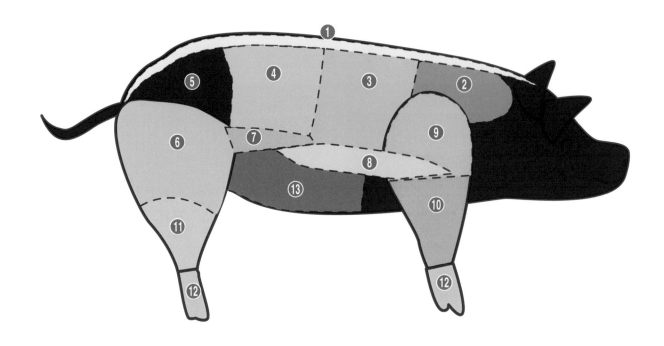

❶ le lard	豬皮		❽ le travers	豬小排	
❷ l'échine	梅花肉		❾ la palette	前大腿肉	
❸ le carré de côtes	豬肋排		❿ l'épaule	前腿肉	
❹ le filet	大里肌		⓫ le jarret	小腿肉	
❺ la pointe de filet	豬臀肉		⓬ le pied de cochon	豬腳	
❻ le jambon	後腿肉		⓭ la poitrine	腹脅肉	
❼ le filet mignon	小里肌				

法國的露天市集

法國的傳統市集在每個城市、每個地區都有其特色，除了參觀各地的名勝古蹟，不妨抽空看看各地的市集，感受一下另一種的法國氣息。

法國的傳統市集指的就是市場，有農產品、肉類、海鮮、乳製品等各類食物，雖然現場有一些批發的中盤商，但大部分的商品是店家自產直營的。除了以上的食物之外，你還可找到酒類、蜂蜜、果汁、果醬等，在傳統市集裡可以找到的商品在大超市中未必能找到，尤其是農產品的新鮮度更是無法相比較的，只是跟一般所想像的有點差距的是，這些自產直營的商品在價格上略高。

在傳統市集裡購物的樂趣，除了可以買到新鮮的食材，應該就是攤販老闆與客人的互動，雖然可以偶爾聽到吆喝聲，卻不覺得刺耳。也常聽到攤販老闆為客人介紹產品、推薦獨創的食譜，氣氛是非常愉悅與親切的，對於剛到法國的留學生，傳統市集是一個跟當地法國人練習法語的好機會。

傳統市集的開放時間為早上七點到下午一點左右，快收市時，部分店家會為了想賣出所有商品而以低價賣出，可以趁那個時候買到非常便宜的農產品。城市裡較大的市集一個星期會休一天，通常是星期一休市，小的市集一星期只開放一天或兩天，鄉村的市集則是只開放每個星期天的早上。

在銀行　A la banque

Emilie :

Bonjour Monsieur. Je voudrais ouvrir un compte bancaire.

Le banquier :

Bonjour Madame. Pour l'ouverture d'un compte, il vous faut une pièce d'identité ainsi qu'une attestation de logement. Est-ce que vous les avez sur vous ?

Emilie :

Oui, j'ai tous les papiers nécessaires.

Le banquier :

C'est parfait. Avez-vous besoin d'une carte de crédit ?

詢問優惠方案

Emilie :

Oui, mais est-ce que vous proposez un tarif spécial pour les étudiants ?

Le banquier :

Effectivement, je pourrais vous proposer une carte à débit immédiat gratuite pour la pre-mière année.

Emilie :

C'est une excellente nouvelle.

Le banquier :

Vous allez recevoir votre carte et votre code par courrier postal dès la semaine prochaine.

艾蜜莉：

先生您好，我想要開戶。

理專：

小姐您好。開戶的時候需要身分證和住宿證明，請問您有帶在身上嗎？

艾蜜莉：

所有必備文件我都帶來了。

理專：

太好了，您需要辦信用卡嗎？

艾蜜莉：

需要，請問學生辦信用卡有優惠嗎？

理專：

有的，如果您要的是按日結帳的信用卡，我可以給您免第一年的年費。

艾蜜莉：

這個提議不錯。

理專：

下個星期起，您將會收到信用卡及信用卡的密碼。

必學單字表現

MP3 P2- L14-02

ouvrir	(v.)	打開、開啟
compte	(m)	戶頭
bancaire	(a.)	銀行的
ouverture	(f)	打開、開啟
identité	(f)	身分證
attestation de logement	(m)	房屋證明
carte de crédit	(f)	信用卡
tarif	(m)	費用
immédiat(e)	(a.)	立即的
nouvelle	(f)	消息
code	(m)	密碼
courrier postal	(m)	信件

會話重點

重點1　名詞＋ainsi que＋名詞

在此句型表示「以及」「和」的意思，具連接詞功能，相當於 et 的用法。不過 ainsi que 還有另一種用法，還可表示「就如同～」「就像～一樣」，後面接名詞或子句。

Ex. **Mes parents ainsi que ma sœur sont chez moi.** 我父母以及我妹都在我家。

Ex. **ainsi que je te l'ai dit** 正如同我告訴過你的

重點2　avoir＋某物＋sur＋某人

主要表示「有隨某人帶某物在身上」的意思。

Ex. **Tu les as sur toi ?**
你有帶在身上嗎？
-Oui, j'ai sur moi tous les papiers nécessaires.
有，必備文件我都有帶在身上。

歐元貨幣的種類｜紙鈔

MP3 P2-L14-03

euro 歐元
billet 紙鈔

cinq euros（5€）	5歐元		cinquante euros（50€）	50歐元
dix euros（10€）	10歐元		cent euros（100€）	100歐元
vingt euros（20€）	20歐元		deux cents euros（200€）	200歐元
			cinq cents euros（500€）	500歐元

文法焦點｜近未來時＆簡單未來時

本課將學習兩種未來式，一種叫近未來時，也就是對話中的 Vous allez recevoir... dès la semaine prochaine（下週起您將會收到）和簡單未來時，都表示未來的動作，但前者利用到助動詞allez，後者直接換另一種動詞形態。

近未來時

近未來時主要在表示很近的未來，可能是等一下、明天或是下禮拜，而且時間上也比較明確，知道事件大概何時會發生。其構造很單純，如下：

助動詞 aller＋動詞原形

je	vais	chanter	nous	allons	chanter
tu	vas	chanter	vous	allez	chanter
il	va	chanter	ils	vont	chanter

簡單未來時

簡單未來時則是表示比較不確定的未來，所以事件發生的時間不太明確。其構造大致上是拿 je 的**直陳式現在時**動詞變化加上語尾的變化，如下：

語幹（je 的動詞變化）＋變化語尾（rai）
chanter → je **chante** → **chante** + *rai*

je	chante**rai**	−rai	[rɛ]
tu	chante**ras**	−ras	[ra]
il	chante**ra**	−ra	[ra]
nous	chante**rons**	−rons	[rɔ̃]
vous	chante**rez**	−rez	[re]
ils	chante**ront**	−ront	[rɔ̃]

不過仍有特殊的變化

être →

je	se**rai** [s(ə)rɛ]	nous	se**rons** [s(ə)rɔ̃]
tu	se**ras** [s(ə)ra]	vous	se**rez** [s(ə)re]
il	se**ra** [s(ə)ra]	ils	se**ront** [s(ə)rɔ̃]

pouvoir →

je	pour**rai**	nous	pour**rons**
tu	pour**ras**	vous	pour**rez**
il	pour**ra**	ils	pour**ront**

avoir →

je	au**rai** [ɔrɛ]	nous	au**rons** [ɔrɔ̃]
tu	au**ras** [ɔra]	vous	au**rez** [ɔre]
il	au**ra** [ɔra]	ils	au**ront** [ɔrɔ̃]

venir →

je	vien**drai**	nous	vien**drons**
tu	vien**dras**	vous	vien**drez**
il	vien**dra**	ils	vien**dront**

aller →

je	i**rai**	nous	i**rons**
tu	i**ras**	vous	i**rez**
il	i**ra**	ils	i**ront**

faire →

je	fe**rai**	nous	fe**rons**
tu	fe**ras**	vous	fe**rez**
il	fe**ra**	ils	fe**ront**

短對話 A ～這個時候這樣問、這樣表達～

開戶

De quel genre de compte avez-vous besoin ?
您需要開哪一種帳戶？

J'ai besoin d'un compte courant / compte à terme / un livret A.
我需要開活期／定存帳戶／Livret A。

詢問
利率

Quel est le taux d'intérêt ?
請問利率是多少呢？

C'est 3 pour cent net (d'intérêt).
淨利率是3%。

Je voudrais demander une carte de crédit à débit immédiat/différé.
我想要辦按日／月結帳的信用卡。

辦卡

J'ai perdu ma carte de crédit, Je voudrais faire une déclaration de perte.
我信用卡不見了，要辦掛失。

Bien entendu.
好的。

Je voudrais faire un virement de 300 euros, combien coûte l'opération ?
我要轉帳300歐元，請問手續費用是多少？

匯款

Je voudrais faire un virement de 350 euros sur ce compte.
我要轉帳。轉350歐元到這個帳戶。

Les frais de virement sont de 3 euros et 70 centimes.
轉帳手續費是3歐元70歐分。

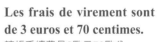

存款

Vous pouvez déposer des espèces au distributeur.
您可以利用提款機存現金。

Je voudrais déposer 200 euros sur mon compte, s'il vous plaît.
我要存200歐元在我的戶頭上。

Pas de problème.
好的。

短對話B ～這個時候這樣問、這樣表達～

MP3 P2-L14-05

提款

Je voudrais retirer cent euros.
我要提100歐元。

Je voudrais retirer 300 euros sur mon compte courant.
我要從活存帳戶裡面提領300歐元。

Pas de problème.
好的。

提款

Combien d'euros porrais-je retirer avec ma carte de crédit par semaine ?
我的信用卡一個星期能提領多少歐元？

300 euros maximum par semaine.
一星期最多能提領300歐元。

關閉帳戶

Je voudrais fermer mon compte.
我要關閉帳戶。

Je voudrais résilier mon compte à terme.
我想解除定存帳戶。

Pas de problème.
好的。

歐元貨幣的種類｜硬幣

MP3 P2-L14-06

monnaie 硬幣		
deux euros（2€）	2歐元	
un euro（1€）	1歐元	
cinquante centimes	0.5歐元（50分）	
vingt centimes	0.2歐元（20分）	
dix centimes	0.1歐元（10分）	
cinq centimes	0.05歐元（5分）	
deux centimes	0.02歐元（2分）	
un centime	0.01歐元（1分）	

carte de credit	信用卡	
carte de retrait	現金卡（銀行卡）	
chèque	支票	
virement	匯款	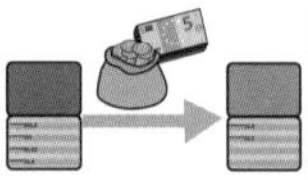

Exercices │ 練習題

1. 請參考範例將以下句子變成簡單未來時。

範例： Je part → Je partirai

❶ **Nous allons à Paris l'été prochain.** →

_____

❷ **Cet hiver, il fait froid à Taïwan.** →

_____

❸ **Un jour, je ferme mon compte.** →

_____

❹ **Ça va.** →

_____

❺ **Je suis très content de te voir.** →

_____

2. 請聽MP3，注意聽句子中用到的動詞，並確定其形態為現在時、近未來時，或是簡單未來時。

❶ (A) part　　　　　(B) vais partir　　　　(C) partirai

❷ (A) va pleuvoir　　(B) pleut　　　　　　(C) pleuvra

❸ (A) partir　　　　 (B) vont partir　　　　(C) partiront

❹ (A) allons aimer　 (B) aimerons　　　　 (C) aimons

❺ (A) va vendre　　　(B) vends　　　　　　(C) vendra

3. 請聽MP3，並做會話的應答練習。

❶ （請注意聽錄音裡對方的說明），並請用法文發問【請問學生辦信用卡有優惠嗎？】。

❷ （請注意聽錄音裡對方的說明），並請用法文回答【所有必備文件我都帶來了】。

❸ （請注意聽錄音裡對方的說明），並請用法文回答【我需要開活期帳戶】。

❹ （請注意聽錄音裡對方的說明），並請用法文回答【我要提100歐元】。

正確答案請見附錄解答篇 p.343

❶ le guichet	銀行櫃檯
❷ le caissier	出納員
❸ déposer des espèces	存款
→ l'épargne	儲蓄
→ ouvrir un compte bancaire	開戶
→ fermer un compte	關閉帳戶

❹ la facture	帳單
❺ le coffre-fort	保險箱
❻ le distributeur automatique	自動提款機
❼ retirer des espèces	提款
→ le numéro de compte	帳號
→ le code	密碼

❽ acheter des devises	換匯
❾ demander une carte de crédit	辦信用卡
❿ signer	簽名

→ remplir	填寫
→ résilier	解約
→ le portefeuille	基金
→ l'assurance	保險

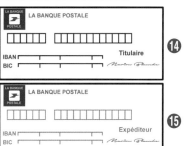

⑪	le chèque	支票
→	encaisser	兌現
⑫	le traveller chèque	旅行支票
⑬	le chèque de banque	銀行保付支票
⑭	le titulaire d'un compte	存戶
⑮	l'expéditeur	匯款人
→	le cédant	轉讓人
⑯	le relevé de compte	銀行帳戶明細
⑰	le livret d'épargne	存簿

法國的銀行

　　法國的銀行業非常發達，主要提供的業務有：資產管理、保險、信用卡、投資、抵押貸款、財富管理。在政府的政策保護下，若銀行發生重大問題，仍須保障給付每個儲戶十萬歐元。在台灣較為耳熟能詳的法國銀行有法國巴黎銀行(BNP Parisbas)、里昂信貸銀行(Le crédit Lyonnais)。

　　法國的銀行所提供的業務服務項目不如台灣的銀行多元化。例如：不提供代收任何繳納款項，櫃台也不提供現金的存放或提領。想在法國開戶的外國留學生，必須準備護照、學生證、住宿證明。在此會建議留學生開戶時，最好備有足夠的金額，以免因故遭到拒絕，因為學生是被視為沒有收入的族群，為了保障資金的正常運用，銀行雖不能規定開戶時的金額，但能採取防範措施。

　　開戶時，銀行會提供支票與信用卡，前者被視為等同現金，但目前大部分的商店會規定消費必須超過 15 歐元以上，才能使用支票，並且必須出示身分證。支票的好處在於不收取任何手續費，然而若遺失支票簿時，會發生被別人冒用的危險。

　　至於信用卡，每年必須支付年費，並且依據職業或收入的高低來決定每週支出以及用提款機提領現金的上限額度。法國的信用卡是密碼式的，在申辦時會收到銀行指定的四位密碼，開戶的手續約在一星期內完成。

　　在法國結束學業後，要將支票簿與信用卡繳回銀行並關掉戶頭，否則將會被要求繼續支出管理戶頭的手續費用，由於銀行並不經手現金，所以會把餘款以電匯的方式匯回台灣的銀行。

在郵局 À la poste

Le postier :

Bonjour Madame. Quelle opération voulez-vous faire ?

Emilie :

Bonjour, je souhaite[*1] envoyer une carte postale à Taïwan, s'il vous plaît.

Le postier :

Cela fera un euro et trente centimes. Voici votre timbre, vous le collez en haut, à droite[*2] de votre enveloppe et vous la mettez dans la boîte aux lettres.

Emilie :

Merci bien. J'ai une autre[*3] question, comment envoyer de petits colis à Taïwan ?

Le postier :

Nous avons des emballages prépayés, vous payez l'emballage qui correpond[*4] au poids de votre objet.

Emilie :

Cela prendra longtemps ?

Le postier :

Le colissimo est plus lent que le chronopost, mais en général, cela prendra une semaine à 10 jours environ.

Emilie :

Merci beaucoup pour vos renseignements.

郵務人員：

小姐您好，請問您要做什麼業務？

艾蜜莉：

您好，我想寄一張明信片到台灣。

郵務人員：

郵寄費用是1.3歐元。這是您的郵票，請您貼在信封上的右上角，然後放進郵筒即可。

艾蜜莉：

謝謝您。我還有一個問題，如何寄小包裹到台灣？

郵務人員：

我們有已付郵資的紙箱，您就選擇您需要的重量即可。

艾蜜莉：

寄過去會花很久的時間嗎？

郵務人員：

colissimo 會比 chronopost 慢，但一般來説，大約一個禮拜到十天會到。

艾蜜莉：

謝謝您提供的資訊。

NB | 請注意

[*1] **je souhaite** ＋動詞原形表示「我想要」| [*2] **à droite/gauche de** ＋某事物表示「在～的右邊／左邊」| [*3] **une autre** 表示「另一個」「下一個」| [*4] **correpondre à** 是「和～相符」的意思。

184

必學單字表現

MP3
P2- L15-02

opération	**f**	業務
envoyer	**v.**	寄
carte postale	**f**	明信片
environ	**adv.**	大約
timbre	**m**	郵票
coller	**v.**	黏貼
enveloppe	**f**	信封
boîte aux lettres	**f**	信箱、郵筒
colis	**m**	包裹
emballage	**m**	包裝
prépayé(e)	**a.**	預支的
poids	**m**	重量
paquet	**m**	包裹

會話重點

重點1　Voici＋眼前人事物

主要表示「～在這裡」「這是～」，是請對方注意眼前某事物或人時可用的句型，相當於英文的 Here is~。若眼前有 2 件事物或 2 個人，就會使用 voici ~ et voilà ~ 來表達「這個是～，那個是～」。

Ex. **Voici une chapeau et voilà un pantalon.**
這裡有帽子，那裡有褲子。

重點2　Cela prendra＋時間長度

主要表示「會花～（多久時間）」，Cela 指前面提到的某事物，像是對話中提到的運送時間長度。prendra 是 prendre 的未來式形態，表示「將需要，花費」。時間長度後面加上 environ，可表示大約。

Ex. **Cela prendra un jour environ.**
大約要花一天時間。

各類郵寄方式

MP3
P2-L15-03

lettre au tarif normal	平信	
lettre au tarif rapide	限時信	
lettre recommandée	掛號	
par avion	航空	
par bateau	海運	
livraison à domicile	送件到府	
livraison en moins de 24 heures	隔日送達	

文法焦點 | 比較級：plus/moins＋形容詞

用法文表達比較時，其句型有以下：

優等的比較 **plus＋形容詞** （**更多、大…**）
→[相當於英文的more]
劣等的比較 **moins＋形容詞** （**沒有更多、大…**）
→[相當於英文的less]

若要在兩個東西之間做比較時就要用 que 做連接，請見以下句型：

　　　　　　plus＋形容詞
A＋ 　　　　　　　　＋ **que** ＋ **B**
　　　　　　moins＋形容詞

要注意到的是，形容詞要與所搭配之名詞或代名詞（也就是上面句型中的 A）的陰陽性、單複數保持一致性，若 A 是陽性，形容詞也要是陽性（如cher）；若 A 是陰性，形容詞也要是陰性（如chère）。請見以下例句：

優等的比較
Cet appartement est plus 　　　cher 　　　que 　l'autre appartement.
　A（陽性名詞）　　　更多　（陽性形容詞）比較　　　　B
這間公寓比另一間公寓貴。

劣等的比較
Ta voiture est 　moins 　　grande 　　que 　la mienne.
　A（陰性名詞）　更少 　（陰性形容詞）比較　　　B
你的車子比我的小台。(你的車子沒有我的大)

特別要注意 bon（好的）這個形容詞，bon 的比較級為 meilleur，而不是 plus＋bon；而mauvais（壞的）的比較級為pire，此兩者為特殊的變化。

優等的比較
Il fait meilleur aujourd'hui qu'hier. 今天的天氣比昨天好。

劣等的比較
La situation est bien pire que je croyais.
情況比我想像的還糟。

Je voudrais envoyer une lettre au tarif normal.
我要寄平信。

Pas de problème.
好的。

Je voudrais envoyer un colis à Taïwan.
我要寄包裹到台灣。

Je voudrais envoyer cette carte postale à l'étranger.
我要以國際郵件方式寄這明信片。

Pas de problème.
好的。

Je voudrais acheter des timbres.
我要買郵票。

Combien coûte une lettre au tarif normal / une lettre recommandée ?
請問寄平信／掛號要多少錢？

Dans quel pays voulez-vous envoyer la lettre ?
您要寄到哪一個國家？

Combien coûte un colis pour Taïwan envoyé par Colissimo ?
若用快捷郵件寄這個包裹到台灣要多少錢？

Il faut d'abord le peser. Cela fait 45 euros s'il vous plaît.
得先秤一下。這樣是45歐元。

Je vourais l'envoyer par lettre recommandée.
我要寄掛號。

Comment voulez-vous l'envoyer ?
您要以何種方式寄送？

Je voudrais l'envoyer en express.
我要用快捷來寄。

Combien de temps faut-t-il pour envoyer une lettre de la France vers Taïwan ?
寄平信從法國到台灣要多久時間？

Il faut une semaine.
需要一個禮拜

包裹
內容

Qu'est-ce qu'il y a dans ce colis ?
此包裹的內容物是什麼？

Des livres
是書本。

包裹
內容

Est-ce qu'il y a des objets fragiles / des liquides ?
裡面有易碎物／液體嗎？

Non. Je ne pense pas.
沒有。我不認為有。

運送
方式

Voulez-vous l'envoyer par bateau ou par avion ?
您要寄海運還是空運呢？

Je voudrais l'envoyer par bateau/avion.
我要寄海運／空運。

目的地

Où voulez-vous envoyer votre lettre ?
您的信要寄到哪裡？

Dans quel pays voulez-vous envoyer votre lettre?
您的信要寄到哪個國家？

Je voudrais envoyer la lettre aux États-Unis.
我要寄到美國。

買郵票

Je voudrais acheter un timbre de 3 euros.
我要買3歐元的郵票。

Est-ce que vous avez des timbres de collection ?
您這裡有在賣紀念郵票嗎?

Bien sûr.
好的；有的。

1. 請依（ ）內提示，將以下中文翻譯成法文，以完成句子。填入前，請改成適當的形態。

❶ 我（女）比他高。（grand：高大的）

Je suis _____ lui.

❷ 法文比中文簡單。（facile：簡單的）

Le français est _____ le chinois.

❸ 瑪莉的速度沒有比我快。（vite：快速的）

Marie est _____ moi.

❹ 這本書比那本書好。（bon：好的）

Ce livre-ci est _____ ce livre-là.

❺ 這個包包沒有比這枝筆貴。（cher：貴的）

Ce sac est _____ ce stylo.

2. 請聽MP3，並做會話的應答練習。

❶ （請注意聽錄音裡對方發問的問題），並請用法文回答【**我要用快捷來寄**】。

❷ （請注意聽錄音裡對方發問的問題），並請用法文回答【**需要兩個禮拜**】。

❸ （請注意聽錄音裡對方發問的問題），並請用法文回答【**是書本**】。

❹ （請注意聽錄音裡對方發問的問題），並請用法文回答【**沒有。我不認為有**】。

❺ （請注意聽錄音裡對方發問的問題），並請用法文回答【**我要寄空運**】。

正確答案請見附錄解答篇 p.343

❶	la lettre prioritaire	快捷郵件
❷	l'envoi express	快遞

le facteur	郵差
→la boîte postale	郵政信箱

la boîte aux lettres	郵筒
la balance	磅秤
mettre le colis sur la balance	把包裹放到磅秤上
→récupérer un colis	領取包裹
→suivre une lettre recommandée	追蹤掛號信
→écrire l'adresse	填寫地址
→signer la réception d'un colis	簽收包裹
→la lettre est perdue	郵件寄丟了

Nouveau message

À: Macron@yahoo.fr
Cc:
Objet: Salut!

✉ Envoyer

Cher Monsieur Macron

- - - - - - - - - - - - - - - - - - - -
- - - - - - - - - - - - - - - - - - - -
- - - - - - - - - - - - - - - - - - - -
- - - - - - - - - - - - - - - - - - - -

Cordialement
Emilie Chang

l'e-mail	電子郵件

郵寄物品的種類

une lettre	一般信件	
un colis	包裹	
un petit paquet	小包裹	
une carte postale	明信片	
des objets fragiles	易碎物品	
des livres	書籍	
un cadeau	禮物	
des objets de gros volume	大件物品	
des documents	文件	
une facture	繳費單	

如何在法國郵局寄信或包裹

　　由於網路的發達，法國人郵寄信件的次數大為減少，不論是各類帳單或一般書信的來往，都因為環保意識提高以及網路付費與聯絡的便利，而漸漸地被取代。身為外國留學生，在申請學校時，必須以書信方式提出入學申請，以及繳交各類文件，或者在歸國時需要用海運運回過多的行李，筆者在此簡單介紹書寫信封的格式及郵寄方法。

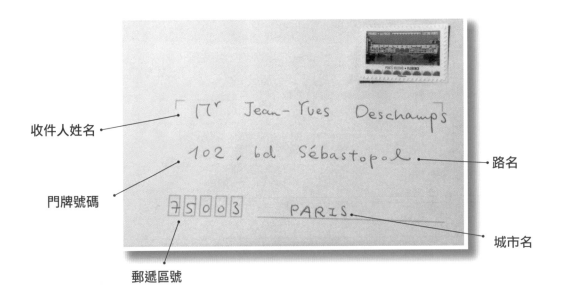

收件人姓名

路名

門牌號碼

城市名

郵遞區號

　　以下是信封書寫方式：

　　法國人使用的信封為橫式，收件人姓名與住址必須寫在信封中央，第一行先寫收件人姓名或收信的機構，第二行寫門牌號碼、路名，第三行寫郵遞區號、城市名(有必要時：國名)，郵票貼在信封的右上角，寄件人的姓名住址則寫在信封背面的左上方或右上方。郵筒分本地與外地，寄到國外的信件必須放在外地的郵筒裡。

　　在法國寄包裹的方式也在近年來變得方便許多，在郵局裡就可以購買預付的盒子，費用以盒子的大小及所容納的重量為計算方式，法國境內使用的盒子與寄到國外的盒子有顏色上的差別，只需要詢問郵務人員。若要海運體積大的物品，則必須自備箱子，而收費的方式會因重量與箱子大小而有所不同。除了特別的需求，一般民眾都是利用機器購買郵票，先把信件放在機器上秤重、選擇目的地、付費、將郵票貼到信封上後，放入郵筒即可。法國境內的郵資依送達時間有三種費率，寄到台灣的信件需要10-14個工作天。

0 l'enveloppe	信封	
1 l'expéditeur	寄件人	
2 l'adresse de l'expéditeur	寄件人地址	
3 le destinataire	收件人	
4 l'adresse du destinataire	收件人地址	
5 le numéro de l'immeuble	門牌號碼	
6 le nom de la rue	路名	
7 le code postal	郵遞區號	
8 le nom de la ville ou de la région	城市或地區名稱	
9 le cachet de la poste	郵戳	
10 le timbre	郵票	

在通訊行 Chez un opérateur de télécommunications

Laurent :

Bonjour, je voudrais souscrire à un forfait téléphonique, qu'est-ce que vous me proposez ?

La conseillère de vente :

En ce moment, nous avons des forfaits très intéressants pour les étudiants.

解釋方案

La conseillère de vente :

Avec tous les forfaits, les appels et les envois de SMS sont illimités. Pour Internet, vous avez le choix entre 20MO, 5GO et 20GO.

Laurent :

Est-ce que je dois m'engager sur une certaine durée ?

La conseillère de vente :

Non Monsieur, ce sont des forfaits sans engagement.

選擇方案與付款

Laurent :

Je vais donc prendre le forfait avec Internet à 5GO.

La conseillère de vente :

Ce sera 19€99 par mois, vous devez payer la carte sim à 10 euros en plus et vous pouvez conserver votre ancien numéro.

Laurent :

C'est très bien, merci beaucoup Madame.

羅蘭：

您好。我想申辦手機門號，請問您有什麼方案能推薦的嗎？

銷售員：

我們目前剛好有做活動，特別給學生的優惠價。

銷售員：

每個方案，您都可以無限打市內電話跟傳簡訊。使用網路的流量，您可以選擇 20Mo，5Go跟20Go。

羅蘭：

請問我必須綁約嗎？

銷售員：

您不需要被綁約。

羅蘭：

那這樣子的話，我選擇 5Go 網路流量的那個方案。

銷售員：

那月租費是 19.99 歐元，此外您得另外支付10歐元買 sim 卡，您可以保有原來的門號。

羅蘭：

太好了，謝謝您。

必學單字表現

 MP3 P2-L16-02

souscrire	(v.)	申請
forfait	(m)	月租費
téléphonique	(a.)	電話的
appel	(m)	電話
SMS	(m)	簡訊
Internet	(m)	網路
choix	(m)	選擇
s'engager	(v.)	綁約
durée	(f)	期間
carte sim	(f)	sim卡
numéro	(m)	號碼
mois	(m)	月份
conserver	(v.)	保留

會話重點

重點1 souscrire à＋名詞

此片語表示「訂閱、申請～」，帶有付出費用申請或訂閱的意思。

Ex. souscrire à un emprunt 貸款

Ex. Je voudrais souscrire à un forfait téléphonique.
我想要申辦手機租約。

forfait 的意思很多，在這裡的意思為「承包合同、承攬」，téléphonique 的意思為「跟電話有關的」，forfait téléphonique 指手機租約。

重點2 par＋時間

此片語主要表示頻率，以這個時間為一個單位，說明前面的事物，帶有「每～」之意。就對話中的 [金額＋par mois]表示「每個月～歐元]的意思，如果是[~ fois par mois]就是「每個月～次」。par 後面可以是 jour, mois, semaine, an 等等時間。

 ## 與通話、網路品質相關的表達

 MP3 P2-L16-03

通話	
se couper	（通話）中斷
une interférence	（通話品質）斷斷續續
la faible réception	（通話訊號）收訊弱

網路品質	
la connection lente	（網路）連線慢
la faible connection	（網路）訊號弱
la bonne connection	（網路）連線順暢
la connection rapide	（網路）連線快
l'excellente connection	（網路品質）優
la connection coupée	（網路）連線中斷
une interférence	（網路連線）斷斷續續

文法焦點 | 代動詞

　　本課對話中出現意為「綁約」的動詞 m'engager，其實是 je 的**反身代名詞 me ＋代動詞**的用法。

　　反身代名詞是用於表示和主詞相同的「人事物」的代名詞，是一種受詞，可代替直接受詞或間接受詞；而代動詞則是搭配反身代名詞使用的動詞。請見以下句型：

　　　　je　　＋　　me　　＋　　couche〔及物動詞 coucher 意指：**讓～躺下**〕
　　　　我　　　　　我　　　　　使躺下
　　　[主詞]　　[反身代名詞]　　[代動詞]

　　單用 coucher 還無法表示上床睡覺的意思，因為它是「讓～躺下」的意思。用以上組合的字面意義來理解：我使我自己躺下，me 看做是受詞， me couche 就能理解成「躺下睡覺」的意思。

　　因此，je m'engage 用字面意義來理解：我把我自己約束住，m'engage 也就能理解成「我綁訂」「我綁約」的意思。

代動詞的用法基本上分為以下3種：

(1) 反身代名動詞：用於「自己把自己～」「自己對自己～」時，所做的動作是作用在自己的身上。
　　Je me couche.　　我睡覺。
　　→ 自己使自己躺下
　　Je me lève.　　　我起床。
　　→ 自己使自己起來

(2) 兩人／物互相作用：用於「我們／你們／他們把自己～」時，主詞為複數，表示互相做某件事。
　　Nous nous aimons. 我們彼此相愛。
　　→ 兩人愛彼此

(3) 「反身代名詞＋代動詞」要視為一個固定慣用的動詞。
　　Je me souviens de mon enfance. 我想起我的童年。
　　→ me souviens（原形 se souvenir）是固定用法，表示「想起」

提及需求

Est-ce que je pourrais vous être utile ?
有什麼能為您服務的嗎？

Je voudrais prendre un forfait téléphonique / recharger ma carte prépayée.
我要辦手機門號／儲值。

買儲值卡

Est-ce que vous avez des demandes spéciales ?
您有什麼特別的需求嗎？

Je voudrais prendre une carte prépayée internationale.
我要買可打國際電話和上網的儲值卡。

Est-ce qu'il est possible de prendre une carte prépayée juste pour utiliser l'Internet?
我可否購買只須上網的儲值卡？

辦月租型

Je voudrais prendre un forfait, qu'est-ce que vous me conseillez ?
我想申辦手機月租方案。有什麼方案可以推薦我嗎？

Si vous achetez un nouveau portable avec le forfait, vous pouvez bénéficier d'un tarif très intéressant.
如果您搭方案買一台新手機的話，您可享有更便宜的月租費。

Sinon, vous payez dix-neuf euros 99 pour deux heures d'appel, les SMS illimités et 20Go d'Internet.
或者是，兩小時的通話，簡訊免費，網路20Mo，月租費是19.99歐元。

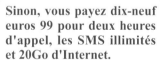

綁約

Est-ce que je dois m'engager pour une durée avec ce forfait ?
選擇這個方案，會被綁約嗎？

Vous devez être engagé pendant un an.
得綁約一年。

網路
流量

Est-ce que vous proposez différentes cartes prépayée ?
請問您們是否能推薦我幾種儲值卡嗎？

Oui, dites-moi vos besoins.
請告訴我您的需要。

Mais si vous utilisez beaucoup l'Internet, je vous conseille de prendre un forfait de 50 Go.
如果您很常使用網路，我建議您辦理50G的月租。

優惠價

Est-ce que vous faites une promotion sur des forfaits en ce moment ?
請問現在辦月租是否有優惠價？

Est-ce que vous avez des forfaits intéressants pour les étudiants ?
請問是否有適合學生的月租型優惠價？

Oui, l'offre est valable jusqu'à la fin du mois.
有的，此優惠到月底。

續約

Je voudrais renouveler mon forfait.
我的門號想要續約。

Vous reprendrez le même forfait?
您還是要原來的方案嗎？

解約

Je voudrais résilier mon contrat.
我想要將我的門號解約。

Si vous résiliez le contrat avant la fin, vous devez quand même payer la dernière facture.
如果您提前解約，您還是要付最後一張帳單。

Exercices | 練習題

1. 請依（　　）內提示，將以下中文翻譯成有代動詞的法文，以完成句子。
填入前，請改成適當的形態。

❶ 我上床睡覺。（se coucher：上床睡覺）

Je _____ .

❷ 他們彼此相愛。（aimer：愛）

_____ .

❸ 她想起我的童年。（se souvenir：想起）

_____ .

❹ 我搞錯方向了。（se tromper de：搞錯）

_____ .

❺ 車站位於您的左手邊。（se trouver：位於）

L'arrêt _____ .

2. 請聽MP3，並做會話的應答練習。

❶ （請注意聽錄音裡對方發問的問題），並請用法文回答【我要辦手機門號】。

❷ （請注意聽錄音裡對方發問的問題），並請用法文回答【我要儲值】。

❸ （請注意聽錄音裡對方發問的問題），並請用法文回答【我要買可打國際電話和
上網的儲值卡。】。

❹ （請注意聽錄音裡對方發問的問題），並請用法文回答【請問我必須綁約嗎】。

❺ （請注意聽錄音裡對方發問的問題），並請用法文回答【那這樣子的話，我選擇
5Go 網路流量的那個方案】。

正確答案請見附錄解答篇 p.344

MP3
P2-L16-07

le portable
手機

le smartphone
智慧型手機

la tablette
平板

la carte sim
儲值卡，Sim 卡

la batterie
電池

❶ l'écran	螢幕
❷ la touche	按鍵
❸ la touche verte	通話鍵
❹ la touche étoile	米字鍵
❺ la touche dièse	井字鍵
❻ les touches de chiffre	數字鍵
❼ la boîte vocale	語音信箱
❽ l'appel vidéo	視訊通話
❾ en mode avion	飛航模式
❿ la prise écouteur	耳機插孔
⓫ application	通訊軟體

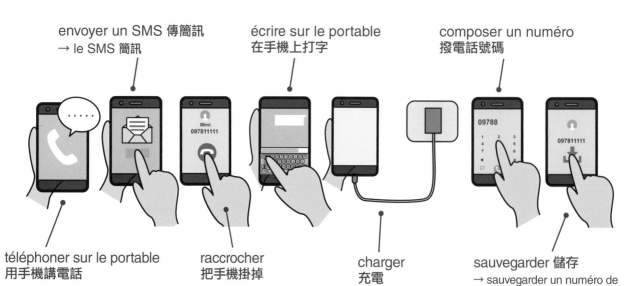

envoyer un SMS 傳簡訊
→ le SMS 簡訊

écrire sur le portable
在手機上打字

composer un numéro
撥電話號碼

téléphoner sur le portable
用手機講電話

raccrocher
把手機掛掉

charger
充電

sauvegarder 儲存
→ sauvegarder un numéro de
téléphone 儲存電話號碼

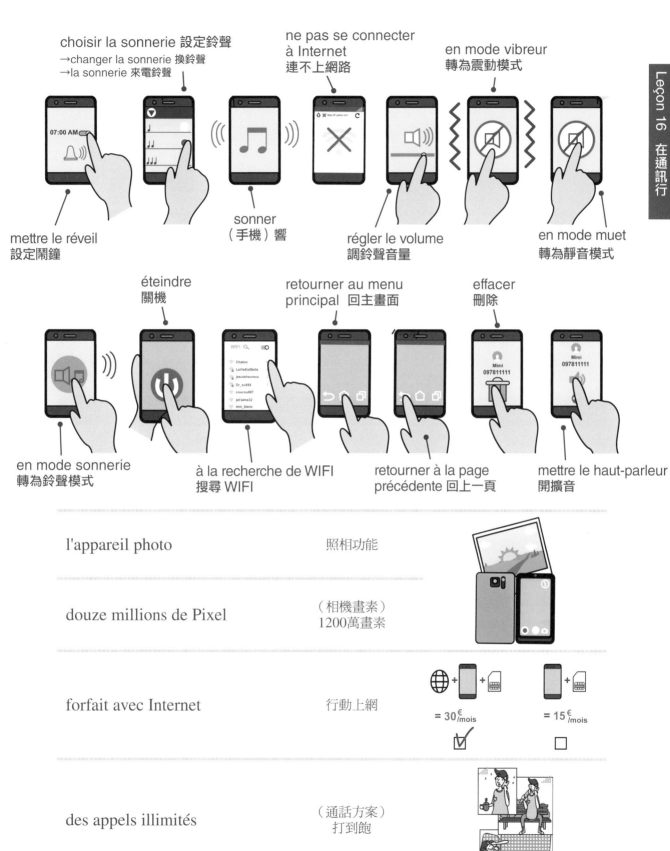

choisir la sonnerie 設定鈴聲
→changer la sonnerie 換鈴聲
→la sonnerie 來電鈴聲

ne pas se connecter à Internet
連不上網路

en mode vibreur
轉為震動模式

mettre le réveil
設定鬧鐘

sonner
（手機）響

régler le volume
調鈴聲音量

en mode muet
轉為靜音模式

éteindre
關機

retourner au menu principal 回主畫面

effacer
刪除

en mode sonnerie
轉為鈴聲模式

à la recherche de WIFI
搜尋 WIFI

retourner à la page précédente 回上一頁

mettre le haut-parleur
開擴音

l'appareil photo	照相功能	
douze millions de Pixel	（相機畫素） 1200萬畫素	
forfait avec Internet	行動上網	= 30 €/mois　　= 15 €/mois
des appels illimités	（通話方案） 打到飽	

201

le forfait	月租費	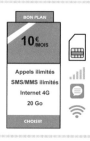
renouveler l'abonnement	續約	

法國主要的電信公司

　　法國的電信業在近來十年發展得蓬勃並且快速，以前只有法國國營電信公司(France télécom)一家獨大。自從網路及手機的需求大幅增加後，電信公司之間的競爭也越來越激烈，現在原法國電信公司已改名為 Orange 股份有限公司，是法國第一大手機服務公司，與 SFR、Bouygues Télécom 和 Free 為法國四大電信服務業者。基本上這四家電信公司所提供的服務項目極為類似，各電信公司為吸引客源會不定時地舉辦促銷或優惠的活動，然而為了不違反自由競爭的精神，任何壓低價錢壟斷市場的行為是會受到懲處的。

　　在法國辦理手機門號不是件困難的事，留學生們若已自備手機，只需要選擇自己喜歡的電信公司即可。請見以下步驟：

1. 首先，直接在電信公司的網頁上申請一張 sim 卡 (各家的收費不一)，在網路上完成信用卡的付費之後，sim 卡會在一星期內寄到指定的住址。

2. 接著，選擇適合自己所需的月租方案。若要使用網路功能，月租費約在20-25歐元，若只需要打市內電話及傳簡訊，月租費用可壓低至5歐元左右，如果剛好遇到優惠活動，使用網路的月租費可以降到 5 歐元，這類的優惠辦法為期一年，一年到期後，顧客可依照自己的需求與預算，選擇另一個月租方案或選擇另一家電信公司。

　　若未自備手機，可在電信公司的門市選購，雖然可以得到手機與月租費上的優惠，但通常會被要求綁約兩年，所以留學生們必須依照自己的需要及留法時間的長短多加考慮。

　　目前各電信公司沒有綁約的限制，顧客隨時可用信件或電話解約，唯一比較不方便的是，各電信公司的門市並不提供解約的服務，只能購買手機、諮詢月租的費用以及解決技術上的問題。由於網路發達，也為了節省人力，各電信公司在網頁設計上下了很大的功夫，讓消費者能夠用簡易的方式在網路上申請門號。

　　申請 sim 卡後，約三天的工作天就可以拿到，裝入 sim 卡後，手機馬上可以使用。對於留學生來說，在法國申辦手機非常簡便，價格也算合理，在現在凡事都需要網路的生活當中，法國電信業的發達帶給留學生更多的便利。

MEMO

在房屋仲介公司　Dans une agence immobilière

Théo :

Bonjour, j'ai l'intention de louer un studio dans le septième arrondissement près de l'université Lyon II, est-ce que vous avez des studios à me proposer ?

L'agente immobilière :

Vous avez quel budget ?

Théo :

Je pourrais mettre entre 500 et 600 euros.

L'agente immobilière :

J'ai un studio de 20 mètres carrés dans un bel immeuble qui donne[*1] sur la rue de l'université. Il coûtera 650 euros par mois avec les charges comprises.

Théo :

Est-ce que vous avez d'autres choses moins[*2] chères ?

L'agente immobilière :

En ce moment, il y a une grosse demande, je n'ai pas beaucoup de propositions.

Théo :

Je vois[*3], je vais réfléchir et je reviendrai[*4].

迪歐：

您好，我想租一間位於（里昂）七區靠近里昂二大的小套房，請問您有推薦的小套房嗎？

職員：

請問您的預算是多少？

迪歐：

介於500歐元到600歐元之間。

職員：

我手邊有一間二十平方米的小套房，位於大學街上一棟不錯的大樓裡，月租是650歐元，已包含管理費。

迪歐：

您有沒有更便宜的套房呢？

職員：

目前是高峰期，我並沒有太多空的套房出租。

迪歐：

那我知道了，我回去想想，我會再過來的。

NB | 請注意

[*1] **donner sur** 意指「面向」 | [*2] **moins** 意指「比較少」「比較不」 | [*3] **je vois** 表示「我懂了」的意思 | [*4] 為 **revenir** 的簡單未來時

必學單字表現 🔘 MP3 P2- L17-02

louer	(v.)	租
studio	(m)	小套房
arrondissement	(m)	區，區域
budget	(m)	預算
mettre	(v.)	放，出價
mètre carré	(m)	平方公尺
beau(bel), belle	(a.)	漂亮的
immeuble	(m)	建築物、大樓
charge	(m)	管理費
compris(e)	(a.)	包含的
cher, chère	(a.)	昂貴的
gros(se)	(a.)	大的
proposition	(f)	提議
recherche	(f)	尋找

 會話重點

重點1 avoir l'intention de ＋動詞不定式

意指「 有～意圖」，intention 的意思為「意圖，企圖」，必須利用動詞 avoir 來組成片語。這個動詞片語是用來表示意願，與動詞 vouloir 的意思相同。

Ex J'ai l'intention de louer un studio dans le septième arrondissement.

我想要在七區租一間套房。

＊arrondissement（區）是法國劃分行政區域的方式，只有在巴黎、里昂、馬賽這三大城市才存在的行政區域單位。

重點2 mettre ＋金額

mettre 這個動詞的意思非常多，主要的意思為「放置、擺放」， 而 mettre ＋金額的意思則是「出價」。

Ex Vous voulez mettre combien (d'argent) ?

您想要花多少（錢）？（您的預算是多少）

＊combien 在這裡是單複數同型名詞，意思為「多少」，combien d'argent 可以省略成 combien。

Ex Je peux mettre cinq cents euros.

我可以出價500歐元。

法國的樓層 🔘 MP3 P2-L17-03

法國的樓層算法和台灣有點不一樣，我們的一樓，法國稱為底層（如下編號①），我們的二樓，才是法國的一樓（如下編號②）

❶ au **rez-de-chaussée**	在底層
❷ au **premier étage**	在一樓
❸ au **sous-sol**	位在地下室

205

表示「第一～」、「第二～」等表示順序的序數，法文有一些規則與表達方式，但有部分的序數不用此規則。基本規則是：

基數＋ième＝序數

trois **＋ième**→trois**ième**

但例外的有以下幾個：

‧「第 1」是 premier，若在陰性名詞之前要用 première。縮寫為 1er。

‧「第 2」除了用 deuxième，也可用 second(e) 表示。

‧ 基數的字尾若為 -e，則先拿掉 -e 再加上 -ième。例如：

　　quatr**e** → quatrième　　第 4

　　douz**e** → douzième　　第 12

‧「第 5」是先在字尾加上 -u，再加上 -ième

　　cinq → cinq**u**ième　　第 5

‧「第 9」則是將字尾的 -f 改為 -v，再加上 -ième。

　　neu**f** → neu**v**ième　　第 9

‧ 另外要注意到像是「第21」「第31」「第81」等等的個位數。個位數部分（1）用 un+ième 來表示，而且 unième 念作 [ynjɛm]。

序數「第 1～100」

第1	1 er (ère)	premier, première	第14	14 e	quatorzième
第2	2 e	deuxième, second(e)	第15	15 e	quinzième
第3	3 e	troisième	第16	16 e	seizième
第4	4 e	quatrième	第17	17 e	dix-septième
第5	5 e	cinquième	第18	18 e	dix-huitième
第6	6 e	sixième	第19	19 e	dix-neuvième
第7	7 e	septième	第20	20 e	vingtième
第8	8 e	huitième	第21	21 e	vingt et unième [ynjɛm]
第9	9 e	neuvième	第30	30 e	trentième
第10	10 e	dixième	第70	70 e	soixante-dixième
第11	11 e	onzième	第71	71 e	soixante et onzième
第12	12 e	douzième	第81	81 e	quatre-vingt-unième
第13	13 e	treizième	第100	100 e	centième

MP3
P2-L17-03-1

短對話A ～這個時候這樣問、這樣表達～

租屋類型

Est-ce que vous proposez des chambres à la résidence universitaire ou des studios destinés aux étudiants ?
請問是否有專門租給學生的宿舍或是套房？

Sûrement.
好的，有。

租屋類型

Je cherche un T3.
我要找有一廳兩房的公寓。

Sûrement.
好的，有。

Est-ce que vous avez un studio de 30 mètres carrés ?
請問是否有30平米的套房？

提到預算

Mon budget est de mille euros par mois.
我的預算是每個月1000歐元。

Je pourrais payer un loyer entre 900 et 1000 euros.
我負擔得起的租金範圍在900至1000歐元。

Je vais regarder pour vous.
好的，我幫您查詢一下。

提到預算

Est-ce que vous avez un studio avec un loyer entre 500 et 550 euros.
是否有租金在500至550之間的套房可租？

Je vais regarder pour vous.
我幫您查詢一下。

所在位置

Je voudrais louer un studio près de la station de métro / l'université Paris X.
我想租靠近地鐵站／巴黎第十大學的套房。

Est-ce que vous (pouvez me proposer) avez des studos à louer qui sont près des supermarchés et des arrêts de bus ?
您是否（能推薦我）有靠近超市與公車站的房子可租？

Je suis désolée, il n'y a pas de studios à louer dans le secteur que vous souhaitez.
抱歉，目前沒有這附近的房子可租。

Il faut marcher au moins 20 minutes.
步行大約都要20分鐘。

207

詢問費用

Est-ce que les charges sont comprises dans le loyer ?
請問房租裡包含公共費用嗎？

Les charges sont comprises dans le loyer.
房租中已包含公共費用了。

Les charges sont à part, 30 euros tous les deux mois.
費用另計。兩個月30歐。

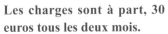

確認樓層與電梯

Je cherche un studio au 3ème étage avec ascenseur.
我在找內有電梯、位於3樓的公寓套房。

Est-ce qu'il y a un ascenseur dans l'immeuble ?
請問要租的大樓內有電梯嗎？

Certainement.
有的。

繳房租

Quand est-ce que l'on paye le loyer ?
請問何時要繳交房租？

Tous les premiers du mois.
每個月的一號。

繳房租

A quelle fréquence paye-t-on le loyer ?
房租多久繳一次呢？

Tous les mois / toutes les semaines / toutes les deux semaines / tous les deux mois
每個月／每週／每兩週／每兩個月繳一次。

確認家具

Est-ce que c'est un studio équipé ?
請問是否有附家具？

Oui. / Non.
有附／沒附。

Exercices ｜練習題

1. 請將以下中文翻譯成法文。

❶ 我在找位於 3 樓的公寓套房。

_____

❷ 他每週都會去學校。

_____

❸ 我想要租第五區的公寓套房

_____

❹ 每個月的一號。

_____

❺ 我的預算是每個月1000歐元。

_____

2. 請聽MP3，並做會話的應答練習。

❶（請注意聽錄音裡對方發問的問題），並請用法文回答

【我手邊有一間二十平方米的小套房】。

❷（請注意聽錄音裡對方發問的問題），並請用法文回答

【介於500歐元到600歐元之間】。

❸（請注意聽錄音裡對方發問的問題），並請用法文回答

【我回去想想，我會再過來的】。

❹（請注意聽錄音裡對方發問的問題），並請用法文回答

【房租中已包含了】。

❺（請注意聽錄音裡對方發問的問題），並請用法文回答

【每個月的一號】。

正確答案請見附錄解答篇 p.344

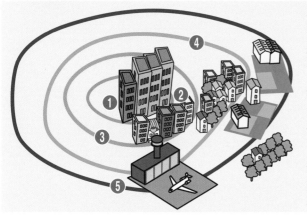

❶ au centre-ville	位在市中心
❷ proche du centre-ville	靠近市區
❸ entre le centre-ville et la banlieue	在市區與郊區附近
❹ en banlieue	在郊區
❺ proche de l'aéroport	在機場附近

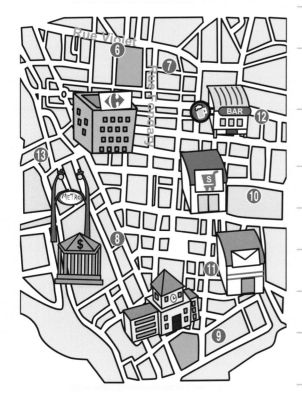

❻ sur la rue Violet	在 Violet 路上
❼ proche du croisement de la rue Violet et la rue Fondary	靠近 Violet 路和 Fondary 路的路口
❽ trois minutes à pied pour aller à la station de métro	步行至地鐵站要 3 分鐘
❾ à côté de l'école	在學校附近
❿ un supermarché à proximité	附近有超市
⓫ une banque à proximité	附近有銀行
⓬ un bar à proximité	附近有酒吧
⓭ environ 300 mètres de l'hypermarché	距離大賣場大約300公尺

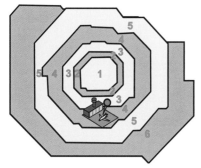

se situer dans la zone une/deux/trois/quatre/cinq

位在第一／二／三／四／五區

與租房相關的法文

MP3
P2-L17-08

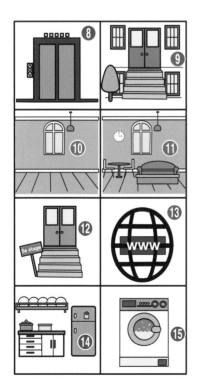

租房網站首頁

https://www.orpi.com/louer/

VOTRE PROJET

JE VEUX LOUER:
en longue durée

QUEL TYPE DE BIEN?
❶ Maison　❷ Appartement
❹ Immeuble　❸ Grenier

JE VEUX LOUER:
en courte durée

QUEL TYPE DE BIEN?
❺ Gîte　❻ Chambres d'hôtes
❼ Auberge de jeunesse

❶ la maison　房子

❷ l'appartement　公寓
→ le studio　公寓套房

❸ le grenier　頂樓或閣樓的小套房

❹ l'immeuble　公寓大樓

❺ le gîte　附廚房之民宿

❻ la chambre d'hôte　含早餐之民宿

❼ l'auberge de jeunesse　青年旅社

❽ avec ascenseur　有電梯

❾ sans ascenseur　無電梯

❿ non-meublé　不附家具的

⓫ meublé　附家具的

⓬ Il y a cinq étages.　有五樓。

⓭ avec WIFI　附無線網路

⓮ avec cuisine　有廚房

⓯ avec la machine à laver　有洗衣機

211

le studio 公寓套房

T1（一廳一衛）

T1 bis（開放式一廳一衛）

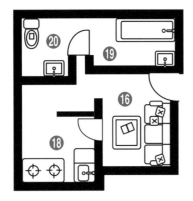

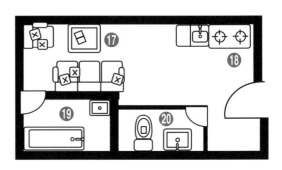

⑯	le salon	客廳	⑲	la salle de bains	浴室
⑰	la salle de séjour	客廳（開放式）	⑳	les toilettes	廁所
⑱	la cuisine	廚房	→	la chambre	房間
			→	(une) pièce	（一）間

補充表達

房租	le loyer
房租雜費	les charges
水電瓦斯費	la facture d'électricité et la facture d'eau
最少租 3 個月以上	la location supérieure à 3 mois
去看房	visiter un appartement
搬家	déménager
搬進來	emménager

留學生在法國租房

　　順利申請到學校之後，留學生們最傷腦筋的問題應該就是住宿問題了。當年筆者我來法國念書時，網路還不是那麼地普及化，所以只能依靠代辦機構處理到法國後的一切事宜，現在上網查詢或是翻閱書報雜誌，留學生就能夠掌握更多的租屋資訊。

　　在台灣，學生進入大學之後，多半都是住在大學裡面的學校宿舍。然而在法國，大學的面積普遍非常小，這類的學生宿舍其實並不存在，而是在校區之外。他們所謂的學生宿舍有一小部分為公立的，房間比較小，衛浴與廚房必須與其他學生共用；而大部分為私人機構，房間則為套房，內附廚房與衛浴，但這類的宿舍不一定就在大學附近，所以找宿舍的同時也要考慮到交通問題。學生宿舍的優點是能夠遇到來自各地的學生，很快就能交到不同國家的朋友，但缺點是房間面積小，隔音不好，很難控制任意進進出出的人。

　　到了法國後，可以利用當地的房屋仲介公司找公寓，仲介公司可以滿足各項要求，例如公寓的地點、面積與預算。但對於外國學生想租公寓來說，有另外一個難題，那就是大多數的法國房東會要求房客必須有個法國保證人，或者要求預付兩個月的租金。這類的公寓居住環境較優，即使需要另外付擔水電費，但與近年來房租越漲越高的學生宿舍比起來，越來越多的留學生喜歡獨居的公寓。

　　無論是住在學生宿舍或一般的公寓，學生都能申請房屋補助，目前最高的補助金額為180歐元左右，因為房屋補助的作業時間約兩到三個月，所以建議學生們能夠越早申請越佳。

Leçon 18

在家 A la maison

Mélanie :

Bonjour Monsieur. Mon WC est bouché, pouvez-vous venir tout de suite ?

Le plombier :

Est-ce que vous avez fait tomber quelque chose dedans ?

Mélanie :

Je ne pense pas.

Le plombier :

Est-ce que vous avez essayé[*1] de mettre de la soude caustique pour déboucher ?

Mélanie :

Non Monsieur. Il y a quelques jours, j'avais remarqué que le WC faisait un bruit bizarre quand on tirait la chasse d'eau.

Le plombier :

Je dois voir sur place[*2] afin[*3] de diagnostiquer le problème. Je serai chez vous vers 14 heures.

Mélanie :

Merci beaucoup, je vous attendrai.

梅蘭妮：

先生您好。我的馬桶堵住了，請問您可以馬上過來嗎？

水管工：

請問您有掉東西進去嗎？

梅蘭妮：

我覺得沒有。

水管工：

那請問您有沒有試著用馬桶疏通劑？

梅蘭妮：

沒有。前幾天開始，我就發現沖水時會有一些奇怪的聲音。

水管工：

我得到現場看才會知道問題所在。我大約下午兩點到您那。

梅蘭妮：

感謝，我會（在家）等您。

NB | 請注意

[*1] **essayer de** ＋動詞不定式表示「試著做～」的意思 | [*2] **sur place** 表示「在現場」的意思 | [*3] **afin de** 表示「為了」的意思

必學單字表現

bouché(e)	**a.**	阻塞的
tomber	**v.**	掉落
dedans	**m**	在…裡面
essayer	**v.**	嘗試
soude caustique	**f**	馬通疏通劑
déboucher	**v.**	疏通
bruit	**m**	噪音
bizarre	**a.**	奇怪的
tirer	**v.**	拉
chasse d'eau	**f**	沖水按鈕
sur place	**adv.**	現場
diagnostiquer	**v.**	判斷

會話重點

重點1　faire＋動詞原形

動詞 faire 的原意是「做」，但也可以當作助動詞，後面加一個動詞原形，表示「使～」「讓～」之意。像是對話中的 fait tomber quelque chose 可解釋為「讓某個東西掉下去」的意思。

Ex. **Je vais faire venir ma fille.**
我讓我女兒過來。

重點2　Il y a＋時間長度

il y a 的原意為「有～」，若加上時間單位，則可表示「過去某一個時間點」「多少時間前」所發生的事。對話中的 il y a quelques jours 指「好幾天前」，所以主要子句的動詞要用過去式形態。在這個句型裡，我們也可以用 voilà 來代替 il y a。Voilà quelques jours 與 Il y a quelques jours 都是「幾天前」的意思。

形容居家生活品質的相關單字1

confortable	舒適的
propre	乾淨的
calme	寧靜的
→bruyant	吵雜的
parfumé	香的
claire	明亮的
chaleureux	溫暖的
→froid	冷的
aéré	通風的
moderne	現代化的
luxueux	豪華的
spacieux	寬敞的
sec	乾燥的
avec des animaux domestiques	有養寵物
avec des plantes	有種植物
décoré	有裝潢過
→pas décoré	未裝潢過

文法焦點 | 未完成過去時（l'imparfait）

　　之前教的複合過去時（passé composé）特指某一段時間內動作已發生完畢，而本課要教的未完成過去時（l'imparfait），主要表達的是在過去發生、持續一段時間的動作，帶有「曾經～」「當時～」之意。

動詞變化

　　未完成過去時的動詞變化，是將動詞「直陳式現在時」第一人稱複數形（nous）的字尾 -ons 去掉（變成語幹），再加上「未完成過去時」的字尾。

原形　　　　　　　　語幹　　　　　字尾

écouter → (nous) écout~~ons~~　+　-ais, -ais, -ait,...

主詞	變化	
je	語幹-ais	écoutais
tu	語幹-ais	écoutais
il/elle	語幹-ait	écoutait
Nous	語幹-ions	écoutions
Vous	語幹-iez	écoutiez
ils/elles	語幹-aient	écoutaient

使用時機

1. 表示過去持續的動作、狀態，帶有「曾經～」「當時～」的含意。

   Il **faisait** beau.

   當時天氣還很好。

2. 表示重覆發生的行為、過去的習慣。

   Il **fumait** beaucoup, mais maintenant il ne fume plus.

   他過去常抽菸，但現在不再抽了。

3. 用在過去事件的近未來時及近過去時。

   Mon père **venait de** sortir quand je suis rentré.

   回到家時，我爸正要出門。

短對話 A ～這個時候這樣問、這樣表達～

馬桶堵塞

Que puis-je faire pour vous ?
我能為您服務嗎？

Mes toilettes sont bouchées.
我的馬桶堵住了。

J'ai une fuite d'eau sous mon lavabo.
我的洗手台下面漏水。

請人修理

Est-ce que vous êtes disponible toute de suite ?
請問您能馬上來嗎？

Je suis désolé, je ne suis pas sur place.
我很抱歉，我人在外地。

Je pourrais venir dans l'après-midi.
我下午可以過去。

家電狀況

Quelle est le problème de votre machine à laver ?
您的洗衣機發生了什麼狀況？

Elle s'arrête au milieu du programme.
它洗到一半就停了。

家電狀況

Quel est la panne de votre machine à laver ?
您的洗衣機哪裡故障了？

L'eau n'arrive pas.
水出不來。

漏水問題

Que faire pour déboucher mon lavabo ?
請問怎麼疏通我的水槽？

Essayez d'enlever les objets tombés avec une pince.
請試著用夾子把掉下去的東西夾起來。

Faites couler de l'eau très chaude.
試著倒進很燙的熱水。

無法進
家門

Quel est le but de votre appel ?
請問您打電話來有什麼需要嗎？

J'ai laissé mes clés à l'intérieur de mon appartement.
我把鑰匙留在公寓裡。

暖氣
故障

Mon chauffage ne marche plus, le radiateur est tout froid.
我的暖氣壞了，散熱器是冷的。

Quel est votre problème ?
請問您遇到什麼麻煩嗎？

Je n'arrive pas à régler la température de mon thermostat.
我無法調整中央空調的溫度。

水電
問題

Est-ce que le compteur d'életricité a disjoncté ?
請問電表沒有正常運作嗎？

Le compteur est cassé.
電表壞了。

水電
問題

Est-ce que je pourrais prendre un rendez-vous avec un technicien ?
可以預約技工嗎？

Le delai est de deux semaines.
要等兩個禮拜。

選購
窗戶

Des fenêtres en double vitrage.
隔音好的窗戶。

Par quel type de fenêtre voulez-vous les changer ?
您想換哪種窗戶？

Des fenêtres coulissantes.
滑動式的窗戶。

Exercices | 練習題

1. 請依提示將以下中文翻譯成法文。

❶ 我的馬桶堵住了。（boucher）

_____ .

❷ 他過去常抽菸。（fumer）

_____ .

❸ 我讓我女兒過來。（venir）

_____ .

❹ 水出不來。（arriver）

_____ .

❺ 當時天氣很糟。（mauvais）

_____ .

❻ 幾天前，我沖水時馬桶有奇怪的聲音。
（Il y a, faire un bruit bizarre, tirer la chasse d'eau）

_____ .

2. Ecoutez et répondez aux questions. 請聽MP3，並做會話的應答練習。

❶（請注意聽錄音裡對方發問的問題），並請用法文回答【我覺得沒有】。

❷（請注意聽錄音裡對方發問的問題），並請用法文回答【我的洗手台下面漏水】。

❸（請注意聽錄音裡對方發問的問題），並請用法文回答【水出不來】。

❹（請注意聽錄音裡對方發問的問題），並請用法文回答【電表壞了】。

❺（請注意聽錄音裡對方發問的問題），並請用法文回答【它洗到一半就停了】。

正確答案請見附錄解答篇 p.345

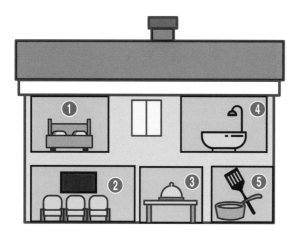

❶	la chambre	臥室
❷	le salon	客廳
	la salle de séjour	客廳
❸	la salle à manger	飯廳
❹	la salle de bains	浴室
❺	la cuisine	廚房

le balcon 陽台 　　　　**le salon** 客廳

❻	la poubelle	垃圾桶	⓯	le coupe-ongle	指甲剪
❼	la serpillière	拖把	⓰	le chauffage / le radiateur	暖氣、暖爐
❽	le balai	掃把			
❾	la pelle à ordures	畚箕	⓱	le lampadaire	落地燈
❿	le cintre	衣架	⓲	la climatisation	冷氣
⓫	la lessive	洗衣精	⓳	la bibliothèque	書櫃
⓬	la machine à laver le linge	洗衣機	⓴	le canapé	沙發
⓭	le sèche-linge	烘乾機	㉑	la table basse	茶几
⓮	la chaise	椅子	㉒	la télévision	電視

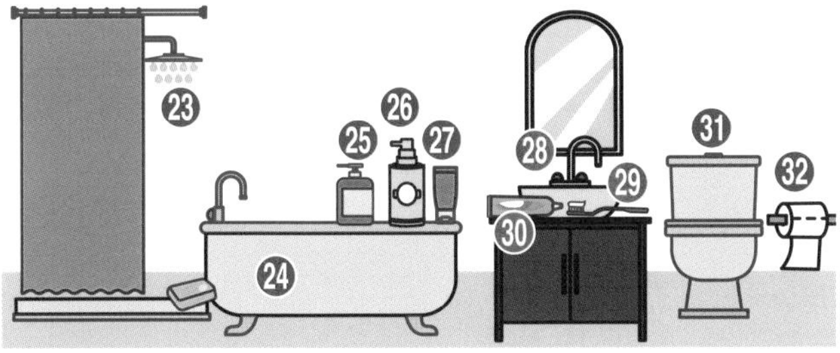

㉓ la pomme de douche	蓮蓬頭
㉔ la baignoire	浴缸
㉕ le shampoing	洗髮精
㉖ le gel de douche	沐浴乳
㉗ le nettoyant visage	洗面乳
㉘ le lavabo	洗臉台
㉙ la brosse à dents	牙刷
㉚ le dentifrice	牙膏
㉛ la cuvette	馬桶
㉜ le papier-toilette	衛生紙

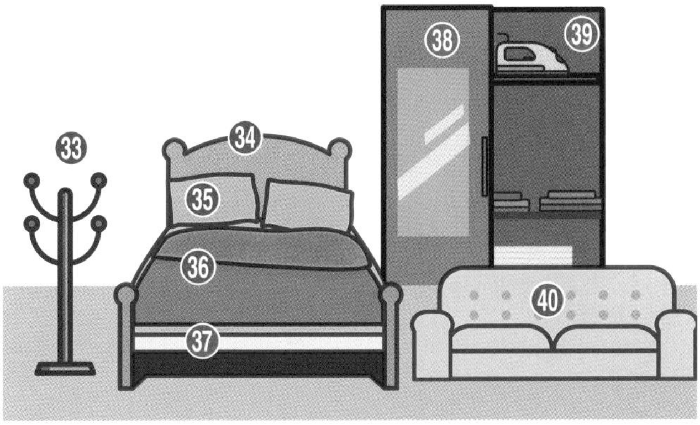

㉝ le portemanteau	衣帽架
㉞ le lit	床
㉟ l'oreiller	枕頭
㊱ la couverture	棉被
㊲ le drap le matelas	床單 床墊
㊳ le placard	衣櫥
㊴ le fer à repasser	熨斗
㊵ le canapé-lit	沙發床

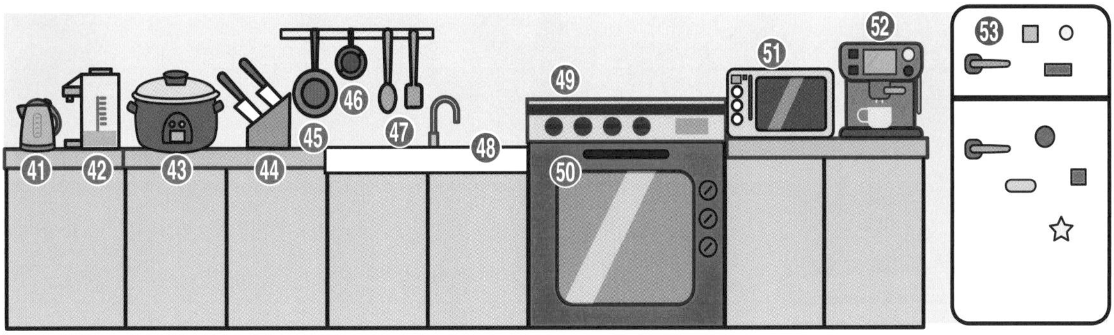

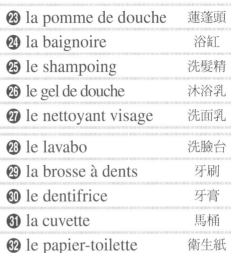

㊶ la bouilloire	熱水瓶 熱水壺
㊷ le distributeur d'eau	飲水機
㊸ l'autocuiseur de riz	電鍋
㊹ le couteau de cuisine	菜刀
㊺ la casserole	鍋子
㊻ la poêle	平底鍋
㊼ la spatule	鍋鏟

㊽ l'évier	水槽
㊾ la cuisinière à gaz	瓦斯爐
㊿ le four	烤箱
(51) le micro-onde	微波爐
(52) la cafetière	咖啡機
(53) le réfrigérateur	冰箱

sale	髒亂的
en désordre	亂七八糟的
poussiéreux	充滿灰塵的
puant	臭的
sombre	陰暗的
étouffant	不通風的
étroit	狹窄的
humide	濕氣很重的
délabré	家徒四壁的
l'eau coupée	被斷水的
l'électricité coupée	被斷電的
fissuré	（牆壁）龜裂的
fuite d'eau	漏水
le mur salpêtré	有壁癌

補充表達

起床	se lever		用餐	passer à table
上床睡覺	se coucher		洗碗	laver la vaisselle
刷牙洗臉	se laver les dents et le visage		打掃	faire le ménage
洗澡	se laver		垃圾分類	faire le tri pour le recyclage
梳洗	se préparer		洗衣服	faire la lessive
做菜烹飪	faire la cuisine			

法國水電收費的介紹

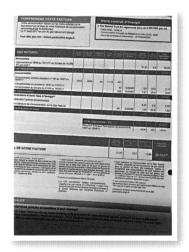

電費繳費單

　　法國電力公司 Electricité de France(簡稱EDF)，是法國主要的發電及供電公司，也是世界上規模最大的電力供應商之一，主要是仰賴核能來發電，總電量的75％來自全國 59座核能站，19.5％的電力可由再生能源提供，包括水能、風能及太陽能。自2000年左右起，受到歐盟的壓力，法國必須開放本國的市場，法國電力公司不能再繼續壟斷法國的供電市場，不過法國的電費卻沒有因為有了其他競爭的對手而降低，因為一直以來，法國的電費就比其他歐洲國家低廉，所以在歐盟公平競爭的原則下，法國反而必須提高電能的費用。

　　法國的電費是每年的單月份收取，每年的一月份與七月份才會有法國電力公司的人到家查看電表，其餘的月份，則

是根據前一年的使用數據做個預估值。繳費的方式可透過自動轉帳或郵寄支票，每年七月份的電費單會根據一年的總用電量與收費狀況做多退少補。如果多繳了，法國電力公司會寄張支票給使用戶，若少繳了，會加在七月份的電表費裡。

　　法國最大的水利公司為 Compagnie générale des eaux(簡稱CGE)，近年來改名為 Veolia。另外還有一些區域性的水利公司，例如 la lyonnaise des eaux，但不論是哪一家水利公司，法國每個地區的水質與價位是受政府嚴格管制的，每個市長每年都必須提供正確的數值報告。所以在法國，居民可以很放心地飲用水籠頭的水。法國的水費與其他的公營事業比起來算是比較便宜的，每年三月底與九月底結算六個月的用水量，目前是一立方米約0.82歐元。

MEMO

在派出所 Au poste de police

L'agent de police :

Bonjour Monsieur. Qu'est-ce que je peux faire pour vous ?

Théo :

Je me suis fait voler mon passeport.

L'agent de police :

Quand est-ce que ceci*1 est arrivé*2 ?

Théo :

Je ne suis pas sûr, c'est en sortant du métro, j'ai remarqué que mon sac à dos était*3 grand ouvert et mon passeport avait*4 disparu.

L'agent de police :

C'est une chose qui arrive fréquemment. Premièrement, je vais vous faire une déclaration de vol de passeport. Ensuite vous devez prévenir votre consulat afin de refaire votre passeport.

Théo :

Merci beaucoup.

警察：

先生您好，請問有什麼事嗎？

迪歐：

我的護照被偷了。

警察：

請問是什麼時候發生的事？

迪歐：

我不是很確定，是在我從地鐵出來時，我發現我的背包大開，我的護照就不見了。

警察：

護照被偷的事常發生。首先，我先幫您辦理護照遺失。再來，您要通知貴大使館再發給您新的護照。

迪歐：

謝謝您。

NB | 請注意

*1 **ceci** 意指「這個」，代指對話中「護照被偷」這件事 | *2 **est arrivé**（原形 **arriver**）意指「發生了」 | *3 **était** 為未完成過去時，原形為 **être** | *4 **avait** 為未完成過去時，原形為 **avoir**

必學單字表現

agent de police	(m)	警員
voler	(v.)	偷竊
passeport	(m)	護照
sac à dos	(m)	背包
ouvert(e)	(a.)	打開的
disparu(e)	(a.)	不見的
chance	(f)	機會、運氣
premièrement	(adv.)	首先
faire une déclaration	(v.)	申報，報案
prévenir	(v.)	提前告知
refaire	(v.)	重做

會話重點

重點1 en＋動詞語幹 -ant（現在分詞）

此用法主要表示同時（一邊～，一邊～）和「做～的時候」。對話中 en sortant 的 sortant 從 sortir 而來，是個現在分詞形態。只要取 nous 的變化並去掉 ons 作為語幹（sort<del>ons</del>＋ant）就變成現在分詞。

Ex. Il travaille en écoutant de la musique.
他一邊工作一邊聽音樂。

重點2 C'est＋主詞＋qui＋動詞

此為法語的強調語法，強調此句型中的「主詞」，翻成中文的話是「這是動詞的主詞」或「發生此動詞的是主詞」。就對話中的 C'est une chose qui arrive fréquemment.，主要是強調 une chose（也就是東西被偷此事），可理解為「這是常發生的事情」。

Ex. C'est Paul qui a ouvert la porte.
開門的是保羅。

各類求救、防身、提醒的用語（依緊急程度）1

普通緊急：事件尚未發生

Attention au voleur!	（小偷快得逞時）有小偷！
allons-y!	（察覺附近有壞人）趕緊離開這裡！
Il faut être vigilant.	（察覺附近有壞人）要注意這附近！

很緊急：向警方等單位說明時

Quelqu'un a volé mes affaires.	（東西被偷時）有小偷偷了我的東西。
Je suis tombé sur un malfaiteur.	（遇到壞人時）剛剛遇到壞人。
Quelqu'un m'a bléssé.	（遇到壞人時）剛剛有人傷了我！

很緊急：當下必須大喊時

Au voleur !	（東西被偷時）小偷！
Qu'est-ce que tu veux ?	（遇到壞人時）你想幹嘛？
Dégage !	（遇到壞人時）滾開！

文法焦點 | 「se faire＋動詞原形」與「se＋être fait＋動詞原形」的用法

　　法文要表示「讓～做某事」這種被動式時，會用 se faire 加上動詞不定式，例如要說「我想要做指甲」，用法文表達時，其字面上是帶有「我想要讓人為我做指甲」的意思。

se faire＋動詞原形

```
       為我      做       修指甲
Je voudrais + me + faire + manucurer
       [受詞代名詞] [faire] [動詞原形]
```

　　上面這句 me faire manucurer 字面上是帶有「讓人為我修指甲」「請人幫我修指甲」的意思，是自主要求對方為自己（主詞）做某事，主要強調主詞的意願，因此 se faire 的 se 隨主詞變化，主詞是 je，所以 se 用 me。

se＋être fait＋動詞原形

　　不同於以上強調主詞意願的句型，另外一種類似的被動式句型，是帶有「被～做某事」「被對方強迫做某事」的語意，其句型為「se＋être fait＋動詞原形」。例如要說「我的護照被偷」，用法文表達時，其字面上是帶有「我被人強迫偷了我的護照」的意思。

```
   我        被     做        偷我的護照
Je + me     + suis + fait    + voler mon passport
[受詞代名詞]  [être] [過去分詞]    [動詞原形]
```

　　這裡的 faire 用「être＋過去分詞 fait」形態，以表示被強迫。此句與 se faire 的差別在於，se faire 的句型是強調主詞的意願，而 se＋être fait 則強調受詞 se 的部分，屬於被迫的狀況。當主詞是女性時，se＋être fait 中的過去分詞部分（fait）字尾要加上 e。

Je me suis faite voler mon passport.
我（女生）的護照被偷了。

　　另外一個重點是，課文中的 Je me suis fait voler mon passeport.（我的護照被偷了）強調「我被偷」的這個動作，如果要強調「是護照被偷，而不是其他東西被偷」的話，可以用 Mon passeport a été volé.

短對話 ～這個時候這樣問、這樣表達～

物品遺失

Où avez-vous perdu votre portefeuille ?
您在哪裡遺失了您的皮夾？

Dans le métro.
在地鐵裡。

Je n'en ai aucune idée.
我不知道。

物品被偷

Où est-ce que vous vous êtes fait voler votre passe-port ?
您的護照在什麼地方被偷的？

Sans doute dans le train.
一定是在火車裡。

Je n'en sais rien, je viens de m'en apercevoir.
我不知道，我剛剛才發現。

交通意外

Avez-vous besoin d'aide ?
請問您需要幫忙嗎？

Pouvez-vous appeler une ambulance ?
您可以幫我叫救護車嗎？

Pouvez-vous prévenir la police ?
您可以幫我叫警察嗎？

緊急事故

Pourriez-vous m'aider ? Un voleur m'a pris mon sac.
您能幫我嗎？有個小偷拿了我的皮包。

Êtes-vous bléssé ?
您有沒有受傷？

Je vais prévenir la police.
我來通知警察。

Exercices │ 練習題

1. 請依提示，將以下中文翻譯成法文，以完成句子。填入前，請改成適當的形態。

❶ 這是常發生的事。（arriver）

C'est _____ **fréquemment.**

❷ 剛剛看電視的人是我。

C'est _____ **télé.**

❸ 我們一邊吃東西一邊聽音樂。

Nous _____ **en** _____ .

❹ 她想（請人為她）修指甲。（manucurer）

Elle _____ .

❺ 我們（女生）的手機被偷了。（手機：portable）

Nous _____ **portables.**

2. 請聽MP3，並做會話的應答練習。

❶ （請注意聽錄音裡對方發問的問題），並請用法文回答【我的護照被偷了】。

❷ （請注意聽錄音裡對方發問的問題），並請用法文回答【在地鐵裡】。

❸ （請注意聽錄音裡對方發問的問題），並請用法文回答【我剛剛才發現】。

❹ （請注意聽錄音裡對方發問的問題），並請用法文回答【您可以幫我叫警察嗎】。

❺ （請注意聽錄音裡對方發問的問題），並請用法文回答【有個小偷拿了我的皮包】。

正確答案請見附錄解答篇 p.345

❶	la préfecture de police	警察局
	le commissariat	派出所
	le poste de police	派出所
❷	l'agent de police	警察
❸	l'écusson	警徽
❹	les menottes	手銬
❺	faire un procès verbal	做筆錄
❻	la disparition	走失

❼	le voleur	小偷，強盜
	le cambrioleur	竊盜
❽	l'alibi	目擊者
❾	avertir la police	報警

❿	la patrouille	巡邏警察
⓫	la matraque	警棍
⓬	le pickpocket	扒手

⓭	la police de la circulation	交通警察
⓮	l'accident de voiture	車禍
	l'accident	意外事故

229

⑮	le gendarme	憲兵	
	la gendarmerie	憲兵隊	
⑯	l'arme à feu	槍械	
⑰	le gilet pare-balle(s)	防彈背心	
	la balle	子彈	
⑱	le casque	頭盔	

⑲	le talkie-walkie	無線對講機
⑳	la moto de police	警用摩托車
㉑	la voiture de police	警車
㉒	le chien policier	警犬
㉓	le criminel	嫌犯

 各類求救、防身、提醒的用語（依緊急程度）2

MP3
P2-L19-07

普通緊急：事件尚未發生

Qu'est-ce que vous avez ? Reposez-vous !	（有人快昏倒的樣子）你怎麼了！休息一下！
Ça va aller ?	（有人不舒服的樣子）你還好吧？
Attention aux voitures ! Attention à la tête !	（注意車子或有墜落物時）要注意車子／上面！

很緊急：向警方等單位說明時

Quelqu'un a perdu conscience !	（有人昏倒時）這裡有人昏倒！
Quelqu'un est bléssé.	（有人受傷時）這裡有人受傷了！
Il y a un accident!	（車禍現場或其他事故）這裡發生車禍／事故！

很緊急：當下必須大喊時

Au secours !	（有人昏倒時）救命！
Appelez la police !	（有人受傷時）快報警！
Attention !	（有車子正迎面而來或東西正掉下來時）小心！

在法國旅遊遇到扒手的求救方式

　　大家在外旅行時，最擔心害怕的應該就是遇到扒手或是遺失重要文件，在法國旅行時也可能會遇到這樣的情況，尤其在巴黎，在人多的地方如地鐵裡或擁擠的街道上，一定要特別小心。扒手會針對遊客下手，因為遊客們忙著觀光，反而會疏忽了身邊的危險。

　　在法國遇到被扒或被偷的時候，若是在美術館、精品店等公共場所，首先必須知會現場的保全人員，可以請求調閱監視器；在地鐵站，每一站也都有站務人員駐守，如果抓到現行犯，可以向在外值勤的警察求救，但如果是事後才發現，就必須向事發該區的警察局報案。

　　到警察局報案時，首先必須留下個人資料，之後詳細陳述事情發生的時間、地點與經過，當然也需要具體描述遺失的金錢額度或物品，警察通常會要求受害者形容加害者的外表、口音或特徵，也會提供受害者一系列的嫌疑犯的照片。若是護照或證件遺失，警察會先提供一張遺失證明，以免衍伸出被盜用的法律問題。

　　根據個人的經驗，遺失的物品如手錶、手機或金錢，即使及時報了案，找回的機率非常的渺茫，警察也會明確地告訴受害者這個令人難以接受的事實。在此建議在外的旅客要小心保護好自己的東西，隨時提防扒手。法國警察局的電話是 17，可以以英文與法文溝通，最重要的還是提醒大家要攜帶台灣在法辦事處的聯絡方式。

Leçon 20

在診所 Chez le médecin

Emilie :

Bonjour docteur.

Le docteur :

Bonjour, qu'est-ce qui vous est arrivé[*1] ?

Emilie :

J'ai très mal à la tête depuis hier, en plus de cela[*2], j'ai mal à la gorge.

Le docteur :

Est-ce que vous avez de la fièvre ?

Emilie :

Juste une peu, je n'ai pas beaucoup de température[*3], par contre[*4], j'ai des courbatures.

Le docteur :

Vous avez sûrement un gros rhume. Je vais vous préscrire du paracétamol pour calmer la douleur et faire tomber la température. Je vous donnerai aussi un sirop pour votre angine.

Emilie :

C'est compris, merci docteur.

艾蜜莉：

醫生您好。

醫生：

您好，怎麼了嗎？

艾蜜莉：

我從昨天開始頭就很痛，除此之外，我的喉嚨也痛。

醫生：

您有發燒嗎？

艾蜜莉：

只有一點點微微的發燒，但我覺得全身非常痠痛。

醫生：

您一定是感冒了。我會給您開一些止痛退燒藥，緩解疼痛同時退燒。也會給您糖漿，以治療您的喉嚨痛。

艾蜜莉：

了解，謝謝醫生。

NB | 請注意

[*1] 「**qu'est-ce qui**＋間接受詞人稱代名詞＋**est arrivé**」主要表示「某某人發生什麼事了」，原形 **arriver** 意指「發生」 | [*2] **en plus de** 表示「除了～之外還有」，相當於英文的 **besides**，**en plus de cela** 表示「除了這個之外還有」 | [*3] **avoir de la température** 表示「發燒」 | [*4] **par contre** 表示「相反地，然而」

必學單字表現

MP3 P2- L20-02

docteur	**m**	醫生
arriver	**v.**	發生
tête	**f**	頭
gorge	**f**	喉嚨
fièvre	**f**	發燒
courbature	**f**	痠痛
douleur	**f**	疼痛
rhume	**m**	感冒
préscrire	**v.**	開藥
paracétamol	**m**	止痛藥
calmer	**v.**	止痛
sirop	**m**	糖漿
angine	**f**	喉嚨發炎

會話重點

重點1

Qu'est-ce qui＋受詞人稱代名詞＋est arrivé？

主要表示「某某人發生什麼事了」，動詞為 arriver à（發生～），因事件已發生，所以用過去式助動詞est＋分詞arrivé，句子的主詞是Qu'est-ce qui中的Que（什麼）。此句型中的「某某人」要用如 vous（您），me（我），te（你）等間接受詞人稱代名詞。若要用一般名詞，則要改成 Qu'est-ce qui est arrivé à＋名詞？。

重點2 j'ai mal à＋身體部位

avoir mal 的意思為「感到疼痛」，mal 意指「疼痛」，要搭配動詞avoir來使用。若要指身體某個部位疼痛時，要先加上介系詞 à 之後，再加冠詞及身體部位。

Ex. J'ai mal à la tête. 我頭痛。

Ex. Il a mal au ventre. 他肚子痛。
（au 是 à le 的縮寫）

Ex. J'ai mal aux jambes. 我的腿好痛。
（aux 是 à les 的縮寫）

與疼痛相關的表現

MP3 P2- L20-03

mal à la tête	頭痛	mal à l'oreille	耳朵痛
mal au dos	背痛	mal aux yeux	眼睛痛
mal au ventre	肚子痛	mal au genou	膝蓋痛
courbatures	肌肉痠痛	mal à la poitrine	胸部痛
mal à l'épaule	肩膀痛	la colique	絞痛

文法焦點 | 與 avoir 搭配的慣用語

avoir 的原意為「有，擁有」，不過在法文中可以找到不少用 avoir 組成的常用片語，像是本文中用到的 avoir besoin de（需要～）。以下整理了一些用到 avoir 和特定名詞組成的慣用語。

以下先介紹最基本的組成方式，也就是 avoir ＋特定名詞。例如要表達「肚子餓」，法文並不是用一個形容詞或一個動詞來表示，而是要搭配 avoir，字面意義是「有餓」。

---

avoir ＋ 特定名詞

・avoir faim **餓**

Ex J'**ai** très **faim**. 我好餓。

・avoir de la chance **運氣好**

Ex Vous **avez de la chance**. 你們運氣很好。

・avoir... an(s) **～歲**

Ex J'**ai** dix **ans**. 我十歲。

---

avoir ＋ 特定名詞 ＋ de ＋ 名詞／動詞原形

這一類的片語後面可加名詞或動詞原形，加名詞時，要省略冠詞。

・avoir besoin de **需要～**

Ex Mon père **a besoin de** repos. 我爸爸需要休息。

Ex Il **a besoin de** travailler plus. 他需要更努力。

・avoir peur de **害怕～**

Ex Elle **a peur de** noir. 她怕黑。

・avoir honte de **對～害羞、不好意思**

Ex Il **a honte de** ce qu'il a fait. 他對自己的行為覺得不好意思。

・avoir marre (de) **受夠了～**

Ex J'**en ai marre**. 我受夠了。

→這裡的 en 是代指 de 和後面的東西。例如，avoir marre de la pluie（受夠了這場雨），可以用 en 代指 de la pluie，變成 en avoir marre（受夠了）

---

avoir ＋ 特定名詞 ＋ à ＋ 名詞／動詞原形

・avoir mal à **～痛**

Ex Ma petite soeur **a mal au** ventre. 我妹妹肚子痛。

→只要在 à 後面加上身體部位或器官的名詞，就可以表示哪裡疼痛。不過名詞之前要加上冠詞

短對話 A ～這個時候這樣問、這樣表達～

掛號

Est-ce que je peux prendre un rendez-vous avec le docteur Dupont ?
請問我可以預約杜朋醫生嗎？

Oui, est-ce que le vendredi matin vous convient ?
星期五早上您方便嗎？

Le docteur est en congé, il revient dans une semaine.
醫生這個禮拜休息，下星期才看診。

說明症狀
（感冒、發燒）

Est-ce que vous avez de la fièvre ?
請問您有發燒嗎？

Oui, depuis hier.
從昨天起。

Oui, mais pas tout le temps.
不是整天都燒。

說明症狀
（頭痛）

Qu'est-ce qui vous arrive ?
您怎麼了？

J'ai très mal à la tête.
我頭痛。

說明症狀
（肚子痛）

Avez-vous d'autres symptômes ?
請問您有其他症狀嗎？

J'ai aussi mal au ventre.
我肚子也痛。

說明症狀
（外傷）

Comment vous êtes-vous faite cette blessure ?
您怎麼受傷的？

Je suis tombée de ma bicyclette.
我從腳踏車上摔下來。

Je me suis blessée avec un marteau.
我使用鐵槌時不小心弄傷自己。

235

辦理住院

Est-ce qu'il est possible de prendre une chambre individuelle ?
請問我能夠申請單人病房嗎？

Je ne crois pas pouvoir trouver une chambre individuelle.
我想我已經沒有單人病房了。

C'est tout à fait possible.
完全可以。

 開刀

Est-ce que vous êtes allergique aux produits anésthésiques ?
請問您對麻醉藥物過敏嗎？

Non, pas du tout.
完全不會。

Est-ce que je serai opéré sous anésthésie locale ou anésthésie générale ?
請問我是局部麻醉還是全身麻醉？

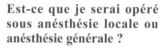

 確認事項

Est-ce que vous avez un autre traitement en cours ?
請問您有其他正在進行的療程嗎？

Non, je ne prends aucun médicament en ce moment.
我現在沒有服用其他藥物。

 確認事項

Est-ce que vous êtes enceinte ?
請問您是孕婦嗎？

Non, je ne suis pas encenite.
不是的，我沒有懷孕。

 去藥局拿藥

Avez-vous une ordonnance du médecin ?
請問您有醫師的處方箋嗎？

Oui, la voilà.
有的，在這裡。

Non, est-ce que je pourrais acheter ce médicament sans ordonnance ?
沒有，請問沒有處方箋也能買這個藥嗎？

1. 請依提示，將以下中文翻譯成法文，以完成句子。填入前，請改成適當的形態。

❶ 我從昨天開始喉嚨痛。（gorge）

_____ hier.

❷ 您有發燒嗎？（fièvre）

Est-ce que _____ **?**

❸ 他肚子痛。（ventre）

Il _____ **.**

❹ 她的腿很痛。（jambe）

Elle _____ **.**

❺ 你的運氣很好。

Tu _____ **.**

❻ 我的妹妹怕黑。

Ma _____ **.**

❼ 他們需要休息。（repos）

Ils _____ **.**

❽ 我受夠了這場雨。（avoir marre）

_____ **pluie.**

2. 請聽MP3，並做會話的應答練習。

❶（請注意聽錄音裡對方發問的問題），並請用法文回答

【我頭就很痛，此外我的喉嚨也痛】。

❷（請注意聽錄音裡對方發問的問題），並請用法文回答**【有，從昨天起】**。

❸（請注意聽錄音裡對方發問的問題），並請用法文回答**【我肚子也痛】**。

❹（請注意聽錄音裡對方發問的問題），並請用法文回答**【有的，在這裡】**。

❺（請注意聽錄音裡對方發問的問題），並請用法文回答**【我從腳踏車上摔下來】**。

正確答案請見附錄解答篇 p.345

l'hôpital 醫院
→la clinique 診所

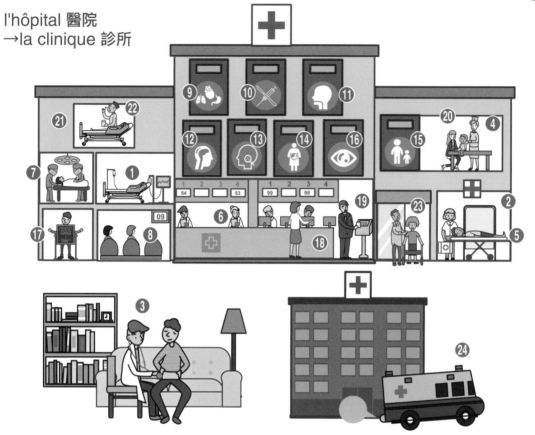

❶ la chambre	病房
❷ les urgences	急診室
❸ docteur	醫師（男／女）
→ généraliste	家醫（男／女）
❹ infirmier / infirmière	護士（男／女）
❺ patient / patiente	病人（男／女）
❻ pharmacien / pharmacienne	藥劑師（男／女）
❼ la salle d'opération	手術室
→ se faire opérer	動手術
❽ la salle d'attente	候診室
→ la chambre en soins intensifs	加護病房
❾ l'omnipraticien	內科
❿ la chirurgie	外科
⓫ l'oto-rhino-laryngologie(O.R.L)	耳鼻喉科
⓬ la neurochirurgie	腦科

⑬ la dermatologie	皮膚科
⑭ la gynécologie	婦產科
⑮ la pédiatrie	小兒科
⑯ l'ophtalmologie	眼科
⑰ passer une radio(graphie)	照X光
⑱ enregistrer	掛號
→ remplir la fiche	填資料
→ consulter un médecin	看病
⑲ prendre un ticket	領號碼牌
⑳ faire une piqûre	打針
㉑ se faire hospitaliser	住院
㉒ prendre des médicaments	服藥
㉓ sortir de l'hôpital	出院
㉔ l'ambulance	救護車

 ## 與症狀相關的表現

être malade	生病
une toux	咳嗽
avoir le nez bouché	鼻塞
un rhume	感冒
avoir le nez qui coule	流鼻水
une angine	喉嚨痛
éternuer	打噴嚏
avoir des frissons	發冷

avoir la diarrhée	拉肚子

vertige	暈眩

avoir la nausée	想吐

239

une insomnie	失眠	
mauvaise haleine	口臭	
faible	虛弱	
fatigué	疲倦	
éruption de boutons	發疹子	
mauvaise digestion	消化不良	
une allergie	過敏	
le rhume des foins	花粉症	
ne pas avoir d'appétit	沒食慾	

補充表達

健保	la sécurité sociale
驗血	la prise de sang
驗尿	l'examen urinaire / l'analyse d'urine
復健	la rééducation
處方箋	l'ordonnance
開處方箋	souscrire une ordonnance
量脈搏	prendre le pouls

在法國看診流程介紹

法國的醫療品質與制度一向是世界公認最完善的制度，法國健保制度創立的宗旨，在於保障所有個體在其一生中遇到不同的狀況時，都能夠接受昂貴醫療服務。

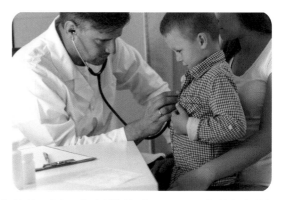

在法國看診，首先必須經過家醫 (médecin généraliste)，可以打電話到私人診所或醫院預約，但看診的時間通常不是當天，一般來說需要等三天到一個星期，如果有特別緊急的狀況則必須到醫院的急診室。看家醫的原因，一般來說並不是因為輕微的感冒，而是在健保局的規定下，必須藉由家醫的判斷轉診到更專業的醫生，例如耳鼻喉科、腦科、皮膚科等。至於驗血、驗尿、復健、照X光這類的醫療行為，也必須經過家醫開的處方箋才能實施。除了婦產科、小兒科、牙科之外，每個病患都必須透過家醫才能跟專業的醫生約診，或到檢驗中心做各類的檢查，否則健保局對自行做的醫療費用的補助會降到最低額度。

醫生看診的時間約為30分鐘，看診結束後，病患可以拿著處方箋到自家附近的藥局買藥，若必須轉診，專業醫師的預約必須等上一個星期到兩個月，甚至更久的時間。對於感冒、小外傷、皮膚問題這類的醫療，法國人通常會自行到藥局經由藥劑師的推薦購買藥品，但大多數被認定為需要專業醫師指示才可服用的藥物或藥性較強的藥物，若沒有醫師的處方箋是不能自行購買的。

MP3 P2-L21-01

Leçon 21

在藥妝店 À la pharmacie

Le pharmacien :

Bonjour, est-ce que je peux vous aider ?

Emilie :

Oui, je cherche une crème hydratante de la marque V.

Le pharmacien :

Oui, je vais vous la chercher.

Emilie :

Merci. Ma peau est très sensible et très sèche, pouvez[*1]-vous me conseiller un autre produit ?

Le pharmacien :

Il faut peut-être que vous essayiez[*2] le sérum. Après avoir bien nettoyé votre visage, vous mettez d'abord le sérum , ensuite vous mettez la crème hydradante par-dessus.

Emilie :

Est-ce qu'il y a une intolérence entre les deux produits ?

Le pharmacien :

Aucune Madame, vous pouvez être rassurée.

Emilie :

Je voudrais bien essayer alors !

藥劑師：
您好。有什麼需要我幫忙的地方嗎？

艾蜜莉：
是的，我想要買 V 品牌的潤膚乳液。

藥劑師：
好的，我去找給您。

艾蜜莉：
謝謝。我的皮膚非常敏感、非常乾燥，您可以推薦其他產品給我嗎？

藥劑師：
或許您需要試試精華液。每次把臉清洗乾淨後，先塗抹一層精華液，然後再塗抹潤膚乳液。

艾蜜莉：
同時使用這兩個產品會造成皮膚不適嗎？

藥劑師：
完全不會，您可以放心地使用。

艾蜜莉：
那我就(買)來試試吧！

NB | 請注意

[*1] 改用條件式 **pourriez-vous me conseiller** 來問話會更顯禮貌 | [*2] **essayiez** 為虛擬式，原形為 **essayer**，放在 **Il faut que** 後面的子句，動詞用虛擬式

必學單字表現

MP3
P2-L21-02

crème	f	乳液
hydratant(e)	a.	保濕的
marque	f	品牌
pharmacien , pharmacienne	m / f	藥劑師（男／女）
peau	f	皮膚
sensible	a.	敏感的
sec, sèche	a.	乾燥的
sérum	m	精華液
nettoyer	v.	清洗
visage	m	臉
par-dessus	adv.	在…上面
intolérence	f	不相容
rassurer	v.	使…安心

會話重點

重點1 Il faut que＋主詞＋虛擬式動詞

主要表示「（某某事）是必須的」。先前學過 Il faut＋動詞不定式，表示「必須做～」，但在這裡 Il faut 後面是要接一整個子句的，此時用que連接，而且動詞部分要用虛擬式。對話中的 Il faut vous essayiez le sérum.，動詞essayiez為essayer的虛擬式形態。

重點2 aucun(e) 的用法

aucun(e) 用於否定句，意思為「沒有、毫無」的意思，可當作形容詞，aucun 後面加陽性名詞，而 aucune 後面加陰性名詞。跟一般用ne...pas表達的否定句比起來，aucun(e) 帶有強調的意思。

Il n'a aucun ami. ⟷ **Il n'a pas d'ami.**
他沒有任何朋友。　　　　　他沒有朋友。
Je n'en ai aucune idée. ⟷ **Je n'ai pas d'idée.**
我毫無任何想法。　　　　　我沒有想法。

aucun(e) 也可當作代名詞。就像對話中所用到的Aucune.（完全不會）。在此 aucune 代替 aucune intolérence，不需要再重複一次名詞。

各類型膚質的法文表達

MP3
P2-L21-03

la peau 膚質

hydratant	有保濕的	
① une peau rêche	粗糙的	
② sec	乾燥的	
③ gras	油性的	
④ sensible	敏感性的	
⑤ lisse	如水蜜桃般光滑的肌膚	
⑥ la peau hâlée	古銅色的肌膚	

在第11課的文法篇中已經介紹過「直接受詞代名詞」與「間接受詞代名詞」，代表直接受詞的人稱代名詞有me、te、le、la、les等等，而代替間接受詞人稱代名詞的有 me、te、lui等等。這兩種人稱代名詞都必須放在動詞之前，不過這時要注意到，若此兩者同時出現在句中時，它們的位置是有規則的。先看以下例句：

原句

Je vais chercher la crème hydratante pour vous. **我去把那款潤膚乳液找給您。**

我們可以發現此句中有兩個受詞，名詞la crème hydratante 是直接受詞，直接接在動詞chercher 後面；pour vous的vous是間接受詞。但如果要同時把兩個受詞都變成「受詞人稱代名詞」的話，會形成以下順序。

用代名詞

Je vais vous la chercher.

　　　↓　　↳ 直接受詞人稱代名詞，代替 la crème hydratante

　　間接受詞人稱代名詞，代替pour vous

語順規則一：

主詞(je) [ne]	+	間接受詞：第一、二人稱 me te nous vous	+	直接受詞：第三人稱 le la les	+動詞+ [pas]

語順規則二：

主詞(je) [ne]	+	直接受詞：第三人稱 le la les	+	間接受詞：第三人稱 lui leur	+動詞+ [pas]

當間接受詞是第一人稱與第二人稱時，要用間接受詞人稱代名詞（me, te, nous, vous）時，其位置要放在直接受詞人稱代名詞之前。

若間接受詞是第三人稱時，要用到間接受詞人稱代名詞（lui, leur）時，其位置相反，放在直接受詞人稱代名詞之後。

在本課文中的 Je vais vous la chercher，la 代替 la crème hydratante，為直接受詞，因為是陰性名詞所以用 la，而 vous 為間接受詞，因為是第二人稱的關係，所以la 放在 vous 之後。

產品位置

Où se trouvent les crèmes solaires, s'il vous plait ?
請問防曬乳液放在哪裡？

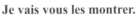

Elles sont sur le rayon dans la deuxième allée.
在第二個走道的架子上

Je vais vous les montrer.
我來指給您看。

產品價格

Combien coûte cette boîte de vitamine ?
請問這盒維他命多少錢？

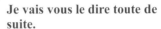

Une pour dix euros, deux pour dix-huit euros.
一盒十歐元，兩盒十八歐元。

Je vais vous le dire toute de suite.
我馬上告訴您價錢。

店員推薦

Quelle marque de crème préférez-vous ?
您喜歡用哪個牌子的乳液？

La marque V.
V 這個牌子

說明膚質

Quel type de peau avez-vous ?
請問您的皮膚類型為哪一種？

J'ai la peau plutôt sèche.
我的皮膚屬於乾性。

說明體質

Est-ce que vous êtes aller-gique ?
請問您會過敏嗎？

Non, pas du tout.
完全不會。

Oui, je suis très sensible.
嗯，我會敏感。

副作用

Est-ce que ce produit provoque des effets secondaires ?
請問這個產品有副作用嗎？

Si des boutons apparaîssent, il faut arrêter tout de suite ce produit.
如果長出不明的痘子，請馬上停止使用。

Normalement non, c'est un produit très doux.
應該不會，這是一個很溫和的產品。

 止痛藥

Avez-vous des produits pour calmer la douleur des gencives ?
請問您有治牙齦痛的藥嗎？

Vous pouvez essayer des bains de bouche.
您可以試試看漱口水。

Je vais vous conseiller une pommade buccale.
我建議您塗止痛軟膏。

 使用方法

Comment utiliser cette lotion capillaire ?
請問如何使用這個美髮水？

Vous l'utilisez comme un shampoing, une fois par semaine.
用法跟洗髮精一樣，一星期使用一次。

 使用療效

Est-ce que cette lotion est efficace contre les pellicules ?
請問對頭皮屑有用嗎？

Si vous continuez le traitement pendant trois mois, vous allez voir le résultat.
如果您持續使用三個月，您就能看出成果。

 內容物

Quelle est la différence entre le doliprane et l'aspirine ?
請問 doliprane 與阿斯匹林有什麼不同？

Ce sont des remèdes analgésiques.
一樣都是止痛藥。

L'aspirine est un anti-inflammatoire.
阿斯匹林有消炎的作用。

Exercices ｜ 練習題

1. 請依提示，將以下中文翻譯成法文，以完成句子。填入前，請改成適當的形態。

❶ 我沒有任何女性朋友。（aucun）

Je _____ .

❷ 我的皮膚非常乾燥。（sec, sèche）

Ma_____ .

❸ 他把他的車子借給我。（借出：prêter ~ à ~）

Il _____ **moi.**

改用代名詞 →**Il** _____ .（他把它借給我）

❹ 我把品牌 V 指出來給你看。（指出：montrer ~ à ~）

Je _____ **vous.**

改用代名詞 → **Je** _____ .（我指給你看）

2. 請聽MP3，並做會話的應答練習。

【Part I：先聽錄音，再做回答】

❶（請注意聽錄音裡對方發問的問題），並請用法文回答
【我在找 V 品牌的潤膚乳液】。

❷（請注意聽錄音裡對方發問的問題），並請用法文回答**【L 這個牌子】**。

❸（請注意聽錄音裡對方發問的問題），並請用法文回答**【我的皮膚屬於乾性】**。

❹（請注意聽錄音裡對方發問的問題），並請用法文回答**【會，我會敏感】**。

【Part II：先依提示發問，接著會聽到錄音的法文，並填寫正確答案】

❺ 請先用法文發問**【請問這盒維他命多少錢？】**，並填寫聽到的內容。

正確答案：一盒_____ 歐元，兩盒 _____ 歐元。

錄音內容：_____

❻ 請先用法文發問**【請問防曬乳液放在哪裡？】**，並填寫聽到的內容。

正確答案：在第_____個走道的架子上。

錄音內容：_____

正確答案請見附錄解答篇 p.346

problème de peau 皮膚症狀

un grain de beauté
痣

un bouton d'acné
青春痘

une ride 皺紋

pattes d'oie 魚尾紋

une cerne 黑眼圈

une cicatrice 疤痕

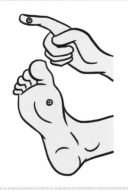

une verrue 疣

une bosse 腫塊

des taches de rousseur
雀斑

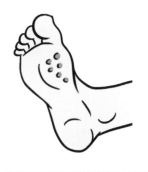

une blessure cicatrisée
結痂

des taches de vieillesse
老人斑

des ampoules
水泡

une piqûre d'insectes
蚊蟲咬傷

une égratignure
抓破的傷口

les produits de soin 保養品

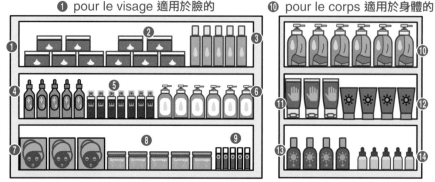

❶ pour le visage 適用於臉的

❿ pour le corps 適用於身體的

❷
la crème pour le visage 面霜
→日霜　la crème de jour
→晚霜　la crème de nuit

❸
la crème hydradante 保濕乳液
→hydratant 保濕的

❹ le sérum 精華液

❺ le sérum anti-âge 精華露

❻ la lotion 潔膚水

❼ le masque 面膜

❽ le gommage 敷臉凝膠

❾ le baume à lèvre 護唇膏

❿
la crème pour le corps 身體乳液

⓫ la crème pour les mains 護手霜

⓬
la crème solaire 防曬乳
→anti-U.V 防曬的

⓭ la crème autobronzante 助曬乳
　→l'autobronzant 助曬

⓮ une huile essentielle 精油

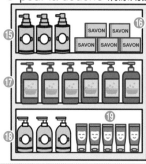

⓯ pour la douche 清潔用品

⓴ le maquillage 化妝品

⓯
le shampoing 洗髮精

⓰
le savon 肥皂

⓱
le gel douche 沐浴乳

⓲
l'après shampoing réparateur
(le conditionneur) 潤髮乳

⓳
l'exfoliant de visage
洗面乳

⓴
le gloss 唇蜜

㉑
le rouge à lèvre 口紅

㉒
le mascara 睫毛膏

㉓ le lait démaquillant
卸妝液

㉔ la poudre 蜜粉

㉕ le fond de teint
粉底液

㉖ le fard 腮紅

㉗
l'eyeliner 眼線筆

㉘
le pinceau à sourcils
眉筆

㉙
la crème anti-pollution
隔離乳／霜

㉚
le vernis à ongles 指甲油

㉛ le dissolvant 去光水

㉜ le fard à paupière 眼影

㉝ le parfum 香水

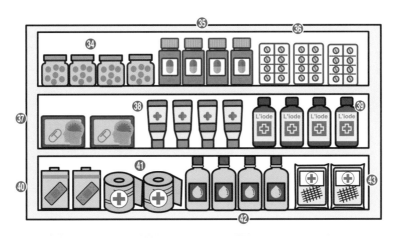

㉞ la pilule 藥丸　　　　**㉟ la gélule** 膠囊　　　　　　　　**㊱ le comprimé** 藥片

㊲ l'analgésique 止痛藥　　**㊳ le baume** 藥膏　　　　　　　**㊴ la teinture d'iode** 碘酒

㊵ le pansement OK蹦　　**㊶ la bande** 繃帶　　**㊷ le sérum physiologique**
　　　　　　　　　　　　　　　　　　　　　　生理食鹽水　　　　　　**㊸ la gaze** 紗布

補充表達

修護	réparer
適用於油性皮膚	convenir à la peau grasse
不適用於敏感性皮膚	ne pas convenir à la peau sensible

法國藥妝店的介紹

　　說到法國的藥妝店，大家對幾個品牌一定都耳熟能詳，例如 Vichy，La Roche Posay，Bioderma，Avène，這些產品在台灣的醫美醫院也極為推薦使用，由此可見產品之功效及安全性。

　　這些被稱為藥妝的產品，在法國都是經過大藥廠附設的實驗室所研發，品質管制非常嚴格。不過藥妝跟法國知名大品牌的化妝品不同，它們所訴求的是，除了跟化妝品有同樣的「美容」效用（美白、除皺、去斑等）之外，更注重皮膚的修復保養，例如燙傷、曬傷、疤痕的修復，同時這些藥妝也注重解決皮膚過敏的問題，所以兼具保養品與藥品的雙重功能，也就是為何藥妝在藥局(pharmacie)才買得到，而一般化妝品牌的保養品要在美妝店(parfumerie)購買。

　　對於藥妝的選購，可以詢問藥劑師的建議。有些產品是以礦泉水的水質製成，這對某些消費族群來說非常有吸引力，也有些產品會再針對某個皮膚的問題特別有成效。總而言之，這些藥妝的品質是受到嚴格的品質管制，只要選擇適合自己膚質的產品，便可安心使用。藥妝的價格也比知名品牌的保養品來得低一些，到法國的遊客及留學生可以多做比較與嘗試。

在百貨公司　Au grand magasin

Emilie :

　Bonjour, est-ce que je peux essayer cette robe ?

Le vendeur :

　Bien sûr. Quelle taille faites-vous ?

Emilie :

　Je fais du 38.

Le vendeur :

　La cabine d'essayage est par là.

試穿完之後

Le vendeur :

　Alors, la robe vous va ?

Emilie :

　Elle est trop serrée au niveau[1] de la poitrine.

Le vendeur :

　Est-ce que vous voulez essayer une 40 ?

Emilie :

　Pourquoi pas, est-ce que cette robe est soldée ?

Le vendeur :

　Malheureusement non, cette robe fait partie de la nouvelle collection.

Emilie :

　Je vois, je vais réfléchir.

艾蜜莉：
　您好，請問我可以試穿這件洋裝嗎？

店員：
　當然可以，請問您穿幾號？

艾蜜莉：
　我穿 38 號。

店員：
　試衣間在那邊。

店員：
　如何？適合嗎？

艾蜜莉：
　胸部這邊有點太緊。

店員：
　那您要試 40 號的嗎？

艾蜜莉：
　好啊。請問這件洋裝有打折嗎？

店員：
　不好意思，沒打折，這件洋裝是新品。

艾蜜莉：
　我了解，我考慮一下。

NB | 請注意

[1] **au niveau de** 表示「在～的高度」「跟～一樣的高度」「與～同一水平」

必學單字表現

MP3 P2-L22-02

essayer	v.	嘗試
robe	f	洋裝
taille	f	尺寸
cabine d'essayage	f	試衣間
serré(e)	a.	緊的
niveau	m	高度，程度
poitrine	f	胸部
soldé(e)	a.	特價的
faire partie de	phr.	屬於
nouveau, nouvelle	a.	新的
collection	f	系列產品

補充單字

carte du magasin	f	會員卡
bénéficier	v.	受惠
remise	f	折扣

會話重點

重點1 quelle taille的用法；faire du＋尺寸的用法

quelle taille主要是用來問對方「穿幾號的衣服或褲子」。quelle是接陰性名詞的疑問形容詞，意思是「哪一個」，taille則意指「腰身、尺寸」，特指衣服或褲子的尺寸，pointure則是指鞋子的尺寸。若要回應自己的尺寸，動詞用faire，並根據主詞做動詞變化。

Ex. Quelle taille faites-vous?
您穿幾號（的衣服）？
- Je fais du 38. 我穿38號。

重點2 事物（主詞）＋人（代名詞）＋aller [或 aller à＋人（名詞）]

動詞 aller 除了「來、去」的意思之外，還有「適合」之意，在此是不及物動詞（aller à），可與另一個動詞 convenir 互換。不及物動詞遇到受格代名詞 me、te、nous等時，受格代名詞要放在不及物動詞之前，其餘的情況接在 à 這個介詞之後

Ex. La robe vous va.（=La robe vous convient.）
這件洋裝適合您。

Ex. La robe va à ma grande soeur.
這件洋裝適合我姐姐。

與打折相關的折數表達

MP3 P2-L22-03

法文表示折數時，是以「從100%中扣掉多少%」的概念來表示，比如用10%來表示我們中文的「9折」，在100%中扣掉10%，所以實際價格是要付出90%。

cinq pourcent de réduction	95折	quarante pourcent de réduction	6折
dix pourcent de réduction	9折	cinquante pourcent de réduction	5折
onze pourcent de réduction	89折	soixante pourcent de réduction	4折
vingt pourcent de réduction	8折	soixante-dix pourcent de réduction	3折
vingt et un pourcent de réduction	79折	quatre-vingts pourcent de réduction	2折
vingt-cinq pourcent de réduction	75折	quatre-vingt-dix pourcent de réduction	1折
trente pourcent de réduction	7折		

法文的副詞有好幾種形態與功能，像是固定形態、用來修飾形容詞（或副詞）的 trop、assez、très 等的副詞，也有一些是修飾動詞的 bien、beaucoup、lentement，或是修飾句子的 malheureusement 等等。

【類型一】 修飾形容詞（或副詞）的副詞 → 放在形容詞（或副詞）之前

Il roule 　　(trop)vite. 　　　　它行駛得太快。（修飾副詞）

Il est 　　　(très)rapide. 　　　　它非常快。（修飾形容詞）

【類型二】 修飾動詞的副詞 → 放在動詞之後

Il **chante** 　　(bien). 　　　　他歌唱得很好。

Il **chante** 　　(mal). 　　　　他歌唱得不好。

【類型三】

有一類是以字尾 -ment 組成的，其組成結構主要是從形容詞而來：

[形容詞] + ment

其規則是，先將 [形容詞] 換成**陰性形容詞**，接著再加上 ment。請看以下例子：

形容詞	變成陰性	副詞	
long	longue	longuement	長久地
lent	lente	lentement	慢慢地
silencieux	silencieuse	silencieusement	安靜地
naturel	naturelle	naturellement	自然地
soigneux	soigneuse	soigneusement	仔細地

但有一些是不需要轉變成陰性形容詞，直接用陽性形容詞即可，主要是當形容詞的字尾本身就是母音時：

形容詞	直接加上 ment	副詞
absolu	absolu+ment	absolument 絕對地
poli	poli+ment	poliment 有禮貌地

若形容詞字尾是以 -ent、-ant 做結，轉為副詞時，-ent的部分會被取代轉變為 -emment（唸作 [amã]），-ant的部分會被取代轉變為 -amment（唸作 [amã]）。

形容詞	轉變為 -emment / -amment	副詞
récent	récent+emment	récemment　最近

尋找商品

Où se trouvent les chemises pour hommes ?
請問男用襯衫在哪裡？

Elles sont au deuxième étage.
在三樓。

Je vais vous les montrer.
我帶您過去看。

確認款式

Quelle couleur préférez-vous pour la jupe ?
您喜歡什麼顏色的裙子？

La couleur blanche me plaîra.
我喜歡白色。

Pourquoi pas en bleu.
藍色應該不錯。

衣服尺寸

Le manteau vous va-t-il ?
這件大衣合您的尺寸嗎？

Il est un peu court.
有點太短。

詢問意見

La chemise vous plaît-t-elle ?
您喜歡這件襯衫嗎？

Elle me plaît bien.
非常喜歡。

鞋子尺寸

Quelle est votre pointure ?
請問您穿幾號的鞋？

Je chausse du trente-huit.
我穿38號。

Je ne sais plus, pouvez-vous mesurer ma pointure?
我不太知道，您能幫我量一下嗎？

試穿

Est-ce que je pourrais essayer ce pantalon ?
我可以試穿這條長褲嗎？

Je vous en prie.
可以呀。

Bien entendu.
當然可以。

確認
折扣

Est-ce que vous faite une re-mise pour les robes ?
請問裙子有打折嗎？

Oui, vous pouvez bénéficier de quinze pourcent en ce moment.
有的，您現在可享有八五折。

Non, ce sont de nouvelles collections.
沒有，這些裙子都是新品。

試穿
結果

Est-ce que ce pull est à votre taille ?
這件毛衣合您的尺寸嗎？

Parfaitement (bien).
非常合身。

考慮中

Voulez-vous prendre cette chemise ?
您要買這件襯衫嗎？

J'hésite encore, elle est un peu chère.
我還在考慮，價格有點貴。

退稅

Je voudrais demander le service de détaxe.
我想申請退稅。

Le service de détaxe se trouve au deuxième étage.
請到三樓辦理退稅。

Il faut dépasser(dépenser) mille quatre cents euros pour bénéficier de le détaxe.
您要買超過一千四百歐元的商品才能申請退稅。

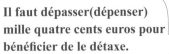

與折扣、貴／便宜、價格高低相關的表現

❶ en promotion	優惠
❷ solde d'été	夏季折扣季
❷ solde d'hiver	冬季折扣季
❸ le prix affiché	原價
❹ réduction	折扣
cher	貴的
bon marché	便宜的
onéreux	高單價的
abordable	付得起的
ne pas se permettre	付不起
Tout est à 10 pourcent de réduction	全面9折
le deuxième gratuit	買一送一
soldé avant fermeture définitive	全面出清

DELCE & GABBANA
Sac cabas Lucia
❸ ~~1850 €~~ 40% de réduction
1110 € ❹

1. 請依提示，將以下中文翻譯成法文，以完成句子。填入前，請改成適當的形態。

❶ 這件洋裝適合我媽。（aller）

La robe _____

❷ 這件洋裝適合我。（convenir）

La robe _____

❸ 您穿幾號（的衣服）？（faire）

_____?

❹ 我穿 38 號。（faire）

_____

❺ 你歌唱得很好。

Tu_____

❻ 我完全忘記了。（absolu）

J'ai _____

2. 請聽MP3，並做會話的應答練習。

【Part I：先聽錄音，再做回答】

❶（請注意聽錄音裡對方發問的問題），並請用法文回答【我穿 35 號】。

❷（請注意聽錄音裡對方發問的問題），並請用法文回答【我考慮一下】。

❸（請注意聽錄音裡對方發問的問題），並請用法文回答【我穿37號】。

❹（請注意聽錄音裡對方發問的問題），並請用法文回答【藍色應該不錯】。

❺（請注意聽錄音裡對方發問的問題），並請用法文回答【有點太短】。

【Part II：先依提示發問，接著會聽到錄音的法文，並填寫正確答案】

❻ 請先用法文發問【請問裙子在哪裡？】，並填寫聽到的內容。

正確答案：在 _____ 樓

錄音內容：_____

❼ 請先用法文發問【請問這件洋裝有打折嗎？】，並填寫聽到的內容。

正確答案：□ 有打折，打_____折 　　　□ 沒打折

錄音內容：_____

正確答案請見附錄解答篇 p.346

各類型服裝、服飾、配件之單字表現

MP3
P2-L22-08

l'habit 服飾
→ le vêtement 衣服

❶ les vêtements pour hommes	男裝
❷ les vêtements pour femmes	女裝
❸ les vêtements pour enfants	童裝
❹ la cabine d'essayage	更衣室
❺ le T-shirt	T-恤
❻ le pull	毛衣
❼ le gilet	背心
❽ la veste	夾克；外套
❾ le manteau	大衣

❶ le cardigan (le gilet)	罩衫
❷ le coupe-vent	防風外套
❸ la doudoune (l'anorak)	羽絨外套
❹ la tenue de sport	運動服
❺ la chemise	襯衫
❻ le costume	西裝
❼ la jupe	裙子
❽ le chemisier	女性襯衫

❶ le sweat à capuche	帽T
❷ le polo	POLO衫
❸ la robe	洋裝
❹ la salopette	吊帶褲
❺ le short	短褲
❻ le pantalon	褲子
❼ le jean	牛仔褲
❽ le pyjama	睡衣

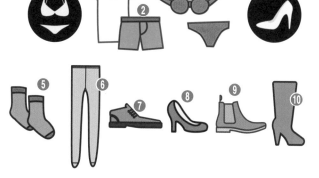

❶ le sous-vêtement	內衣
❷ le caleçon	（男）內褲
→ le slip 三角褲；le boxer 四角褲	
❸ le soutien-gorge	（女）內衣
→ la culotte	（女）內褲
❹ les chaussures	鞋子
❺ les chaussettes	襪子
❻ les collants	褲襪
→ les bas	絲襪
❼ les chaussures en cuir	皮鞋
❽ les escarpin à talon	高跟鞋
❾ les bottines	短靴
❿ les bottes	長靴

❶les accessoires	配件	
❷le chapeau	帽子	
❸la casquette	鴨舌帽	
❹l'écharpe	圍巾	
❺le foulard	絲巾	
❻le châle	披肩	
❼la ceinture	皮帶	
❽la cravate	領帶	
❾les gants	手套	
❿la barette	髮夾	

❶les articles de sport	運動用品
❷les baskets	運動鞋
❸le maillot de bain	泳衣
❹le bonnet de bain	泳帽
❺le slip de bain	泳褲

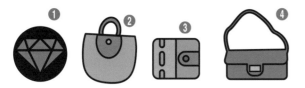

❶le produit de luxe	精品
❷le sac à main	手提包
❸le portefeuille	皮夾
❹le sac	皮包
→ le sac à dos	背包

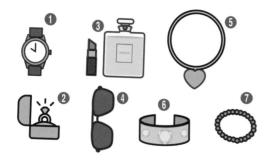

❶la montre	手錶
❷la bague	戒指
❸le maquillage	化妝用品
❹les lunettes	眼鏡
❺le collier	項鍊
❻le bracelet	手鐲
❼la gourmette	手鍊

在法國辦理退稅

到法國旅遊時，很多人肯定不會忘記購買法國名牌商品，不但可以找到齊全的商品，還可享受免稅的優惠，法國可說是崇尚時尚者的購物天堂。

根據2016年最新免稅法，凡超過16歲，不住在歐盟地區的人民就能享有免增值稅(TVA)優惠，但一年內在歐盟國家中居住超過六個月的居民、學生、實習生並不在享用免稅優惠的範圍內。食物、香菸、藥品、刀槍、未加工過的寶石、藝術品、或有營利性的商品(通常不得超過15件)，則是不能免稅的商品。

在此跟大家解說向店家辦理退稅的程序：

旅客必須在同一天、同一家商店買超過 175 歐元的商品，即可向店家申請退稅。在結算商品時，店員會告知增值稅的退稅步驟，並提供一份退稅單，同時也會詢問旅客想在機場外匯窗口領取退回的稅金，或經由轉帳至帳戶內，退稅的手續必須在購買商品後三個月內完成。

要搭機離開法國時，若已經填好退稅單，可以使用PABLO自動退稅機，程序為：

(一) 選擇語言

(二) 掃描退稅單的條碼驗證

(三) 當螢幕上顯示「稅單已驗證」，表示退稅程序已完成。

　　若無法利用自動退稅機時，就必須到海關窗口直接辦理退稅，海關人員可以要求查看護照及要退稅的商品。

在書店 À la bibliothèque

Emilie :

Bonjour Monsieur. Je cherche <Le petit prince>, est-ce que vous pouvez me dire où se trouve ce livre ?

Le libraire :

Je suis désolé Madame, nous sommes en rupture de stock. Est-ce que vous désirez passer une commande ?

Emilie :

Si je passe la commande aujourd'hui, quand est-ce que je pourrai[1] avoir le livre ?

Le libraire :

Dans trois jours.

Emilie :

OK. Je voudrais bien passer la commande.

Le libraire :

Je vais vous donner un ticket, vous allez payer d'abord au guichet puis vous conservez bien le ticket de caisse. On vous enverra[2] un SMS[3] pour récupérer votre livre.

Emilie :

C'est compris[4], merci beaucoup.

艾蜜莉：

先生您好，我在找《小王子》這本書，請問您可以告訴我這本書放在哪裡嗎？

書店老闆：

小姐很抱歉，我們目前缺貨，請問您要預訂嗎？

艾蜜莉：

如果我今天預定的話，請問我什麼時候拿得到書？

書店老闆：

三天後。

艾蜜莉：

好的，那我想要預訂。

書店老闆：

我會給你一張預訂證明，您先到櫃台結帳，然後保存好您的票根，書到了的時候，我們會用簡訊通知您。

艾蜜莉：

我懂了，謝謝您。

NB | 請注意

[1] **pourrai** 為簡單未來時，表示「將可以」，原形為 **pouvoir** | [2] 為 **envoyer** 的簡單未來時 | [3] 意指「手機簡訊」 | [4] 為 **comprendre** 的過去分詞，用過去分詞表示「懂了」

必學單字表現

rupture	**f**	斷絕
stock	**m**	庫存
passer une commande	**v.**	預訂
payer	**v.**	支付
guichet	**m**	櫃台
ticket de caisse	**m**	收據、發票
récupérer	**v.**	取回

 會話重點

重點 1　je cherche＋事物

chercher 意指「尋找、找到」，在後面加上一般名詞或專有名詞，就是「尋找某物」或「找到某物」之意。

Ex Je cherche le livre <le petit prince>.
　　我在找《小王子》這本書。

chercher 的另一個用法是加上介系詞 à＋動詞原形，意指「試圖、嘗試」。

Ex Je cherche à comprendre votre problème.
　　我試著了解您的問題所在。

重點 2　Je voudrais bien＋動詞不定式

主要表示「我很想要做～」，後面直接接動詞原形。這裡的 bien 有加強語氣效果，帶有「很」「十分」之意。vous conservez bien le ticket... 中的 bien 則帶有「好好地」的語意。

Ex Je veux bien aller n'importe où.
　　我哪裡都很想去。

 與閱讀書籍、逛書店相關的表達

閱讀一本書	lire un livre	著色	colorier
翻閱	feuilleter	請作者簽名	demander un autographe
瀏覽	survoler	逛書店	faire un tour à la librairie
打開書本	ouvrir un livre	感覺（書內容）有趣	intéressant
翻到第～頁	tourner à la page numéro ~	感覺（書內容）枯燥	ennuyeux
闔上書本	fermer le livre	感覺（書內容）艱深	difficile
挑選旅遊書	choisir un guide	感覺（書內容）可愛	mignon
（內容）都是文字	Il n'y a que de mots	感覺（書內容）鮮豔	coloré
（內容）都是圖	Il n'y a que des images		

文法焦點 | 假設語氣 si 的用法

　　假設語氣主要是用來表達出「如果～的話，就會～」，主要是以某個條件為基準，來進行假設與推論。以連接詞 si 開頭的從屬子句表達出假設，主要子句做出推論，如下面的結構：

　　Si j'ai sommeil, je vais me coucher.
　　[附屬子句]　　　　[主要子句]
　　如果我睏的話　　　我會去睡覺

　　就「如果～的話，就會～」這樣的表達，中文也許看起來都一樣，但就法文來說，會有「符合現在／未來事實」的假設以及「與現在／未來事實相反」的假設。前者假設現在或未來肯定會發生的事情，而後者假設現在或未來不可能會發生的事情。

【符合現在／未來事實的假設】 表達「如果～，就會～」
當要表達一個非常單純、符合事實的假設時，主要子句與附屬子句皆用直陳式。請見以下：

　　| Si + [直陳式現在時], [直陳式簡單未來時] |

l'indicatif présent, l'indicatif présent

　　Si j'ai sommeil, je vais me coucher. 如果我睏的話，我會去睡覺。
　　→ 在這個句子中，並沒有做任何預測或與事實不符的假想，而是一個符合現實狀況的假設。在這裡 si 也可用 quand 來代替來表示一個狀態（當我想睡的時候），主要子句及附屬子句都用直陳式。

【與現在／未來事實相反的假設】 表達「如果／要是～，就會～」
　　如果是要表達一個可能性時、不符合現實事實的假設時，主要子句用 le conditionnel（條件式現在時），而附屬子句用 l'imparfait（未完成過去時）。請見以下結構：

　　| Si + 直陳式未完成過去時, 條件式現在時 |

l'indicatif imparfait, le conditionnel présent

　　Si j'étais toi, je prendrais le manteau noir. 如果我是你，我會選黑色外套。
　　　je ≠ toi
　　→ 在這個句子中，主要是在假設「如果我是你」這個不符合現實的條件（因為我不可能是你），所以在 si 引導的附屬子句中用未完成過去時，在主要子句中用條件式，以表示可能性。

短對話 A ～這個時候這樣問、這樣表達～

書區
位置

Où se trouvent les romans ?
請問小說區在哪裡？

Est-ce que les guides sont par là ?
請問旅遊書區是往這邊走嗎？

Vous avancez un peu et vous allez les voir.
這一條走進去就看到了。

書籍
位置

Où se trouvent les livres de coloriage ?
請問著色本放在哪裡？

Est-ce que vous avez le livre intitulé «Un appartement à Paris» ?
請問你們這邊有 Un appartement Paris 這本書嗎？

Il est sur l'étagère qui se trouve juste devant vous.
在您前面的這個平台上。

作者
作品

Où se trouvent les oeuvres de Victor Hugo, s'il vous plait ?
請問雨果的作品都放在哪裡呢？

Elles sont sur l'étagère de droite.
都放在右邊那個架上。

詢問
庫存

Est-ce que vous avez ce livre ?
請問您這裡還有這書嗎？

Est-ce que ce livre pour enfant est disponible ?
請問您這裡還有這本兒童讀物嗎？

Je suis désolé, il est en rupture de stock, je pourrais le commander pour vous.
抱歉，目前缺貨了，可以幫您預訂。

優惠
訊息

Est-ce que ces fournitures scolaires / livres d'occasion sont en promotion ?
請問您這一區的文具／二手書有打折嗎？

Tout est à moins soixante-dix pourcents.
折扣都是打3折。

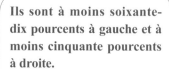

Ils sont à moins soixante-dix pourcents à gauche et à moins cinquante pourcents à droite.
左邊這邊是3折，右邊是5折。

結帳

Combien je vous dois pour ces cinq livres et cette boîte de crayons de cire ?
這五本書和這一盒蠟筆，這樣總共是多少錢呢？

Cela vous fait un total de vingt-cinq euros, et après la remise, il vous reste quinze euros à payer.
原價是25歐元，打完折之後是15歐元。

Cela vous fait quinze euros.
15歐元，謝謝。

付款
方式

Comment voulez-vous payer?
請問您怎麼付費？

Je vais payer en espèces / par carte / en chèque.
我要付現／刷卡／用支票。

1. 請依提示，將以下中文翻譯成法文，以完成句子。填入前，請改成適當的形態。

❶ 我在找《悲慘世界》這本書。（chercher）

_____ <Les misérables>.

❷ 我正試著了解他們的問題所在。（chercher）

_____ **problèmes.**

❸ 如果明天天氣好，我就去露營。（露營：faire du camping）

_____.

❹ 如果我是你，我就會離開這座城市。（離開：quitter）

_____ **cette ville.**

❺ 如果你滿 18 歲，你就可以學開車了。（學開車：apprendre à conduire）

_____.

2. 請聽MP3，並做會話的應答練習。

【Part I：先聽錄音，再做回答】

❶（請注意聽錄音裡對方發問的問題），並請用法文回答【我要付現】。

【Part II：先依提示發問，接著會聽到錄音的法文，並填寫正確答案】

❷ 請先用法文發問【請問著色本放在哪裡？】，並填寫聽到的內容。

正確答案：在 ___左/右___ 邊的架子上

錄音內容：_____

❸ 請先用法文發問【請問您這一區的二手書有打折嗎？】，並填寫聽到的內容。

正確答案：□ 有打折，打_____折　　　□ 沒打折

錄音內容：_____

❹ 請先用法文發問【這五本書總共是多少錢呢？】，並填寫聽到的內容。

正確答案：總共_____歐元

錄音內容：_____

❺ 請先用法文發問【如果我今天預定的話，請問我什麼時候拿得到書？】，並填寫聽到的內容。

正確答案：_____天／週後拿到

錄音內容：_____

正確答案請見附錄解答篇 p.347

❶ le best-seller	暢銷書		❿ le cahier	筆記本
❷ le livre neuf	新書		le livre d'autocollants	貼紙書
❸ le livre d'images	圖畫書		⓫ le post-it	便條紙
❹ le conte de fées	童話		⓬ le stylo	原子筆
❺ la fable	寓言		⓭ le stylo plume	鋼筆
❻ le livre pop-up	立體書		⓮ le crayon de couleur	色鉛筆
❼ le livre tissu	布書		⓯ le puzzle	拼圖
			⓰ le jeu de construction	積木
			⓱ le livre électronique	電子書
❽ le livre de texte	文字書		⓲ la partition	樂譜
le roman	小說		⓳ l'album	寫真書
❾ les fournitures scolaires	文具		⓴ le livre d'occasion	二手書

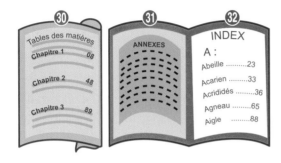

㉑	la préface	序言
	la note	後記
㉒	le numéro de page	頁碼
㉓	l'illustrateur	插畫家
㉔	la maison d'édition	出版社
㉕	la quatrième de couverture	封底
㉖	le dos du livre / la tranche du livre	書背
㉗	le titre	書名
㉘	la couverture	封面
㉙	l'auteur	作者
㉚	la table des matières	目錄
㉛	l'annexe	附錄
㉜	l'index	索引

書籍種類的法文表達

MP3
P2-L23-08

❶	la littérature	文學
	→le roman	→小説
❷	la biographie	傳記
❸	la bande dessinée	漫畫
❹	l'histoire	歷史
❺	un livre pour enfant	童書

⓫	l'économie	商業
⓬	la science	知識科普
⓭	le sport	運動
⓮	le guide touristique	旅遊指南
⓯	un magazine	雜誌

❻	les langues	語言
❼	le manuel	教科書
❽	un dictionnaire	字典
❾	un livre sur l'informatique et Internet	電腦用書
❿	un livre sur le design	藝術設計

⓰	un livre sur la santé	健康
⓱	un livre sur l'éducation	親子教養
⓲	un livre de recettes	食譜
⓳	un livre de loisir créatif	生活風格
⓴	un livre sur le fitness	健身
㉑	un livre sur la psychologie	心理勵志

法國的書店

　　法國的知名書店以法雅客 Fédération nationale d'achats des cadres(簡稱FNAC)的規模最大，開業於1954年，並於1981年起把業務擴至法國以外。第一家國外分店設於比利時布魯塞爾，2001年在台灣台北市開設兩家分店，2003年由新光三越百貨入股合資經營，2006年因虧損，法國母公司持股全數賣給新光三越後撤出台灣。

　　法雅客的銷售產品以文化產品為主，例如音樂CD、文學書籍、電影DVD、遊戲片、3C產品（電腦、手機）、電視機、照相機、音響等，並於2012起，增加小型家用電器以及孩子的益智遊戲產品及玩具。所以在重要的節日，如聖誕節，許多的法國人就會湧進 FNAC 選購禮物，因為那裡提供多樣的產品與多元化的選擇。為了保有客源，FNAC 提供會員卡制度，不時地會推出優惠方案來回饋會員，購買書籍也可享有95折。此外，所購買的商品在15天之內可以憑收據做免費更換或退費。

　　在法國，各式的小型書店也不少，雖然在銷售上比不上FNAC，但仍有其生存之道，因為在這些小型的書店裡，我們可以找到在FNAC找不到的書籍，例如絕版的書籍，或是由比較小的出版社所出版的書籍。此外，小型書店的店員與消費者的互動會比較親切，這是FNAC這類大型企業中所缺乏的。

MEMO

在美髮沙龍 Chez le coiffeur

Emilie :

Bonjour. Je voudrais me faire couper les cheveux et faire une teinture.

Le coiffeur :

Bien sûr. Comment voulez-vous que je vous coiffe ?

Emilie :

Juste les pointes.

Le coiffeur :

Et la teinture ?

Emilie :

Vous pouvez peut-être me conseiller, je voudrais me teindre en[1] blonde, qu'est-ce que vous en pensez ?

Le coiffeur :

Pourquoi pas ! Ça vous donnera un nouveau genre.

Emilie :

Allons-y[2] alors[3] !

艾蜜莉：

　　您好。我想剪加染。

髮型設計師：

　　沒問題，您想要我怎麼剪呢？

艾蜜莉：

　　就針對髮尾分岔的部分。

髮型設計師：

　　那染色部分呢？

艾蜜莉：

　　或許您能給我一點意見，我想把頭髮染成金色，您覺得如何？

髮型設計師：

　　有何不可！這麼一來，您看起來會有另一番風貌。

艾蜜莉：

　　那我們來試試吧！

NB | 請注意

[1] **teindre en** ＋顏色表示「染成某某顏色」，介系詞用 **en** | [2] 這裡的 **y** 是帶有副詞意味的代名詞，可用來代替一件事或一句話，在此表示染髮這件事 | [3] **alors** 表示「那麼」之意

必學單字表現

couper	(v.)	剪
se faire couper les cheveux	(phr.)	（請人）剪頭髮
cheveu, cheveux	(m) (pl.)	頭髮
teinture	(f)	染色，染劑
faire une teinture	(phr.)	染色，染髮
coiffer	(v.)	理髮
pointe(s)	(f)	髮尾
teindre	(v.)	染色
blonde	(f)	金黃色
genre	(m)	類型

會話重點

重點1 qu'est-ce que＋主詞（人）＋en penser（動詞變化）的用法

主要表示「您覺得如何？」之意。動詞 penser de＋某人／某事意指「認為某人／某事～」，介系詞用 de。對話中的 en 是代替「de＋某人／某事」的代名詞，也就是 teindre en blonde 這件事。只要用一個 en 就能省略掉前面所提到的整件事情，但要注意位置是放在動詞前面。

Ex. Qu'est-ce que tu en penses ?
你覺得如何？

重點2 Comment voulez-vous que ＋子句（希望對方做的事）

主要是用來問對方說希望某件事能怎麼進行，就像是對話中的「您想要我怎麼剪您的頭髮」。疑問詞用表示「如何，怎樣」的 comment，再搭配動詞 vouloir 的虛擬式變化，後面加上 que 和子句就能表達。

Ex. Comment veux-tu que je fasse ?
你想要我怎麼做？

 上髮廊會用到的表達

aller chez le coiffeur	做頭髮	faire un balayage	挑染
faire un brushing	吹頭髮	couper la frange	剪瀏海
faire un shampoing	洗頭髮	avoir une frange	留瀏海
faire une teinture	染頭髮	couper les cheveux au carré	剪鮑伯頭短髮
faire une permanente	燙頭髮	manucurer	美甲
couper	剪（短）	rincer	沖洗（頭髮）
dégrader	打層次	brosser / peigner	梳頭髮
faire un lissage	燙直		

文法焦點 | [se＋動詞＋身體部位] 和 [se faire＋動詞原形＋身體部位]

　　反身動詞如 se coucher（睡覺）、se laver（洗澡）都是需要用到反身代名詞 se 來完整表達某動作的意思。se 也就是自己，所以用 se（自己）＋laver（洗）的概念來表示「洗澡」這整個動作的意思。se 在這邊是作為直接受詞（COD）的功能。

> Je　　me　　lave
> （自己）（洗）＝「洗澡」
> [S]　[COD]　　[V]

＊「洗自己」，所以 se「自己」是「洗」的直接受詞

se＋動詞＋身體部位

　　不過如果要表示「洗手」這整個動作，除了得用到 se（自己）之外，還要用到另一個受詞「手」。法文用 se（自己）＋laver（洗）＋les mains（雙手）的概念來表示「洗手」。法語沒有 Je lave mes mains.「我洗自己的手」這種說法。這時也要注意到，se 在這邊是作為間接受詞（COI），而身體部位（如手）則是直接受詞（COD）的功能，且要搭配定冠詞 le 或 la（只有一個時）或 les（有兩個時），而非所有格（如 mes, tes）。

> 　　　　　　　　　　　↓身體部位要用定冠詞 le、la 或 les
> Je　　me　　lave　　les mains
> （自己）（洗）　　（雙手）
> [S]　[COI]　[V]　　　[COD]

＊可理解成「對自己洗雙手」，se「對自己」是「洗」的間接受詞

se＋faire＋動詞原形＋身體部位

　　以上提到的 se＋動詞＋les 身體部位都是在強調自己對自己做某事，而非讓別人對自己做某事，若當我們要表示「請別人對自己做～」「讓別人對自己做～」，就要再加上動詞 faire。正如第 19 課所教的，se faire 是一種「自願請人為自己做某事情」的表達，faire 可理解成「讓別人做～」。請比較以下差異。

[被動用法]

> Je　　me　　fais　　couper　　les cheveux
> （對自己）（讓別人）（剪）　（頭髮）
> [S]　[COI]　[V1]　　[V2]　　[COD]

＊在此主要強調頭髮要讓別人剪。V1 要隨主詞變化，而 V2 為原形。

[主動用法]

> Je　　me　　coupe　　les cheveux
> （對自己）（剪）　　（頭髮）
> [S]　[COI]　[V]　　　[COD]

＊在此單純表示頭髮是自己剪。

確認
髮型

Est-ce que je peux vous aider ?
您想要什麼樣的服務嗎？

J'aimerais avoir une coupe plus courte.
我想把頭髮剪短。

J'aimerais changer de coupe et me faire faire une coloration.
我想要換個髮型，順便染髮。

確認
髮型

Quel genre de coiffure préférez-vous ?
您想要什麼樣的造型呢？

Pouvez-vous me donnez un conseil?
您什麼建議嗎？

Je voudrais la même coiffure que ce modèle.
我想要剪跟這個模特兒一樣的髮型。

一般
剪髮

Comment voulez-vous que je vous coiffe ?
您想剪什麼樣的髮型？

J'aimerais avoir une coupe au carré.
我想要剪個妹妹頭。

Je voudrais faire une coupe effilée / dégradée.
我想打薄／打層次。

一般
剪髮

Comment voulez-vous que je vous coiffe ?
您想剪什麼樣的髮型？

J'aimerais faire une queue de cheval.
我想綁馬尾。

Pouvez-vous me faire un chignon ?
可否幫我弄個髮髻？

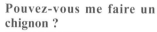

Je voudrais faire des tresses.
請幫我編頭髮。

修瀏海/髮尾

Quelle longueur de cheveux souhaitez-vous couper ?
您希望剪多少呢？

(Coupez) juste les pointes.
幫我修髮尾即可。

Est-ce que vous pouvez couper ma frange?
請幫我修瀏海。

美甲

Je voudrais me faire manucurer.
我想做指甲。

Je voudrais faire une pose de vernis.
我想塗指甲油。

Sans problème.
好的。

燙髮

Je voudrais faire une permanente / un lissage.
我想燙頭髮／燙直。

Je voudrais me faire onduler les cheveux.
我想要燙捲。

Bien sûr.
好的。

染髮

Je voudrais faire un balayage.
我想挑染。

Bien sûr.
好的。

染髮

Quelle couleur préférez-vous ?
您想染成什麼顏色。

Je voudrais esssayer la couleur brune.
我想要染褐色。

En noir.
黑色。

Exercices 練習題

MP3
P2-L24-06

1. 請依提示，將以下中文翻譯成法文，以完成句子。填入前，請改成適當的形態。

❶ 您想要什麼樣的造型呢？（coiffure）

_____ -vous ?

❷ 我想要燙捲。（onduler）

Je voudrais _____ .

❸ 我想挑染。（balayage）

Je voudrais _____ .

❹ 我在刷牙。（brosser）

Je _____ .

❺ 他在洗澡。（laver）

Il _____ .

❻ 我們在洗手。（laver）

Nous _____ .

❼ 你希望我怎麼愛你？

_____ ?

2. 請聽MP3，並做會話的應答練習。

【Part I：先聽錄音，再做回答】

❶（請注意聽錄音裡對方發問的問題），並請用法文回答【我想要剪個妹妹頭】。

❷（請注意聽錄音裡對方發問的問題），並請用法文回答【我想打薄】。

❸（請注意聽錄音裡對方發問的問題），並請用法文回答【我想要換個髮型並染髮】。

❹（請注意聽錄音裡對方發問的問題），並請用法文回答【染黑色】。

【Part II：先依提示提出要求，接著會聽到錄音的法文，並填寫正確答案】

❺ 請先用法文提出要求【我想剪加染】，並填寫聽到的內容。

錄音內容：**Bien sûr.** _____ .

正確答案請見附錄解答篇 p.347

MP3
P2-L24-07

long
長的(沒超過腰)

court 短的

mi-long
不長不短的(超過肩膀)

jusqu'à la taille
到腰的

jusqu'à l'épaule
到肩膀的

raide
直髮的

bouclé 捲的

crépu 爆炸頭的

(porter) la raie au milieu
中分的

(porter) la raie à droite/
gauche
旁分的（往右／左邊分）

les cheveux en brosse
→les cheveux (coupés) ras
平頭

la natte
→la tresse
辮子

la queue de cheval 馬尾

le chignon 髮髻，包頭

la coupe au carré 鮑伯頭

teinté 有染的

blond 金髮的

roux 紅髮的

brillant 有色澤的；有光澤的

lisse 柔順的

blanc 白髮蒼蒼的

noir 烏黑的

avoir des pellicules
有頭皮屑

gras 會出油的

fourchu 分岔的

sec 乾燥的

les pattes 鬢毛

❶ les pointes 髮尾

❷ la frange 瀏海

MP3
P2-L24-08

salon de coiffure 美髮廳

❶ l'après-shampoing	潤絲精	❽ la brosse	梳子
❷ le masque	護髮油／乳	❾ la barrette	髮夾
❸ les ciseaux	剪刀	❿ le fer à friser	電棒捲
❹ la teinture	染劑	⓫ la tondeuse (à cheveux)	電剪
❺ la laque/le gel	髮膠	⓬ le shampoing	洗髮精
❻ le miroir	鏡子	⓭ faire un shampoing	洗頭髮
❼ le peigne	梳子	⓮ la serviette	毛巾

la perruque	假髮	⓲ faire un brushing	吹頭髮
⓯ la queue de cheval	馬尾	⓳ le sèche-cheveux	吹風機
⓰ la tresse	辮子	⓴ faire une teinture	染頭髮
⓱ les cheveux bouclés	捲髮	㉑ faire une permanente	燙頭髮

dégrader 打層次

faire un lissage
燙直

faire un balayage
挑染

couper la frange
剪瀏海

avoir une frange
留瀏海
couper les cheveux au
carré 剪鮑伯頭短髮

manucurer
美甲

rincer
沖洗（頭髮）

brosser / peigner
梳頭髮

法國美髮、美容及美甲的文化介紹

　　在此為大家簡單介紹一下法國的髮廊 (Salon de coiffure)。髮廊可分成好幾種類型，有一般比較傳統平價、專為男性服務的理髮院，主要的客源是稍微有一點年紀的男性，會提供剪髮與簡單的洗髮、吹乾等服務，收費約在30歐元上下。近年來，發展出來的現代化的髮廊，不分男女老少，還可指定髮型設計師。一般來說，為了避免長時間的等候，建議大家先提前預約。髮廊的收費是以服務項目為收費的標準，剪髮、洗髮、吹造型都是個別收費，若要染髮與燙髮，價格會因頭髮的長短而有不同。知名連鎖店的費用會比其他美髮院來得昂貴，各個城市的訂價也不一致，總之，剪加洗加吹的費用約在40歐元到60歐元，28歲以下的學生可享有8折的優惠。

　　另外，因現在生活的壓力以及人人開始比較注重身體的保養，美容院或造型沙龍 (Salon de beauté) 有越來越蓬勃發展的趨勢，不只是臉部皮膚的保養，各式的按摩也非常受歡迎，這類的服務索價不低，例如臉部皮膚保養約70歐元；半身或全身的精油按摩，半小時約40歐元，一小時約70歐元。儘管如此，美容院提供的服務受到越來越多的女性喜愛。

Leçon **25**

在花店 Chez le fleuriste

Emilie :

Bonjour. Je voudrais acheter des plantes, qu'est-ce que vous me conseillez ?

Le fleuriste :

C'est pour une occasion particulière ?

Emilie :

Non, c'est pour planter dans mon petit jardin.

Le fleuriste :

Je vous conseille des géraniums et des rosiers, c'est le bon moment pour[*1] les planter.

Emilie :

Parfait. Je prendrai des géraniums rouges et roses.

Le fleuriste :

Et pour les rosiers, il vaut mieux prendre la variété <Pompadour>, vous ne serez pas déçue.

Emilie :

Je vous fais confiance[*2]. Au fait[*3], je prendrai aussi un bouquet de lys, s'il vous plaît.

Le fleuriste :

Ils sont magnifiques en ce moment.

艾蜜莉：

您好，我想買些植物，您可以給我些建議嗎？

花店職員：

請問是為了特定場合嗎？

艾蜜莉：

不是的，我只是為了種在自家花園裡。

花店職員：

我建議您買些天竺葵跟玫瑰，現在是種這兩種花的好時節。

艾蜜莉：

太好了，那我買些紅色跟粉紅色的天竺葵。

花店職員：

玫瑰花的話，我建議您＜Pompadour＞這個品種，您一定不會失望的。

艾蜜莉：

我相信您的專業。喔，對了，我還想買一束百合花。

花店職員：

現在正是百合花開得最美的時刻。

NB | 請注意

[*1] **c'est le bon moment pour~** 表示「是適合（做）～的時候」｜ [*2] **faire confiance à qqn**（某人）表示「對某人信任」，此句用受詞人稱代名詞代替某人｜ [*3] **au fait** 是用在突然想到某事向對方提出來的用法，帶有「對了」之意，相當於英文的 **by the way**

必學單字表現

MP3
P2-L25-02

plante	**f**	植物
conseiller	**v.**	建議
occasion	**f**	場合
particulier, particulière	**a.**	特定的
planter	**v.**	種植
jardin	**m**	花園
géranium	**m**	天竺葵
rosier	**m**	玫瑰
moment	**m**	時刻
rouge	**a.**	紅色的
rose	**a.**	粉紅色的
variété	**f**	品種
déçu(e)	**a.**	失望的
confiance	**f**	信心
bouquet	**m**	(一)束
lys	**m**	百合花

會話重點

重點1 Je vous conseille＋一般名詞 [de＋動詞原形]

意指「我建議您～」。受詞人稱代名詞 vous 放在 conseille 之前，用一般名詞或專有名詞的話，就要搭配 conseiller à＋某人。搭配 de＋動詞原形，可表示「建議做某事」。

Je vous conseille＋一般名詞
Ex. Je vous conseille des géranims et des rosiers.
我建議您天竺葵跟玫瑰。

Je vous conseille de＋動詞原形
Ex. Je vous conseille d'acheter ce livre.
我建議您買這本書。

Je conseille à＋一般名詞或專有名詞
Ex. Je conseille à Théo de partir plus tôt.
我建議迪歐早點出發。

重點2 il vaut mieux＋動詞原形

意指「最好做～」「做～比較好」，是帶有建議口吻的用法。il 為虛主詞，vaut 的原形為 valoir，後面接動詞原形。

 補充單字與相關表達

MP3
P2-L25-03

開花	fleurir
澆水	arroser
凋謝	faner
枯萎	flétrir
採、摘	cueillir
為花做包裝	faire un bouquet
花很香	La fleur sent bon.
這花能開多久？	Combien de temps cette fleur peut-elle durer ?
對花過敏	être allergique aux fleurs
把花寄送到～	enyoyer les fleurs chez~
花季到來了	Les fleurs sont en pleine floraison.

283

文法焦點 | 非人稱句型 il

il 除了是第三人稱陽性的代名詞之外，也可被視為中性代名詞，用於非人稱的句型中，例如用在自然現象中或者是特定的非人稱動詞時。言下之意，不以「你、他、那個」等人稱當主詞的句子，而是用 il 來當主詞者，以＜il ＋動詞（第三人稱單數）＞的句型，就是「非人稱句型」。

常見的句型有：il y a~、il est ~ heure、il fait ~、il faut~、il est ＋形容詞＋ de ＋原形。

表示存在：il y a~

此句型主要表示「有～」「存在著～」。

Ex. **Il y a** un chat. 有一隻貓。

Ex. **Il y a** du soleil. 有太陽。

Ex. **Il y a** trente élèves dans ma classe. 我的班上有30位學生。

天氣的表達：il fait/天氣動詞

此句型主要會搭配帶有「做」意義的動詞 faire ＋形容詞，或是特定的天氣語意動詞。

Ex. **Il** neige. 下雪了。

Ex. **Il fait** chaud. 天氣很熱。

Ex. **Il fait** jour. 天亮了。

＊天氣的表達，有些也會搭配 Il y a，如上面的用法。

表示時間：il est ~ heure(s)

此句型主要會搭配動詞 être 的第三人稱單數變化 est（固定都用est）和帶有「～點鐘」的 heure(s) 來表示。

Ex. **Il est** huit **heures**. 現在是早上八點。

表示需要：il faut~

此句型主要會搭配帶有「必須」意義的動詞(falloir)的第三人稱單數變化 faut，後面接「que ＋虛擬式子句」，或是「動詞原形」來表示「必須做～」。

Ex. **Il faut que je rentre** à la maison. 我必須回家了。

↑動詞虛擬式

句子中有真主詞時：il est ＋形容詞＋ de ＋動詞原形

此句型主要是強調後面的 de ＋動詞原形，用形容詞來說明後面動詞的動作或狀態如何。

Ex. **Il est interdit de** fumer ici. 這裡禁止抽菸。

特定動詞：il ＋特定動詞（＋que）

有幾個動詞常固定與非人稱動詞 il 來搭配使用，如 sembler、arriver、rester 等不及物動詞連用，來表是特殊意義。il semble 表示「似乎，看起來」、il arrive 表示「發生」、il reste 表示「剩下」、il vient 表示「來到」。

Ex. **Il semble que** tu te sois trompé. 你似乎搞錯了。

↑動詞虛擬式

短對話 A ～這個時候這樣問、這樣表達～

尋找
花種

Comment s'appelle cette fleur ?
這是什麼花？

C'est une pivoine.
牡丹。

C'est un arum.
海芋。

確認
顏色

Est-ce que vous avez des géraniums d'une autre couleur ?
請問您有其他顏色的天竺葵嗎？

Oui, j'ai aussi des géraniums rouges.
我還有紅色的天竺葵。

Il ne me reste que des géraniums roses.
我只剩下粉紅色的天竺葵。

確認
金額

Est-ce qu'un bouquet de lys est cher ?
請問一束百合花貴嗎?

Six euros le bouquet.
一束六歐元。

詢問
意見

Est-ce que les roses vont bien avec les gypsophiles ?
請問玫瑰配滿天星很搭嗎？

Je crois bien.
我想會很搭。

店員
推薦

Pour l'anniversaire d'un(e) ami(e), qu'est-ce que vous me conseillez ?
您會建議我送什麼樣的花給朋友過生日？

Ce serait sympatique d'offrir un bouquet de roses.
送一束玫瑰花不錯。

J'ai des bouquets composés qui sont magnifiques.
我有很多漂亮的花束。

擺放場合

C'est pour une occasion particulière ?
請問是為了特殊場合嗎？

Non, c'est pour mon jardin.
我要種在自家花園裡的。

Oui, c'est pour décorer la salle de mariage.
是的，我要裝飾結婚禮堂用的。

特定需求

Est-ce qu'il faut mettre de l'engrai aux rosiers ?
請問玫瑰需要施肥嗎？

C'est préférable.
最好能夠（施肥）。

Je vous conseille fortement de le faire.
我建議您一定要施肥。

考慮中

Est-ce que cela vous dit de prendre ce joli sapin ?
請問您要買這棵杉樹嗎？

Je vais réfléchir encore un peu.
我還想考慮一下。

決定購買

Avez-vous décidé d'acheter ce pommier ?
您決定買這顆蘋果樹了嗎？

Oui, c'est une bonne affaire.
是的，很值得。

宅配

Est-ce que vous faites la livraison ?
請問您有外送服務嗎？

Oui, si vos achats dépassent cent euros.
有的，如果您買的東西超過一百歐元。

Bien sûr, si vous habitez dans la région.
當然，如果您住附近的話。

Exercices | 練習題

1. 請依提示，將以下中文翻譯成法文，以完成句子。填入前，
請改成適當的形態。

❶ 下雪了。

_____ .

❷ 天氣很熱。

_____ .

❸ 天亮了。

_____ .

❹ 這裡禁止抽菸。（interdire）

_____ **ici .**

❺ 她建議我買這本書。（conseiller）

_____ **ce livre.**

❻ 我們建議Théo早點出發。（conseiller）

_____ **plus tôt.**

❼ 最好馬上出發。（valoir）

_____ **tout de suite.**

❽ 我只剩下粉紅色的天竺葵。（valoir）

Il ne _____ .

❾ 每束六歐元。

_____ .

❿ 這是為了要裝飾結婚禮堂用的。

C'est _____ .

2. 請聽MP3，並做會話的應答練習。

【Part I：先聽錄音，再做回答】

❶（請注意聽錄音裡對方發問的問題），並請用法文回答
【**是的，我要裝飾結婚禮堂用的**】。

❷（請注意聽錄音裡對方發問的問題），並請用法文回答
【**那我將買些粉紅色的玫瑰**】。

【Part II：先依提示發問，接著會聽到錄音的法文，並填寫正確答案】

❸ 請先用法文發問【**這是什麼花？**】，並填寫聽到的內容。
正確答案：＿＿＿＿＿＿＿（請用法文填寫花名）
錄音內容：＿＿＿＿＿＿＿＿＿＿＿＿＿＿＿＿＿＿＿＿＿＿＿

❹ 請先用法文發問【**請問您有其他顏色的天竺葵嗎？**】，並填寫聽到的內容。
正確答案：只剩下 （紅色／粉紅色／黃色） 的天竺葵
錄音內容：＿＿＿＿＿＿＿＿＿＿＿＿＿＿＿＿＿＿＿＿＿＿＿

❺ 請先用法文發問【**請問一束百合花貴嗎？**】，並填寫聽到的內容。
正確答案：一束 ＿＿＿＿＿＿ 歐元 ＿＿＿＿＿＿ 歐分
錄音內容：＿＿＿＿＿＿＿＿＿＿＿＿＿＿＿＿＿＿＿＿＿＿＿

❻ 請先用法文發問【**您會建議我送什麼樣的花給朋友過生日？**】，並填寫聽到的內容。
正確答案：＿＿＿＿＿＿＿（請用法文填寫花名）
錄音內容：＿＿＿＿＿＿＿＿＿＿＿＿＿＿＿＿＿＿＿＿＿＿＿

❼ 請先用法文發問【**請問您有外送服務嗎？**】，並填寫聽到的內容。
正確答案：□ 有外送　　　　□ 沒外送
錄音內容：＿＿＿＿＿＿＿＿＿＿＿＿＿＿＿＿＿＿＿＿＿＿＿

正確答案請見附錄解答篇 p.348

各種花朵的法文

la fleur 花
→la floraison 花季
→l'herbe 草本植物

l'iris	鳶尾花		l'arum	海芋
le chrysanthème	菊花		le jasmin	茉莉花
les oeillets	康乃馨		le narcisse	水仙
la violette	紫羅蘭		l'orchidée	蘭花
la lavande	薰衣草		le pissenlit	蒲公英
la rose	玫瑰		l'étoile de Noël	聖誕紅
la tulipe	鬱金香		la gypsophile	滿天星
le tournesol	向日葵		la marguerite	雛菊
le cactus	仙人掌		le glaïeul	劍蘭花
la pivoine	牡丹		le trèfle	幸運草

le grain	種子
le pot	盆栽
la pousse	芽
la tige	莖
la racine	根
la feuille	葉子
le bourgeon	花苞
fleurir	開花
le pollen	花粉
le fruit	果實

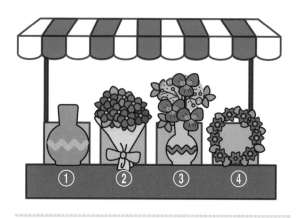

❶ le vase	花瓶
❷ le bouquet de fleur	花束
→ un bouquet de fleur	一束花
❸ l'arrangement floral	插花藝術
❹ la couronne	花環

 ## 顏色的法文說法

MP3 P2-L25-08

couleur 顏色

blanc	白色
noir	黑色
gris	灰色
beige	米色
blanc laiteux	米白色
gris foncé	深灰色
❶ rouge	紅色
❷ rose	粉紅色
❸ violet	紫色
❹ pêche	桃紅色
jaune	黃色
orange	橙色
abricot	橘色
vert	綠色
bleu	藍色
doré	金色
marron	棕色
brun	褐色
bleu violacé(indigo)	靛色
turquoise	藍綠色
argenté	銀色
vert pâle	淺綠色

châtain	咖啡色	
multicolore	彩色的	

代表著幸福意義的鈴蘭花

有在春季期間到過法國旅遊的人一定都對一個景象印象深刻，不管是城市或鄉村都可以看到花。由於春天的氣候溫和、雨量充足、日照足夠，特別適合植物的生長，從三月中開始，法國各地變得綠意盎然。

在此想特別介紹鈴蘭(muguet)，也稱山谷百合（Lys de Vallée），原產北半球的溫帶，盛開時期為春天剛到之時，所以長久以來被視為驅走寒冷冬天的象徵。鈴蘭在法國代表著「擁有幸福」的意義，其歷史淵源追溯到16世紀，亨利四世於視察期間收到鈴蘭作為禮物，從此喜愛上發出淡淡清香、貌似鈴鐺的白色小花，於是決定在隔年的五月一日贈送給皇宮裡的女性貴族每人一束代表著幸福的鈴蘭。20世紀初以後，鈴蘭成為法國五一勞動節的節花，在這個節日裡，法國人會彼此互送一小束的鈴蘭，象徵春天的到來，同時祝福對方幸福。

鈴蘭也成為法國唯一可在這個節日中，不論是誰都能在大街上販賣的花，但是為了維護傳統花店的權益，不可在傳統花店旁販賣，也不可與大盤商訂貨，只可販賣在自家花園種植的鈴蘭，或是在野外採收的野生鈴蘭。

鈴蘭一年的開花期間只有兩個星期左右，若在四月中到五月初來法國旅遊的遊客，請不要錯過觀賞鈴蘭難得的機會。

在劇院　Au théatre

Théo :

Bonjour Madame. Je voudrais acheter deux billets pour l'opéra <Carmen>.

La guichetière :

Pour quel jour ?

Théo :

Pour le vendredi 4 mars.

La guichetière :

Vous voulez deux places situées[*1] au premier balcon, deuxième balcon ou parterre ?

Théo :

Est-ce que nous voyons bien[*2] la scène depuis le deuxième balcon ?

La guichetière :

Il est sûr que les places du parterre sont plus[*3] près de la scène mais elles sont plus chères.

Théo :

Dans ce cas, je prendrai deux places au premier balcon, s'il vous plaît.

La guichetière :

D'accord, j'effectue la réservation pour vous.

迪歐：

小姐您好，我想要買兩張歌劇＜卡門＞的門票。

售票員：

請問您要買哪一天的場次？

迪歐：

三月四號，星期五。

售票員：

請問您的兩個位子是想要樓廳的前座、樓廳的後座還是正廳呢？

迪歐：

從樓廳的後座可以看得清楚舞台嗎？

售票員：

正廳的位置肯定是比較靠近舞台，但這個的位置會比較貴。

迪歐：

那這樣的話，我要預訂樓廳的前座。

售票員：

好的，那我幫您預訂。

NB｜請注意

[*1] 原形為 **situer**，表示「使坐落，確定位置」，以分詞 **situé à** 表示「坐落於，位於」，修飾前面的名詞 ｜ [*2] 在此表示「好好地」｜ [*3] 為「比較，更」的意思

必學單字表現

MP3
P2-L26-02

billet	ⓜ	門票
opéra	ⓜ	歌劇
jour	ⓜ	日子
place	ⓕ	座位
situé(e)	ⓐ	位於
premier, première	ⓐ	第一的
balcon	ⓜ	樓廳
deuxième	ⓐ	第二的
parterre	ⓜ	正廳
scène	ⓕ	舞台
depuis	prep.	從…
près de	prep.	靠近…
cher, chère	ⓐ	貴的
effectuer	ⓥ	使生效
réservation	ⓕ	預訂

會話重點

Leçon 26 在劇院

重點1 dans ce cas,＋子句（自己會做出的決定）

此片語表示「在這樣的情況下」，介系詞 dans 表示「在～之下」，名詞 cas 意指「情況，情形」，主要是說話者根據對方所提的想法與建議做出一個總結。也可用 dans ce cas-là。

Ex Dans ce cas, je prendrai deux croissants.

那這樣的話，我要買兩個可頌。

重點2 Il est sûr que＋子句（自己肯定的事）

être sûr que 是用來表達非常肯定的句型，後面接一個子句，表示自己肯定的事情為何。il 為虛主詞，並非指某位男士。

Ex Il est sûr qu'ils sont chez moi.

很肯定的是他們現在在我家。

法文日期與時間之表現方式

MP3
P2-L26-03

法文表達日期和時間時是按照：星期、日、月、時間點的順序，且日期最前面要加上定冠詞 le。

<u>le mercredi</u> <u>vingt-trois</u> <u>décembre</u> à <u>vingt et une heures</u>　　十二月二十三日星期三，21 點

　　　星期　　　　日　　　　　月　　　　　　時間點

日期部分除了一號用序數之外，其他都用基數

| le premier | 一號 |
| le deux | 二號 |

搭配介系詞 du... au （從～到～）

| du lundi au vendredi | 從星期一到星期五 |
| du quatorze février au quatorze mars | 從 2/14 到 3/14 |

有月份、日期、星期時，要注意位置順序
日期→月份

| le premier février | 二月一日 |

星期→日期→月份

| le lundi trente mai | 五月三十日星期一 |

星期→日期→月份→時間點

| le mercredi vingt-trois décembre à sept heures du soir | 十二月二十三日星期三，晚上7點 |

文法焦點｜條件式現在時 Le conditionnel

條件式（Le conditionnel）主要是一個表示「可能」的語態，表達出一個狀態或一個動作的可能性，亦即實際上並沒有發生，或是尚未發生，或是把它理解成「可能即將發生」。

動詞的組成

首先來看一下動詞的組成。條件式主要反映在動詞字尾的變化，就像下面這樣，其變化只要依此結構來替換就好了。

條件式現在式 ＝【語幹】單純未來式的語幹＋ r ＋【語尾】未完成過去式的變化語尾

$$\text{chante} \quad + r + \quad \text{-ais, -ais, -ait, -ions, -iez, -aient}$$

↑語尾部分隨主詞變化

言下之意，只要將 er 與 ir 結尾的動詞、不規則動詞的簡單未來時（請見第 14 課的文法）的語幹後面加上如上的語尾即可。

	變化語尾	chanter	partir	entendre
je	－rais	chanterais	partirais	entendrais
tu	－rais	chanterais	partirais	entendrais
il	－rait	chanterait	partirait	entendrait
nous	－rions	chanterions	partirions	entendrions
vous	－riez	chanteriez	partiriez	entendriez
ils	－raient	chanteraient	partiraient	entendraient

être→je serais,......[ʒ(ə) s(ə)rɛ]　　　aller→j'irais,......[ʒirɛ]
avoir→j'aurais,......[ʒɔrɛ]　　　　　　faire→je ferais,......[ʒ(ə) f(ə)rɛ]
vouloir→je voudrais,......[ʒ(ə) vudrɛ]　pouvoir→je pourrais,......[ʒ(ə) purɛ]

用法

· 【表示客氣】以和緩委婉的語氣，表達想做的事、要求、願望等，常用於會話或文章當中。本書的會話中常出現這樣的用法，尤其是 Je voudrais~ 這句。

Ex Je voudrais prendre ça. （在店裡用手指商品）我想要這個。

· 【表示推測】表示對現在或未來的事情進行推測。

Ex Le taux de chômage augmenterait encore. 失業率將會再次攀升。

· 【表示假設】用在與現在事實相反的條件句或假設句，表達出「假設／要是～，就會～」，常與Si一起使用。

Ex Si j'étais toi, je ne changerais pas d'avis. 假如我是你，我不會改變我的想法。

短對話 A ～這個時候這樣問、這樣表達～

 買票

Bonjour, je voudrais deux billets pour la comédie musicale《Notre-Dame de Paris》.
您好，我要兩張歌劇〈鐘樓怪人〉的票。

Oui.
好的。

 買票

Est-ce qu'il vous reste de la place pour ce soir ?
今天晚上這場還有座位嗎？

Il vous faut combien de billets ?
您需要幾張票？

 選定場次

Pour quel jour ?
什麼場次的呢？

Le samedi trente décembre.
十二月三十號星期六那場。

Pour ce soir.
今天晚上。

 選座位

Quelle place préférez-vous ?
請問您要哪一區的座位？

Je voudrais des places au premier balcon.
我要樓廳前座的座位。

選座位

Est-ce que vous avez des places plus au centre ?
有沒有比較中間區的座位。

Non, nous n'y avons plus.
我們已經沒有了。

選座位

Où sont les places au tarif intermédiaire ?
中等價位的座位在哪裡呢？

Les places du premier balcon.
在樓廳前座的座位。

優惠票

Est-ce qu'il y a des tarifs réduits pour les étudiants ?
請問有學生優惠票嗎？

Est-ce que je pourrais bénéficier des réductions en tant qu'étudiant ?
我有學生證，這樣是不是有優惠呢？

Oui, tout à fait.
有，有優惠。

 領取票券

J'ai réservé des billets pour «La belle et la bête», où est-ce que je pourrais les récupérer ?
我已經預訂了<美女與野獸>的票，請問要去哪裡領取門票？

Vous pouvez aller directement au service de la billeterie.
請直接到票務櫃檯領取。

 退票

J'ai réservé des billets pour «La belle et la bête» pour demain, est-ce qu'il est possible de me faire rembourser ?
我預訂了明天<美女與野獸>的票，請問可以退票嗎？

Oui, mais vous devez payer les frais d'annulation.
可以，但會收手續費。

Je suis navré(e), je ne peux plus faire le remboursement.
抱歉，無法退票了。

 邀約

J'ai deux places pour un concert, veux-tu venir avec moi ce soir ?
我有兩張音樂會的票，今晚要一起去聽嗎？

Il y a un spectacle à l'Opéra Bastille, cela te dit de venir avec moi ?
明天在巴士底劇院有表演，你要一起去看嗎？

Avec plaisir.
好呀。

Exercices | 練習題

1. 請依提示，將以下中文翻譯成法文，以完成句子。填入前，請改成適當的形態。

❶ 很肯定的是我的朋友們現在在我家。（sûr）

Il _____ **moi.**

❷ 這樣的話，我將走路去學校。

_____ **.**

❸ 從樓廳的後座可以看得清楚舞台嗎？

Est-ce que nous _____ **?**

❹ 今天晚上這場還有座位嗎？（rester）

_____ **ce soir ?**

❺ 您需要幾張票？（falloir）

Il _____ **?**

❻ 您有沒有比較中間區的座位？

Est-ce que _____ **?**

2. 請聽MP3，並做會話的應答練習。

【Part I：先聽錄音，再做回答】

❶（請注意聽錄音裡對方發問的問題），並請用法文回答【十二月三十號星期六那場】。

❷（請注意聽錄音裡對方發問的問題），並請用法文回答【我要樓廳後座的座位】。

❸（請注意聽錄音裡對方發問的問題），並請用法文回答

【這樣的話，我要訂樓廳的前座】。

❹（請注意聽錄音裡對方發問的問題），並請用法文回答【我要正廳的座位】。

【Part II：先依提示發問，接著會聽到錄音的法文，並填寫正確答案】

❺ 請先用法文發問【有沒有比較中間區的座位？】，並填寫聽到的內容。

正確答案：□ 還有一個　　□ 沒有了

錄音內容：_____

正確答案請見附錄解答篇 p.348

MP3
P2-L26-07

le cinéma 電影院

❶ la comédie musicale	歌舞劇
❷ l'opéra	歌劇
❸ la comédie	喜劇
❹ la tragédie	悲劇
❺ le film d'action	動作片
❻ le film d'horreur	恐怖片
❼ le film fatastique	奇幻片
❽ le film d'amour	愛情片
→la comédie romantique	愛情喜劇片
❾ le film de suspense	懸疑片
❿ le film dramatique	文藝片
⓫ le film de guerre	戰爭片
⓬ le film documentaire	紀錄片
⓭ le film pornographique	成人電影
⓮ le Western	西部片
⓯ les séries	影集
⓰ le film de science-fiction	科幻片
⓱ la comédie musicale	音樂劇
⓲ le concert	音樂演奏會
⓳ le film muet	默劇
⓴ le dessin animé	動畫、卡通

le théâtre 劇院

l'acteur	演員
❶ le rôle principal féminin	女主角
❷ le rôle principal masculin	男主角
❸ le second rôle	配角
❹ le metteur en scène	導演
❺ la place	座位
→le premier balcon	樓廳前座
→le deuxième balcon	樓廳的後座
→le parterre	正廳

Je t'aime.. Moi non plus...

le sous-titrage 字幕

la bande annonce 預告片

法國的歌劇

　　歌劇(Opéra)是一門西方舞台表演藝術，簡而言之就是完全以歌唱與音樂來表達劇情的戲劇，與其他戲劇相較之下的差別在於，歌劇更看重表演者傳統聲樂技巧的音樂元素，現場也由管弦樂團來負責伴奏。

　　歌劇最早出現在17世紀義大利的佛羅倫斯，既而傳播到歐洲各地。法國歌劇的發展始於路易十四統治法國時期，雖然後來的發展比不上義大利與德國的歌劇，但仍創造出獨樹一幟的喜歌劇(Opéra comique)，特色是在歌唱中會有口語對話，其詼諧幽默、諷刺時弊的風格非常受到歡迎。

　　一直到現在，歌劇表演仍被法國人視為一個高尚的藝術欣賞，在各大城市的大歌劇院中所演出的歌劇表演，票價雖昂貴，但喜好歌劇的人仍趨之若鶩。而在較小的表演廳，能以較平價的票價觀賞到歌劇，雖然演員陣容與管弦樂團的陣容稍小，但歌劇的成功就在於這些藝術表演者的完美搭配。

　　筆者在法國生活二十多年，有幸觀看過好幾場歌劇表演，每一次都受歌劇演員的聲樂技巧、舞台動作以及管弦樂團專業的伴奏而感到讚嘆。華麗的舞台與服裝設計、燈光、音響等等，每一個細節都不容許有點差錯。2017年四月，筆者女兒通過試鏡，在歌劇「卡門」中得

到一個演出的機會，雖然只有約七分鐘的表演，卻經過了一個月的聲樂練唱。正式表演的前一週，必須與所有演員一起排演，培養彼此之間的默契、走位，管絃樂團的指揮與導演都在現場督促指導每位演員，每天都必須排演到半夜。在親自看到女兒為了演出所付出的時間與努力，更能體會到所有藝術工作者，為了呈現最好的作品，在背後所付出的辛苦。

在飯店 À l'hôtel

Guillaume :

Bonjour Madame. J'ai réservé une chambre avec deux petits lits pour deux.

La réceptionniste :

À quel nom, s'il vous plaît ?

Guillaume :

Au nom de Dupont.

La receptionniste :

J'ai bien trouvé votre nom, Monsieur. Désirez-vous prendre le petit-déjeuner à l'hôtel avec un tarif préférentiel ?

Guillaume :

Combien cela coûte ?

La réceptionniste :

Huit euros par personne.

> 確認退房時間

Guillaume :

C'est parfait. Le jour de départ, nous pouvons garder la chambre jusqu'à quelle heure ?

La receptionniste :

Onze heures Monsieur.

> 確認寄放行李

Guillaume :

Est-ce qu'il est possible de laisser notre bagage au concierge une fois[*1] que nous aurons quitté la chambre?

La receptionniste :

Bien entendu Monsieur. Voici votre clef. Bon séjour.

紀堯姆：

小姐您好，我預訂了一間兩小床的雙人房。

櫃台接待：

請問您貴姓？

紀堯姆：

我姓杜朋。

櫃台接待：

我找到您的名字了。請問您會想用飯店裡的早餐嗎？有給住宿房客優惠價（想以優惠價方案用飯店裡的早餐嗎）。

紀堯姆：

請問費用是？

櫃台接待：

一個人 8 歐元。

紀堯姆：

好的。請問退房的那天，我們必須幾點退房（能待在房間待到幾點）？

櫃台接待：

早上11點。

紀堯姆：

那退房後，我們可以把行李寄放在飯店嗎？

櫃台接待：

可以的。這是您的鑰匙，祝您住宿期間愉快。

必學單字表現

MP3 P2- L27-02

réserver	(v.)	預訂
chambre	(f)	房間
lit	(m)	床
petit-déjeuner	(m)	早餐
tarif	(m)	價格
préférentiel(le)	(a.)	優惠的
garder	(v.)	保留
départ	(m)	離開
laisser	(v.)	遺留
concierge	(m)	門房
bagage	(m)	行李

NB | 請注意

*1 **une fois que** ＋子句表示「一旦～就～」

會話重點

重點1 J'ai réservé＋名詞（預訂事物）

主要表示「我已經預訂～」，後面可以接房間、餐廳位子等等。réserver une chambre 即「預訂房間」的意思。

Ex. J'ai réservé une chambre pour deux.
我訂了一間雙人房。

Une chambre pour deux 照字面的意思是「一個房間給兩個人」，顧名思義也就是雙人房的意思。我們也可以用 chambre double 來表示「雙人房」，至於 une chambre individuelle/single 則是「單人房」的意思。

重點2 C'est à quel nom 以及 Au nom de... 的用法

C'est à quel nom 表示「以哪個名字做（預訂）」。quel 為疑問形容詞，意指「哪個」，nom 為「姓名」，介詞 à 是在此有屬於的意思。常用在當我們有預訂或預約的場合下，對方會提出的問句。
au nom de~表示「以某某人的名字來做（預訂）」，au 是 à le 的縮寫，也是屬於的意思。

訂房時須知的房型

MP3 P2-L27-03

une chambre simple 單人房

une chambre double (un grand lit)
雙人房（一大床）

une chambre double (deux petits lits)
雙人房（兩單人床）

une suite 家庭房
un studio 套房

前面已經提到過否定型基本的用法與位置,這裡將來了解一下若句中出現助動詞(如 avoir)、分詞、受詞人稱代名詞時,這些元素要擺放的位置。

出現受詞人稱代名詞時

前面學過若出現像是 le, la 之類的直接受詞代名詞的話,其語順為:

$$
ne + \begin{array}{c} le \\ la \\ les \end{array} + 動詞 + pas/plus...
$$

· je ne **la** trouve pas 我找不到她/那個東西
[我] [她][找到][不]

出現avoir+分詞、受詞人稱代名詞時

請見以下語順:

語順規則一:

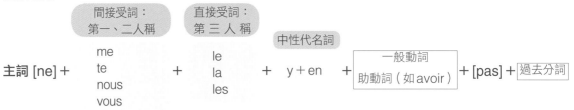

間接受詞: 第一、二人稱		直接受詞: 第三人稱	中性代名詞	一般動詞 助動詞(如avoir)		
主詞 [ne] +	me te nous vous	+ le la les	+ y + en	+	+ [pas] +	過去分詞

語順規則二:

直接受詞: 第三人稱	間接受詞: 第三人稱	中性代名詞	一般動詞 助動詞(如avoir)		
主詞 [ne] + le la les	+ lui leur	+ y + en	+	+ [pas] +	過去分詞

Tu as présenté Marc à mes parents ? 你把 Marc 介紹給我父母了嗎?

—Non, je ne le leur ai pas encore présenté. 還沒,我還沒把他介紹給他們。

Marc   mes parents

短對話 A ～這個時候這樣問、這樣表達～

確認天數

Combien de jours désirez-vous séjourner ?
請問您要待幾天？

Combien de nuits souhaite-riez-vous réserver ?
請問您想要預訂幾晚？

Trois jours/nuits, s'il vous plaît.
三天／三晚。

Du lundi 3 avril au jeudi 6 avril , s'il vous plaît.
從4月3日星期一到4月6日星期四。

確認房型

Quel type de chambre vou-lez-vous réserver ?
您想預訂什麼樣的客房？

Je voudrais une chambre simple avec salle de bains.
我想預定附衛浴的單人房。

Je voudrais une chambre double.
我要一間雙人房。

是否附早餐

Est-ce que c'est une chambre avec le petit-déjeuner ?
請問房間有附早餐嗎？

Est-ce que vous proposez un séjour en pension complète.
請問您推薦的是住宿包含三餐的嗎？

Non, le petit-déjeuner est à part.
沒有，早餐要另外付費。

Tout à fait, nous vous pro-posons trois repas sous forme de buffet.
是的，三餐都是自助式的。

確認人數、房間數

Combien de chambres vou-lez-vous réserver ?
您想預訂幾間房間？

Nous désirons avoir une suite pour cinq personnes.
我們想要一間五人的家庭房。

Nous voulons deux chambres double.
我們想要兩間雙人房。

入住
手續

Avez-vous réservé votre chambre par Internet ?
請問您是網路預訂房間嗎？

Oui, au nom de Dupont.
是的，用杜朋的名字預約的。

Non, je vous ai appelé pour la réservation.
不是的，我是直接打來飯店預約的。

詢問
房型

Avez-vous une chambre avec vue sur la mer ?
請問您有可看到海景的房間嗎？

Malheureusement, je n'en ai plus.
不好意思，我沒有這類房間了。

Bien sûr, mais vous devez payer un supplément.
當然有，不過要另外加價。

寄放
行李

Est-ce que nous pouvons vous confier les valises ?
請問我們可以託您保管行李嗎？

Vous pouvez les laisser à la conciergerie.
您可以留在行李保管處。

寄放
行李

Jusqu'à quelle heure pouvez-vous garder les valises ?
您可以保管房客的行李到幾點？

La conciergerie ferme à vingt-deux heures.
行李保管處晚上十點會關。

交通
工具

Est-ce qu'il y a une station de métro pas loin ?
請問附近有地鐵站嗎？

La station de métro est à cinq minutes à pied.
走路五分鐘就可看到地鐵站。

Le métro est un peu loin, mais il y a un arrêt de bus juste devant l'hôtel.
地鐵站有點遠，但飯店對面就有公車站。

le prix de la chambre	房間價格	
l'acompte	訂金	
l'heure d'enregistrement →**enregistrer**	可入住時間 →入住	
l'heure du check out	退房時間	
check out	退房	
complet	客滿	
le petit-déjeuner inclus	含早餐	
le petit-déjeuner non inclus	不含早餐	
wifi gratuit	有提供免費網路WIFI	
climatisé	有冷氣	
chauffé	有暖氣	
Est-ce qu'il y a des transports en commun à proximité ?	附近有大眾運輸工具嗎？	

補充表達

有空房	des chambres disponibles	可否免費使用洗衣機	Est-ce que je peux utiliser la machine à laver gratuitement ?
取消訂房	annuler la réservation	可否免費使用烘衣機	Est-ce que je peux utiliser le sèche-linge gratuitement ?
加床	ajouter un lit	是否有電梯	Est-ce qu'il y a un ascenseur?
可否免費使用廚房	Est-ce que je peux utiliser la cuisine gratuitement?		

305

Exercices 練習題

1. 請依提示，將以下中文翻譯成法文，以完成句子。填入前，請改成適當的形態。

❶ 我預訂了一間單人房。

_____ .

❷ 請問退房的那天，我們必須幾點退房？

Le jour de départ, _____ ?

❸ 那退房後，我們可以把行李寄放在飯店嗎？

Est-ce qu'il est possible _____

une fois que _____ ?

❹ 我想預訂附衛浴的單人房。

Je voudrais _____ .

❺ 請問您有可看到海景的房間嗎？

Avez-vous _____ ?

❻ 您可以保管房客的行李到幾點？

_____ **les valises ?**

2. 請聽MP3，並做會話的應答練習。

【Part I：先聽錄音，再做回答】

❶（請注意聽錄音裡對方發問的問題），並請用法文回答【我姓杜朋】。
❷（請注意聽錄音裡對方發問的問題），並請用法文回答【星期一到星期三】。
❸（請注意聽錄音裡對方發問的問題），並請用法文回答【我要一間雙人房】。

【Part II：先依提示發問，接著會聽到錄音的法文，並填寫正確答案】

❹ 請先用法文發問【請問房間有附早餐嗎？】，並填寫聽到的內容。

正確答案：□有附　□沒附

錄音內容：_____

❺ 請先用法文發問【我們必須幾點退房？】，並填寫聽到的內容。

正確答案：_____點退房

錄音內容：_____

正確答案請見附錄解答篇 p.349

l'hôtel 飯店

→l'hôtel une étoile / deux étoiles / trois étoiles / quatre étoiles
　一星級／二星級／三星級／四星級飯店
→les auberges de jeunesse 青年旅社
→les résidences de tourisme 短期出租公寓

le hall 飯店大廳

❶ la conciergerie	行李間
❷ la réception	飯店櫃檯
❸ le chariot à bagages	行李推車
❹ le chasseur	行李員
❺ le réceptionniste	接待員
→ le valet de chambre	門僮

la chambre 客房

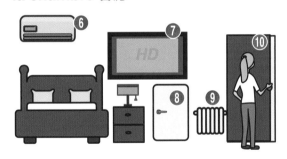

❻ la climatisation	空調
❼ la télévision	電視
❽ le mini-bar	小冰箱
❾ le chauffage	暖氣
❿ le client	房客

le service de réveil 起床服務

le service d'étage 客房清潔服務

⑪ la piscine couverte	室內游泳池
⑫ le gymnase	健身中心
⑬ le restaurant	用餐區；餐廳
⑭ la laverie	洗衣服務

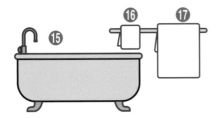

⑮ la baignoire	浴缸
⑯ la serviette	毛巾
⑰ le drap de bain	浴巾

⑱ le numéro de chambre	房間號碼
⑲ la carte magnétique	房卡

補充表達

給小費	donner un pourboire
寄放行李	confier les valises à la conciergerie
向服務人員要開水	demander des bouteilles d'eau
叫客房服務	demander le room service
換房間	changer de chambre
與房東住在一起	séjourner chez le propriétaire
索取地圖	demander un plan
使用廚房	utiliser la cuisine
使用洗衣機	utiliser la machine à laver le linge
使用烘衣機	utiliser le sèche-linge

法國人的度假生活

度假是法國人非常注重的休閒生活，在法國只要擁有CDI(Contrat à durée indéterminée)的工作合約，服務滿一年後，即可擁有至少五個星期的有薪假。法國人非常重視這些假期的安排，由於歐洲得天獨厚的地理因素，加上歐盟成立後，從法國到歐洲各國旅行更為便利。

法國人在國內旅遊時，若是前往像是巴黎、里昂、馬賽這類的大城市，通常會有交通便利及治安問題的考量，因而大多數會選擇住在市中心的飯店或旅館，若是到比較鄉村的觀光地區，則會選擇當地的民宿或短期的別墅出租。

近幾年來，法國各地的民宿或短期公寓出租發展地非常快速，最主要的原因是價格，對於人數較多的大家庭來說有很明顯的影響。原因二是自由度高，因三餐自己準備，所以不受飯店用餐時段的限制，也不受飯店整理房間的時間所干擾。原因三則是民宿的居住環境較為幽靜，不會吵雜。

法國人選擇到鄰近的歐洲國家旅遊時，一部分的人會選擇旅行社所規畫的行程。旅行社會與各國各大型飯店合作，這類的行程包含了交通與食宿，雖然方便但價格上偏高。例如一家四口到西班牙南部海岸度假，若假期為期一個禮拜，其費用約在4,000歐元左右，也因此有越來越多的法國人會自己利用網路資訊去找價位適宜的飯店或民宿。

不管是參加旅行社安排的假期或是自己規畫，尤其是在春假或暑假期間，務必都要提早好幾個月前預訂，通常越早預訂，價格上也會越有優惠。

在旅遊服務中心 À l'office de tourisme

Emilie :

Bonjour, je voudrais visiter Lyon, est-ce que vous pouvez me donner le plan de Lyon ? Je voudrais aussi connaître[*1] les sites intéressants ici.

L'employé :

Oui, bien sûr. Vous voulez le plan en français ou dans d'autres langues[*2] ?

Emilie :

Si vous pouviez m'en[*3] donner un en français et un en chinois, ce serait parfait.

L'employé :

Pas de problème.

介紹景點與優惠

L'employé :

Je vous propose <Lyon City Card>, avec cette carte, vous pouvez avoir des réductions sur les tickets de transport, les billets d'entrée aux musées...etc.

Emilie :

C'est super.

L'employé :

Je peux vous conseiller le site historique de Fourvière, le Vieux-Lyon ainsi que le parc de la Tête d'Or.

Emilie :

Merci beaucoup pour vos conseils.

艾蜜莉：

您好，我想參觀里昂市，請問您能給我里昂市的地圖嗎？我也想知道幾個有趣好玩的景點。

職員：

當然可以，您希望是法文版的地圖，還是其他語言的地圖？

艾蜜莉：

您能給我一份法文版，一份中文版嗎？

職員：

沒問題。

職員：

我建議您用＜里昂旅遊卡＞，有這張卡的話，您可享有一些折扣，例如大眾運輸的票價、博物館門票。

艾蜜莉：

太棒了！

職員：

富維耶的古蹟、里昂舊城區和金頭公園，都是我推薦您值得去看的歷史景點。

艾蜜莉：

謝謝您的建議。

NB | 請注意

[*1] **connaître** 表示「認識，認得，熟悉」之意，而 **savoir** 則帶有「知道，懂得，學會某技能」之意 | [*2] **dans d'autres langues** 表示「其他語言的」| [*3] **en** 代替上一句的 **le plan**

必學單字表現

visiter	(v.)	觀光
plan	(m)	地圖
site	(m)	景點
intéressant(e)	(a.)	有趣的
langue	(f)	語言
carte	(f)	卡片
réduction	(f)	折扣
billet d'entrée	(m)	門票
musée	(m)	博物館
historique	(a.)	歷史性的
vieux, vielle	(a.)	老舊的
parc	(m)	公園
conseil	(m)	建議

會話重點

重點1 je voudrais visiter＋地點、空間名詞

主要表示「我想要參觀～」。visiter 後面要接如地點或空間的名詞，而不能接人或非空間的事物。

Ex J'ai visité la maison de ton ami.
我去過你朋友的家。

重點2 des réductions sur＋優惠的項目

主要表示「在～方面的優惠」。réduction 意指「減價」「折扣」

Ex Y a-t-il une réduction sur les vêtements ?
這些衣服有打折嗎？

Ex Est-ce que c'est possible d'avoir des réductions sur les billets d'entrée aux musées ?
博物館門票是否有可能有優惠呢？

在旅遊服務中心可用到的表達

Est-ce que vous vendez la carte musées ?	這裡有賣博物館通行卡嗎？
Est-ce que vous vendez le billet de~	這裡有賣～的門票嗎？
Est-ce que je peux avoir un plan de ville ?	能索取當地地圖嗎？
Est-ce qu'il y a des toilettes à proximité ?	這附近有廁所嗎？
Qu'est-ce qu'il y a à visiter ici?	這附近的特色是什麼？
Quelles sont vos spécialités culinaires ?	您這裡的美食有什麼？
Est-ce qu'il y a un réseau wifi ici?	這裡有無線網路嗎？
Où est-ce que je pourrais charger mon portable ?	哪裡有充電服務呢？
Où se trouve l'hôpital le plus proche ?	最近的醫院在哪？
L'ouverture est à ~(heures)	～幾點開放入場
La fermeture est à ~(heures)	～幾點閉館／關閉
la période d'ouverture de~	～的開放日期
Y a-t-il des jours à tarif réduit ?	～的票何時有折扣

文法焦點｜假設語氣 si 的用法 2

　　前面第 23 課已經提到符合現在事實的假設語氣，表示「如果～的話，就會～」。這裡將繼續講解以連接詞 si 開頭的假設語氣，但主要是假設「與現在／未來事實相反」的情況，或是表達一個可能性。

【與現在／未來事實相反的假設】表達「如果／要是～，就會～」

　　如果是要進行一個不符合現實事實的假設，或是表達一個可能性時，附屬子句（以 si 開頭）用 l'imparfait（未完成過去時），主要子句用 le conditionnel（條件式現在時）。請見以下規則：

> **Si＋直陳式未完成過去時，條件式現在時**

　　l'indicatif imparfait, le conditionnel présent

　　　　↓ imparfait　　　↓ conditionnel
　　Si j'étais toi, je prendrais le manteau noir.

　　[從屬子句]　　　　　　[主要子句]

　　如果我是你　　　　我會選黑色外套。

　　　je ≠ toi

　　→在這個句子中，主要是在假設「如果我是你」這個不符合現實的條件（因為我不可能是你），所以在 si 引導的附屬子句中用未完成過去時，在主要子句中用條件式，以表示可能性。

【表達可能性，是個禮貌性的用法】表達「若可以～的話，將～」

　　此用法主要是一個可能性、禮貌性的表達時。主要是當你想要提出一個要求，但對方不見得會答應你，因此以假設性的方式請對方協助、接受自己的要求，帶有「若對方可以～的話，那就～」。就如同本課對話中的例句，

　　　　　　　↓ imparfait　　　　　　　　　　↓ conditionnel
　　Si vous pouviez m'en donner un en français...,ce serait parfait.

　　　　　　[從屬子句]　　　　　　　　　　　[主要子句]

　　→在這個句子中，主要是在假設「對方可能會給自己兩份地圖，或可能無法辦到」，以假設性的方式來要求，會顯得比較禮貌，給對方有選擇的空間。

詢問
景點

Est-ce qu'il y a des choses à voir dans les environs ?
這附近有什麼景點嗎？

La tour Eiffel n'est pas très loin.
艾菲爾鐵塔在這附近。

Vous pouvez visiter le jardin des Tuileries à dix minutes à pied d'ici.
走路十分鐘可以到杜樂麗花園。

索取
地圖

Est-ce que vous avez le plan de Paris ?
請問你們有巴黎地圖嗎？

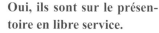

Oui, ils sont sur le présentoire en libre service.
您可以在架上自由取用。

Oui, en quelle langue préférez-vous?
有的，請問您想要哪種語言版本？

購買
票券

Est-ce que je pourrais acheter le Paris museum pass ici ?
請問我可以在這裡買巴黎博物館的套票嗎？

Bien sûr. Quarante-huit euros pour les deux jours.
可以的，兩天的套票48歐元。

購買
票券

Est-ce qu'il y a d'autres formules?
請問有別種套票嗎？

Nous avons aussi le pass de quatre jours à soixante-deux euros, ou celui de six jours à soixante-quatorze euros.
也有62歐元四天的套票或74歐元六天的套票。

當地
活動

Est-ce qu'il y a des expositions au Louvre en ce moment ?
請問羅浮宮現在有特展嗎？

Vous pouvez consulter le site.
您可以查詢官網。

Il y a en ce moment l'exposition Delacroix.
目前有 Delacroix 的特展。

當地導覽

Est-ce que vous proposez des visites organisées ?
請問您們有提供參觀導覽嗎？

Vous pouvez participer au Paris Tour.
您可以參加 Paris Tour。

Tout dépend du nombre des participants.
依報名人數而定。

問路

Comment puis-je me rendre au Louvre?
請問怎麼到羅浮宮？

Vous pouvez prendre le métro ligne une.
您可以搭地鐵一線。

Vous pouvez y aller à pied.
您可以用走的過去。

開放時間

Est-ce que le Louvre sera fermé à 18 heures ?
請問羅浮宮晚上六點關門嗎？

Sauf le mardi et le vendredi, le Louvre ferme à vingt-deux heures quarante-cinq.
除了星期二與星期五，其他天是開到晚上十點四十五分。

開放時間

Est-ce que l'Arc de triomphe est ouvert tous les jours ?
請問凱旋門每天開放嗎？

Oui, tous les jours de dix heures à vingt-trois heures.
是的，每天的早上十點到晚上十一點。

紀念商品

Bonjour. Je peux vous aider ?
您好，我能幫您什麼忙嗎？

Qu'est-ce que l'on pourrait acheter comme cadeaux souvenirs ?
我們可以買什麼紀念品？

J'aimerais bien avoir un livre de peinture de Monet.
我想買一本莫內的畫冊。

Exercices | 練習題

1. 請依提示，將以下中文翻譯成法文，以完成句子。填入前，請改成適當的形態。

❶ 我想知道幾個有趣好玩的景點。

Je voudrais _____ **ici.**

❷ 若您幫我在這間博物館前面拍張照，那就太棒了。（se prendre en photo）

Si vous _____ **,**

ce _____ **parfait.**

❸ 我去過這間博物館。（visiter）

J'ai _____ **.**

2. 請聽MP3，並做會話的應答練習。

【Part I：先聽錄音，再做回答】

❶（請注意聽錄音裡對方發問的問題），並請用法文回答【我想要法文版的地圖】。

【Part II：先依提示發問，接著會聽到錄音的法文，並填寫正確答案】

❷ 請先用法文發問【這附近有什麼景點嗎？】，並填寫聽到的內容。

正確答案：這附近有_____ 這個景點

錄音內容：_____

❸ 請先用法文發問【請問我可以在這裡買巴黎博物館的套票嗎？】，並填寫聽到的內容。

正確答案：□ 可以，套票_____歐元 □ 不可以

錄音內容：_____

❹ 請先用法文發問【請問您們有提供參觀導覽嗎？】，並填寫聽到的內容。

正確答案：□ 有　　□ 沒有　　　□ 視情況而定

錄音內容：_____

❺ 請先用法文發問【請問羅浮宮晚上六點關門嗎？】，並填寫聽到的內容。

正確答案：除了星期_____之外，都開到_____點

錄音內容：_____

正確答案請見附錄解答篇 p.349

l'office de tourisme 旅遊服務中心

❶ l'employé	服務專員
❷ les sites célèbres	知名景點
❸ le bateau-mouche	遊船
→ le métro	地鐵
→ le train	火車
❹ les fêtes locales	當地活動盛事
❺ le plan	地圖
❻ les horaires de bus	公車時刻表
❼ les informations sur les promotions	優惠資訊
❽ le restaurant classé au Guide Michelin	米淇林等級餐廳
❾ la carte postale	明信片

le billet d'entrée au musée	博物館門票	
le billet de la péniche touristique	觀光遊船票	
le billet d'entrée au musée des beaux-arts	美術館門票	

| le pass musées | 博物館通行證 | |
| le billet pour l'Opéra
→ le ticket à tarif réduit
→ le ticket au tarif normal | 劇院門票
→ 學生票
→ 成人票 | |

法國全國知名地區介紹

　　到法國旅遊時，最傷腦筋的事應該就是該從哪一個地區開始，即使大部分人的首選是首都巴黎，然而法國各地的名勝古蹟應有盡有、各具特色，絲毫不遜於巴黎。在這裡把法國分為六區，將各區的景點作個簡單的介紹

　　一、巴黎地區：主要以巴黎市為主，聞名世界的凱旋門、巴黎鐵塔、香樹大道、羅浮宮、奧賽美術館、聖心堂、巴黎聖母院，加上近郊的凡爾賽宮、楓丹白露，讓巴黎成為世界最多人遊覽的城市之一。

　　二、東北地區：最具代表性的城市為史特拉斯堡，這個城市在1871年普法戰爭後，併入當時的德意志帝國，在第一次世界大戰結束後，法國又向戰敗國德國索回史特拉斯堡，所以這個城市在語言上與文化上兼有德法兩國的特點。史特拉斯堡同時也是眾多國際組織總部所在地的城市，被譽為歐盟的「第二首都」。法國的東北區域因為鄰近德國，在建築風格、語言、節慶活動都深受德國的影響。

　　三、中部地區：代表城市為第戎、里昂、安錫、亞維儂。第戎以芥醬（La moutarde）、美食（奶油蝸牛）與勃艮第酒產區產的葡萄酒聞名。里昂為法國的第三大城市，最早以絲綢、紡織業為主要工業，在里昂四區還有許多的公寓，因為當時要放置龐大的紡織機器，所以天花板有四公尺之高。20世紀末，里昂食品業興起，有了「美食之都」之稱，由米其林三星廚師所創設的旅館管理學校BOCUSE，每年都培養出許多傑出的廚師，發揚里昂的傳統美食。安錫、亞維儂、亞爾等也都是極具法國氣息的城市。

　　四、南部地區至蔚藍海岸：盛產薰衣草的普羅旺斯、法國第一大港馬賽、坎城以及尼斯。這一地區最大的特點是全年氣候好、降雨機率低，又因地中海的海岸平坦，海灘就在市中心旁，走在路上就能眺望到大海，因此是法國人最喜歡的消暑勝地。

　　五、西南地區：代表城市為土魯斯、波爾多，以產鵝肝醬聞名。此外，因鄰近西班牙，語言與飲食習慣深受西班牙文化的影響。土魯斯是法國航太工業發展的重鎮；而波爾多近郊分布許多知名酒莊，盛產波爾多酒。

　　六、西北地區：諾曼第半島。從這裡出發，可以順著羅亞爾河參觀中世紀的城堡，半島的北邊則能到聖米歇爾山看潮汐。

　　不論是歷史遺跡、地理環境與人文素養來說，法國當之無愧是最值得旅遊的國家之一。

在博物館 Au musée

Théo :

Bonjour Madame. Je voudrais deux tickets au tarif étudiant pour l'exposition.

L'employée :

Bonjour Monsieur Dame[*1]. Voici vos tickets. Est-ce que vous souhaitez participer[*2] aux visites guidées ? Il y en aura une à 13 heures.

Théo :

Merci Madame, ce ne sera pas nécessaire.

L'employée :

Vous pouvez également louer des casques audio à 15 euros. Bonne visite.

在博物館外面拍照

Mélanie :

Théo, l'extérieur de ce musée est vraiment très original et artistique, n'est-ce pas[*3] ?

Théo :

C'est vrai, nous allons demander à quelqu'un de nous prendre en photo.

Théo :

Bonjour Monsieur, excusez-moi de vous déranger, est-ce que vous auriez la gentillesse de nous prendre en photo devant ce fabuleux musée ?

Un visiteur :

Sans problème.

NB | 請注意

[*1] **Bonjour Monsieur Dame** 是「各位先生小姐您好」的用法 | [*2] **participer à** 表示「參加～」| [*3] **n'est-ce pas** 是附加問句用法，表示「不是嗎」

迪歐：

小姐您好，我想買兩張這個展的學生票。

售票員：

先生小姐你們好，這是你們的票。請問你們想要參加有解說員的導覽嗎？下午一點有一場。

迪歐：

謝謝您，但我們不需要。

售票員：

你們也可以租耳機，一個人是15歐元。祝你們參觀愉快。

梅蘭妮：

迪歐，這個博物館的外觀真的非常特別也很藝術，你不覺得嗎？

迪歐：

是啊！我們來請別人幫我們照張相吧！

迪歐：

先生，不好意思打擾一下，可以請您幫我們跟這棟漂亮的博物館照張相嗎？

遊客：

沒問題。

必學單字表現

MP3 P2- L29-02

ticket	m	門票
tarif	m	費率
exposition	f	展覽
souhaiter	v.	希望
participer	v.	參加
visite	f	參觀
guidé(e)	a.	有人引導的
nécessaire	a.	必要的
également	adv.	一樣
louer	v.	租借
casque	m	耳機
audio	a.	播音的
extérieur	m	外面
musée	m	博物館
original(e)	a.	有創意的
artistique	a.	藝術的
demander	v.	請求
déranger	v.	打擾
gentillesse	f	體貼的言行
fabuleux, -se	a.	令人驚豔的

 會話重點

重點1 demander à＋某人＋de＋做某事

字面意義為「請／要求某人協助做某事」，demander 為「要求」之意。主要用來說明跟誰要某某東西、請誰做某某事。

Ex **Je demande à Pierre un stylo.**
我跟 Pierre 要一枝筆。
=Je lui demande un stylo.

Ex **Je demande à Pierre d'acheter un livre pour moi.**
我請 Pierre 幫我買一本書。

重點2 avoir la gentillesse de＋做某事

主要用在需要請不熟的人給予自己協助時，字面意義為「有做某某事的熱心」「行行好某事」，gentillesse 相當於英文的 kindness。常以 Est-ce que vous avez/auriez la gentillesse de~ 來請對方給予協助。

 到旅遊景點會用到的表達1

MP3 P2-L29-03

A quelle heure est l'ouverture?	這裡的開放時間是？
A quelle heures fermera le musée?	何時閉館呢？
Combien coûte le billet?	請問票價是？
Un billet, s'il vous plaît.	我要買門票。
J'ai la cate d'étudiant.	我有學生證。
Est-ce qu'il y a une exposition de ~	是否有～特展？
Est-ce que vos proposez des visites guidées?	是否有導覽介紹呢？
Est-ce que je peux m'inscrire à cette visite?	是否可以報名這個團的旅遊？
Je voudrais acheter des souvenirs.	我要買紀念品

文法焦點 | 中性代名詞 y 和 en 在句中的位置

這裡來了解一下句子中出現 y 和 en的用法與位置（關於 y 用法請見第2課，en用法請見第13課），以及若搭配否定句型、助動詞時的位置。請先看下面簡單的位置介紹。

y 或 en 出現在句中時

代名詞 en 或是 y 任一出現在句中時，其位置都放在動詞或助動詞前面，若用在否定句時，則放在 ne 後面、動詞或助動詞前面，其語順為：

主詞＋[ne] ＋ en / y ＋動詞／助動詞＋[pas/plus...]

y 和 en 同時出現在句中時

當 en 和 y 同時都出現在句中時，y 會放在 en 前面，其語順為：

主詞＋[ne] ＋ y＋en ＋動詞／助動詞＋[pas/plus...]

· Avez-vous des chambres libres？　　您有空的房間嗎？

　-J　　'en　　 ai une.　　我有一間。

　[我]　[那]　　[有][一間]

　-Je　　n'en　　 ai plus.　　我不再擁有那個了。

　[我]　[那]　　[有][不再]

　＊ en 主要是代替上下文中提到的數量單位的名詞（如des chambres），在回應時，若肯定的話用 en 代替名詞部分，在動詞後面補上數量；若否定的話，則用en... pas/plus等表示。

· Vous êtes allé à la mer hier soir? 您昨晚是不是有去海邊？

　- J　　'y　　 suis　 allé. 我有去。

　[我] [那裡][助動詞][去]

　- Je　　n'y　　 suis　 pas allé. 我沒去。

　[我] [那裡] [助動詞][沒][去]

　＊ y 主要是代替上下文中提到的地點名詞（如à l'école）

· Il y a encore des stylos sur le bureau？ 書桌上還有筆嗎？

　- Oui, il y en a deux.　 有，有兩枝。

　- Non, il n'y en a plus. 沒有了。

· Elle vous a parlé de son avenir？ 她有跟您說過她的未來嗎？

　-Oui, elle m'en a parlé.　　　　 有，她對我說過。

　-Non, elle ne m'en a pas parlé. 沒有，她沒有對我說過。

短對話 A ～這個時候這樣問、這樣表達～

MP3
p2-L29-4

買票

> **Combien de billets voulez-vous acheter ?**
> 您要買幾張票？

> **Deux billets plein tarif, s'il vous plaît.**
> 兩張全票，謝謝。

> **Trois demi-tarif, s'il vous plaît.**
> 麻煩您三張半票。

語音
導覽

> **Voulez-vous louer un audio-guide?**
> 您要租語音導覽嗎？

> **Oui, volontiers.**
> 好的。

> **Non, ce ne serait pas utile.**
> 不用，不太需要用到。

開放
時間

> **Est-ce que le musée d'Orsay est ouvert dès dix heures ?**
> 請問奧賽美術館十點開嗎？

> **Il est ouvert même dès neuf heures trente.**
> 九點半就開了。

開放
時間

> **Est-ce que le musée d'Orsay est ouvert tous les jours ?**
> 請問奧賽美術館每天開放嗎？

> **Non, il est fermé tous les lundis.**
> 不，每個星期一休館。

可否
拍照

> **Est-ce que je pourrais prendre les oeuvres d'art en photos ?**
> 我可以拍藝術品嗎？

> **C'est strictement interdit.**
> 全館禁止拍照。

> **Vous pouvez prendre des photos mais sans flash.**
> 您可以拍但不能使用閃光燈。

請人拍照

Est-ce que vous pouvez nous prendre en photo ?
請問您可以幫我們照相嗎？

Avec plaisir.
非常樂意。

Je vais essayer.
我試試看。

買紀念品

Qu'est-ce qui vous ferait plaisir ?
請問您想買什麼？（有什麼是您喜歡的）

Les peintures de Monet en carte postale.
用莫內的畫做成的明信片。

Des tasses imprimées avec les peintures de Picasso.
印有畢卡索的畫的杯子。

找廁所

Où se trouvent les toilettes, s'il vous plaît?
請問廁所在哪裡?

Elles sont au rez-de chaus-sée.
廁所在一樓。

Les toilettes se trouvent à côté de la billetterie.
廁所在賣票亭的旁邊。

 到旅遊景點會用到的表達2 MP3 P2-L29-06

Est-ce qu'il y a des toilettes près d'ici?	這附近有廁所嗎？
Est-ce qu'il y a un bureau de change près d'ici?	這附近有換匯處嗎？
Est-ce qu'il y a un distributeur près d'ici?	這附近有提款機嗎？
Est-ce que vous proposez le service de détaxe?	這裡可以退稅嗎？
Est-ce que vous pouvez les envoyer à ~	這些東西可否幫我郵寄到～？
Est-ce que je peux payer par carte?	這裡可以刷卡嗎？
Est-ce que vous pouvez faire un prix?	可以算便宜一點嗎？
Esr-ce que ceci est en promotion?	這個有特價嗎？
Est-ce que c'est ouvert ici?	這裡有開放嗎？

Exercices | 練習題

MP3
P2-L29-07

1. 請依提示，將以下中文翻譯成法文，以完成句子。填入前，請改成適當的形態。

❶ 下午一點有一場。（en）

Il _____ aura _____ .

❷ 可否請您幫個忙告訴我巴黎北站在哪裡呢？（avoir la gentillesse de）

Est-ce que _____ la gare du Nord?

❸ 我請Théo幫我買一本書。（demander à... de...）

Je _____ .

❹ 您還有空的房間嗎？－有，我還有一間。

Avez-vous des chambres libres ? -Oui, _____ .

❺ 書桌上還有筆嗎？－沒有了。

Il y a encore des stylos sur le bureau ? -Non, _____ .

2. 請聽MP3，並做會話的應答練習。

【Part I：先聽錄音，再做回答】

❶（請注意聽錄音裡對方發問的問題），並請用法文回答【謝謝您，不需要】。

❷（請注意聽錄音裡對方發問的問題），並請用法文回答【兩張全票，謝謝】。

❸（請注意聽錄音裡對方發問的問題），並請用法文回答【好的，很樂意】。

【Part II：先依提示發問，接著會聽到錄音的法文，並填寫正確答案】

❹ 請先用法文發問【請問奧賽美術館十點開嗎？】，並填寫聽到的內容。

正確答案：_____ 點_____ 分開放入場

錄音內容：_____

❺ 請先用法文發問【我可以拍藝術品嗎？】，並填寫聽到的內容。

正確答案：□ 可以　　□ 不可以

錄音內容：_____

❻ 請先用法文發問【請問廁所在哪裡？】，並填寫聽到的內容。

正確答案：在 _____ 樓

錄音內容：_____

正確答案請見附錄解答篇 p.349

巴黎的旅遊景點

le site touristique 旅遊景點

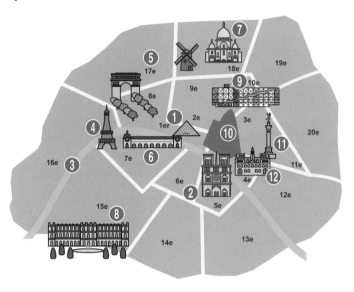

圖中以序數1er ~ 20e 所表示的位置是巴黎的第一區至第二十區。

le premier / le premier arrondissement de Paris 巴黎第一區

❶ le Louvre	羅浮宮
❷ la cathédrale Notre-Dame de Paris	聖母院
→ le musée	博物館
❸ la Seine	塞納河
❹ la Tour Eiffel	艾菲爾鐵塔
❺ l'Arc de triomphe	凱旋門
❻ le musée d'Orsay	奧塞美術館
le musée des beaux arts	美術館
❼ la basilique du Sacré-Coeur	聖心堂
❽ le château de Versailles	凡爾賽宮
❾ le Centre Pompidou	龐畢度中心
❿ Le Marais	瑪黑區
⓫ Place de la Bastille	巴士底廣場
⓬ la place de l'Hôtel-de-Ville	市政廳廣場

補充表達

中文	法文	中文	法文
平面圖	le plan	閉館	la fermeture
旅遊行程路線	l'itinéraire	特展	l'exposition
入口	l'entrée	跟團旅遊	voyager en groupe
出口	la sortie	紀念品店	le magasin de souvenirs
禁止進入	l'interdiction d'entrée	紀念品	le cadeau souvenirs
票價	le prix d'entrée		

法國首都巴黎的重要景點-聖心堂

　　說到巴黎知名的觀光景點，大家耳熟能詳的有凱旋門、香榭里榭大道、協和廣場、艾菲爾鐵塔、羅浮宮、萬神殿、巴黎聖母院以及奧賽美術館等重要景點，都都是非常值得探索的景點。

　　在此想為大家特別介紹聖心堂(Basilique du Sacré-Coeur)，聖心堂座落於巴黎北部的蒙馬特高地上，其建築風格帶有濃厚的羅馬-拜占庭的色彩，建築的食材為石灰華岩，因為會不斷地滲出方解石，讓聖心堂受風化與污染的影響之下，依然保持白色的外觀。進入聖心堂後，它的圓頂上有一幅耶穌聖像，是世界上最大的鑲勘畫之一，其意義代表著耶穌復活後，身穿白衣、打開雙臂，讓人可以看到祂的心。教堂裡的彩繪玻璃，聖經人物的雕像還有大管風琴都是非常令人感到讚嘆的。

　　聖心堂同時也是一個觀看巴黎全景的好地方，在聖心堂出口左側的拱頂上，可以看到巴黎市景，因為教堂離市中心有一點距離，加上它位於一個高地上，所以從聖心堂拱頂俯瞰巴黎市景，好像是從空中俯瞰，可看到的景象更會因光線的照射而顯得變化多端，不過若您想要徒步爬上聖心堂拱頂的話，可要先有心理準備，因為一共要走300個階梯。

　　聖心堂所在的蒙馬特區也是一個非常值得遊覽的地區，由於許多的藝術家如達利、莫內、梵谷、畢卡索都曾在這裡進行創作活動，所以一直到現在仍可在此看到許多藝術家在街頭作畫，如果想擁有一張自己的肖像畫，不妨來這裡逛逛。除此之外，這裡也曾是法國夜生活的要地，像是紅磨坊(Moulin rouge)、狡兔酒吧(Lapin Agile)都是曾經風光一時的夜生活場所，不過因為客源漸漸移轉到香榭大道上的夜生活，而漸漸地沒落了。

Leçon 30

在滑雪場 À la station de ski

Laurent :

Bonjour Madame. Je voudrais louer des skis et des chaussures.

L'employée :

Quelle est votre pointure ?

Laurent :

Je chausse du 42.

L'employée :

Auriez-vous besoin de bâtons ?

Laurent :

Oui, s'il vous plaît.

L'employée :

Auriez-vous besoin d'autre chose ?

Laurent :

Je voudrais louer un snowboard également. C'est combien la location ?

L'employée :

C'est dix euros la journée et cinquante euros la semaine.

Laurent :

C'est parfait.

羅蘭：

小姐您好，我想租雪具與雪鞋。

職員：

請問您的鞋子穿幾號？

羅蘭：

42號。

職員：

請問您需要滑雪杖嗎？

羅蘭：

需要。

職員：

您還需要其他東西嗎？

羅蘭：

我也需要一個滑雪板，請問租借的費用是多少？

職員：

租一天是十歐元，租一個星期是五十歐元。

羅蘭：

好的。

必學單字表現

MP3 P2- L30-02

ski	**m**	滑雪板
chaussure	**f**	鞋子
pointure	**f**	鞋帽、衣服、手套的尺寸
chausser	**v.**	穿鞋
bâton	**m**	滑雪杖
snowboard	**m**	滑雪板
location	**f**	租借
également	**adv.**	同樣地

會話重點

重點1 主詞＋chausse du＋尺寸

主要是針對鞋子尺寸來表示「～穿幾號鞋」，動詞 chausser 意指「穿鞋」，後面加上 du（=de+le）和尺寸就能表達出自己要穿幾號鞋。

Ex **Nous chaussons du 42.**
我們都穿 42 號鞋。

重點2 C'est ＋金額＋ la journée/semaine

主要是針對出租某事物的相關問句，詢問租借某東西一段時間所需要的費用是多少，金額後面的 la journée（每天）或 la semaine（每週）表示時間長度，用定冠詞 la 來表示「每一」。因為是一段時間，所以用陰性的 la journée，以表示「一整天」。

常見的滑雪活動

MP3 P2-L30-03

le ski 滑雪

le ski de fond 越野滑雪

la motoneige 雪上摩托車

la patinage de vitesse 競速滑冰

la planche de snowboard 滑雪板

文法焦點 | 不定形容詞、不定代名詞

　　在法文的對話中，常會出現一些像是 tout（全部）、quelque ＋名詞（某些）、quelqu'un（某人）等等不特定的人事物，這裡就要介紹這些用來表達不明確對象的不定形容詞及不定代名詞。以下先用 tout 來舉例。

tout 的不定形容詞用法
　　既然是不定形容詞，也就表示它是用來修飾名詞的。不過，這些不定形容詞，像是 tout 都是有陰陽性單複數的形態，而且 tout 會搭配定冠詞 les 來使用，其用法與形態如下。

　　[陽性單數] tout le temps 隨時　　**[陰性單數]** toute la journée 整天
　　[陽性複數] tous les jours 每天　　**[陰性複數]** toutes les filles 所有的女孩

tout 的不定代名詞用法
　　主要用來加強句中的主詞 tout 也可以當作是主詞，而且同樣有陰陽性、單複數的形態。

【主詞位置】
　　[陽性單數] Tout va bien ？一切都還好嗎？
　　[陽性複數] Où sont mes livres ？我的書在哪？
　　　　　　　　　-**Tous** sont sur l'étagère. 全都在書架上。

【強調句中主詞】
　　Mes chalets sont **tous** loués. 我的小木屋全都租出去了。

　　＊隨主詞產生陰陽性單複數變化

各類不定形容詞／代名詞

不定形容詞		不定代名詞	
tout/toute... ＋定冠詞＋名詞	所有的～	**tout/toute...**	一切，所有的人事物
chaque ＋名詞	各自的～，每一個～	**chacun(e)**	每個人，各自
quelques ＋名詞	一些的～，幾個～	**quelques-un(e)s**	一些事物，一些人
plusieurs ＋名詞	許多的～	**plusieurs**	許多人，好幾個人，許多事物
d'autres ＋名詞 其他幾個～（事物），其他幾個～（人）		**d'autres**	其他事物，其他人
certain(e)s ＋名詞	某些～，某幾個～	**certain(e)**	某些東西，某幾個人
quelqu'un	誰，某人		
quelque chose	某物，某件事		
n'importe quoi/qui/où... 無論是什麼／誰／何處			

短對話 A ～這個時候這樣問、這樣表達～

預約

Est-ce que votre chalet est disponible pour la semaine du 4 au 11 février ?
請問二月四號到十一號那個禮拜，您的小木屋是空著的嗎？

Je suis désolé(e), mes chalets sont tous loués.
不好意思，我的小木屋全都租出去了。

Il me reste un appartement pour quatre personnes.
我只剩下一間四人房。

租雪具

Est-ce que je peux louer des skis et des chaussures de ski ?
我可以租滑雪板跟雪鞋嗎？

Bien sûr, votre pointure s'il vous plaît ?
當然，請問您的鞋碼是多少？

Avez-vous besoin aussi de bâtons de ski ?
您也需要雪杖嗎？

尺寸

Quelle pointure faites-vous ?
您穿幾號鞋？

Je chausse du 38.
我穿三十八號。

其他裝備

Est-ce que le casque vous va ?
請問頭盔合適嗎？

Je vais l'essayer.
我試一下。

其他裝備

Faites-vous la location de raquettes ?
請問你們有出租散步用的雪鞋嗎？

Oui, cinq euros la paire.
有的，一雙五歐元。

Nous pouvons faire une remises si vous louez 4 paires.
如果您租四雙可以打折。

329

Combien coûte la location de l'équipement de ski ?
請問租用一套滑雪用具的費用是多少？

Environ soixante-dix euros par semaine.
租用一個星期約七十歐元。

C'est variable selon vos besoins.
要看您的需要。

Est-ce que la piste noire est fermée aujourd'hui ?
請問今天最危險的滑雪道是關閉的嗎？

Oui, il y a des risques d'avalanches.
是的，有雪崩的可能性。

Pas du tout, la neige est bonne.
不是，是開放的，今天的雪滑起來會很棒。

Est-ce que je pourrais m'inscire au cours de ski ?
我可以報名滑雪課程嗎？

Bien sûr, préférez-vous le cours du matin ou de l'après-midi ?
當然可以，早上的班還是下午的班？

Est-ce que je pourrais choisir le moniteur ?
我可以選滑雪教練嗎？

Uniquement pour le cours particulier.
如果是個人班才能選。

Exercices | 練習題

1. 請依提示，將以下中文翻譯成法文，以完成句子。填入前，請改成適當的形態。

❶ 請問您的鞋子穿幾號？

_____ ?

❷ 我鞋子穿 42 號。

Je _____ .

❸ 您還需要其他東西嗎？（avoir besoin de）

Auriez- _____ ?

❹ 租一天是十歐元。

C'est _____ .

❺ 我的書在哪？－全都在書架上。

Où sont mes livres ? - _____ **l'étagère.**

2. 請聽MP3，並做會話的應答練習。

【Part I：先聽錄音，再做回答】

❶（請注意聽錄音裡對方發問的問題），並請用法文回答【我穿三十八號】。

❷（請注意聽錄音裡對方發問的問題），並請用法文回答【我試一下】。

【Part II：先依提示發問，接著會聽到錄音的法文，並填寫正確答案】

❸ 請先用法文發問【請問你們有出租散步用的雪鞋嗎？】，並填寫聽到的內容。

正確答案：□ 有，一雙_____ 歐元　　　□ 沒有

錄音內容：_____

❹ 請先用法文發問【請問二月四號到十一號那個禮拜，您的小木屋是空著的嗎？】，
並填寫聽到的內容。

正確答案：□ 有，還有_____間　　　□ 都滿了

錄音內容：_____

❺ 請先用法文發問【請問租用一套滑雪用具的費用是多少？】，並填寫聽到的內容。

正確答案：租用_____（多久）總共 _____ 歐元

錄音內容：_____

正確答案請見附錄解答篇 p.350

la station de ski 滑雪場
→la saison de ski 滑雪季節
→le domaine skiable 滑雪度假區

❶	le magasin de location de skis	雪具租賃中心
❷	le chalet	山區小屋
❸	le télésiège	電動纜車
❹	la piste	滑雪道

l'équipement de ski 雪具

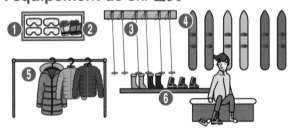

❶	le masque de ski	護目鏡
❷	les gants de ski	滑雪手套
❸	le bâton de ski	滑雪杖
❹	les skis	滑雪板
❺	la combinaison de ski	雪衣
❻	les chaussures de ski	雪鞋

❼	le cache-oreilles	耳罩
❽	le bonnet	雪帽
❾	le pantalon de ski	滑雪褲
❿	la chaîne	防滑鍊
⓫	le chasse-neige	剷雪機
⓬	la luge	雪橇

補充表達

滑雪	skier
乘雪橇	faire de la luge
融雪	la neige fondue

法國的滑雪文化

歐洲是四季分明的大陸型氣候，每個季節在環境景觀上都有其特色，而法國又得天獨厚，三面環海，位於歐洲大陸的中央位置，所以夏季不如南歐燥熱，冬季不如北歐嚴寒，春秋兩季是最舒服的季節。法國的冬天，山區約從11月份起就會開始下雪，一直持續到隔年3月底，所以12月到3月是最佳的滑雪季節。

法國有兩大山區可提供滑雪運動：阿爾卑斯山與庇里牛斯山。阿爾卑斯山的風景極為優美，距離德國、瑞士、義大利的滑雪區不遠，是愛好滑雪者的首選。為了推廣滑雪運動，法國所有的學校會在二月放兩個星期的滑雪假，全國分成三個區域來錯開放假的日期，為的就是不造成滑雪場人滿為患，發生危險。

滑雪假期期間，山區小屋的租期以一個星期為單位，這類型的小屋可容納四到五人，內附衛浴設備及廚房，非常適合一般的小家庭；在比較大型的滑雪場則可以找到食宿全包的大型旅館。年輕學生基於經濟上的考量，可以參加旅行社舉辦的週末兩日滑雪活動，內含交通費、住宿費以及雪具的租借費用，價格約在100到150歐元。

滑雪運動雖稱不上是貴族運動，然而並不是每個家庭都能負擔得起，除了交通與住宿的費用外，還必須租借雪具、雪鞋，雖然雪衣可自備，但整套雪衣的裝備也介於200到600歐元。在滑雪場還需要額外負擔搭乘電動纜車的費用，一天約25-40歐元。即便如此，滑雪運動在法國還是非常的盛行，來法國念書的學生們，可以把握難得的機會，嘗試這個在台灣無法體驗到的樂趣，唯一要注意的是滑雪運動是一個危險度高、講求高度技巧的運動，一定要特別注意安全。

MEMO

Bonus 額外收錄的對話－在酒莊

Leçon 1

在酒莊 Au domaine vinicole

Le guide :

Bienvenu à notre visite-dégustation au domaine Marey. Nous sommes en train de passer devant le vignoble. Regardez toutes ces grappes de raisins qui sont mûres et prêtes à être vendangé. Nous allons commencer les vendanges dans une semaine.

Emilie :

C'est magnifique.

Le guide :

Nous sommes arrivés. Je vous prie de me suivre pour visiter nos caves où le vin vieillit en fût de chêne. Je vous propose ensuite de déguster une bouteille de bourgogne pinot noir.

Emilie :

Ce vin rouge est de quelle année?

Le guide :

Il est de 2014, regardez sa jolie couleur rubis, c'est un vin avec beaucoup de caractère. Il accompagnera parfaitement une viande rouge grillée ou un gibier.

Emilie :

J'aime bien ce goût fruité qui reste dans la bouche. Merci bien pour la dégustation.

Le guide :

Je vous en prie, Madame. C'est un immense plaisir.

導覽員：

歡迎各位參加酒莊品酒之旅。您現在所看到的，是布根地Marey的葡萄園，請看這些葡萄，已到成熟可採收的階段，再過一個禮拜，我們就要採收葡萄。

艾蜜莉：

哇，好壯觀喔！

導覽員：

我們到了。接下來請大家跟我來，我帶各位到釀酒工坊參觀釀酒的橡木酒桶。接下來，我請大家品嘗一瓶布根地黑皮諾品種的葡萄所釀造的酒。

艾蜜莉：

這瓶紅酒是哪一年的？

導覽員：

這瓶紅酒是2014年出產，請看它紅寶石般的顏色，是一個非常有特色的酒，搭配燻烤的肉類或野禽類非常適合。

艾蜜莉：

我很喜歡喝下去後，它留在嘴巴裡的味道，謝謝您提供的酒。

導覽員：

不客氣，這是我的榮幸。

與酒莊相關的單字

❶ le domaine　　　　酒莊
→ la cave　　　　　酒窖
❷ le propriétaire　　莊主

❸ la vigne　　　葡萄園
❹ le raisin　　　葡萄

❺ le fût de chêne　　橡木桶
❻ le barman　　　　酒保

❼ le vin rouge　　紅酒
❽ le vin blanc　　白酒
❾ le cidre　　　　蘋果酒
❿ le champagne　　香檳
⓫ le rosé　　　　玫瑰紅酒

⓬ l'apéritif　　　開胃酒
⓭ le digestif　　餐後酒
⓮ le kir　　　　基爾酒
⓯ le whisky　　威士忌
⓰ le cognac　　干邑白蘭地
⓱ la verveine　　馬鞭草酒

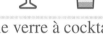

❶ le verre à pied　　　高腳酒杯
❷ le verre à whisky　　威士忌杯
❸ le verre à porto　　甜酒杯
❹ le verre à liqueur　　烈酒杯

❺ le verre à cocktail　　雞尾酒
❻ le cocktail　　　　雞尾酒
❼ l'eau-de-vie　　　烈酒
❽ la bière　　　　啤酒

337

【解答篇】

1.

1. trouve　　2. Comment　　3. aller au
4. avec　　5. Où sommes

2.

1.
錄音內容：**Bonjour, est-ce que je peux vous aider ?**
　　　　您好。請問有什麼需要幫忙的嗎？
回答內容：**Je voudrais acheter un ticket de bus.**

2.
錄音內容：**Où se trouve la station du bus 251 ?**
　　　　251路公車的車站在哪裡？
回答內容：**Vous allez tout droit et tournez à droite.**

3.
錄音內容：**Où est la sortie numéro 6 ?**
　　　　6號出口在哪裡？
回答內容：**C'est par là.**

4.
錄音內容：**Comment aller à Paris ?**
　　　　要怎麼到巴黎？
回答內容：**Vous pouvez prendre le bus.**

5.
錄音內容：**Est-ce que l'arrêt de bus est par là ?**
　　　　請問公車站是往那邊嗎？
回答內容：**Non, c'est par ici.**

3.

1.
錄音內容：**Vous pouvez prendre le bus 350.**
　　　　您可以搭350路公車。
回答內容：**Où se trouve l'arrêt du bus 350 ?**

2.
錄音內容：**La station se trouve juste à la sortie du terminal 2.**　該車站就在第二航廈前。
回答內容：**Comment puis-je acheter le ticket ?**

3.
錄音內容：**Vous pouvez prendre le bus ou le métro.**
　　　　您可搭公車或地鐵。
回答內容：**Puis-je acheter le ticket de bus au guichet ?**

4.
錄音內容：**Nous sommes à la sortie (numéro) 15 du terminal 2.**　這裡是第2航廈的15號出口。
回答內容：**Où est / se trouve la sortie (numéro)21 ?**

5.
錄音內容：**Tournez à droite et vous allez voir la sortie (numéro) 17.**
　　　　右轉後會看到17號出口。
回答內容：**Est-ce que l'arrêt du bus 231 se trouve juste à la sortie ?**

1.

1. voudrais aller　　2. Quel bus　　3. prendre
4. le plus proche　　5. Où puis-je

2.

1.
錄音內容：**Quel bus puis-je prendre ?**
　　　　我能搭幾號線公車呢？
回答內容：**Vous pouvez prendre la ligne 10.**

2.
錄音內容：**Où puis-je trouver l'arrêt du bus 10 ?**
　　　　10 路公車站牌在哪裡？
回答內容：**Vous allez continuer tout droit encore dix mètres environ.**

3.
錄音內容：**Est-ce que ce bus va à la gare ?**
　　　　這班公車是往車站的嗎？
回答內容：**Non, vous devez prendre le bus 3.**

4.
錄音內容：**Quel bus dois-je prendre pour aller au Louvre ?**
　　　　到羅浮宮需要坐幾號線公車？
回答內容：**C'est le bus 30.／Vous pouvez prendre la ligne 30.**

5.

錄音內容：**Est-ce que l'arrêt de bus est loin ?**
請問公車站遠嗎？

回答內容：**Non, l'arrêt se trouve en face.**

3.

1.

錄音內容：**Le départ est à 10 heures 20.**
10:20發車。

回答內容：**Un ticket journée, s'il vous plaît.**

2.

錄音內容：**Cela vous fait trois euros.**
這樣是3歐元。

回答內容：**Combien d'arrêt y a-t-il ?**

3.

錄音內容：**Le prochain partira dans 20 minutes.**
下一班將在20分鐘後發車。

回答內容：**Où se trouve l'arrêt ?**

4.

錄音內容：**Vous devez prendre le bus 8.**
您得搭8路公車。

回答內容：**Est-ce que l'arrêt de bus est loin ?**

5.

錄音內容：**Vous êtes à l'arrêt de la Gare du Nord.**
您現在在巴黎北站。

回答內容：**Est-ce que l'arrêt de la Gare de l'Est est passé ?**

Leçon 3   P.83

1.

1. **ticket de métro**   2. **je voudrais acheter**
3. **avec le distributeur.**   4. **montrer comment faire**
5. **en espèces** , **en carte bleue.**

2.

1. **Choisissez la quantité !**

2. **Appuie sur le bouton !**

3. **N'oublions pas de récupérer notre monnaie!**

4. **Passez-moi l'assiette !**

5. **Ne retire pas ta carte de crédit !**

Leçon 4   P.91

1.

1. **Je vais à la station de Concorde.**

2. **Il faut prendre la direction <Porte Dauphine >.**

3. **Vous allez descendre au prochain arrêt.**

4. **Vous devez changer à la station Invalides.**

5. **Le métro s'approche de l'arrêt.**

2.

1. **voudrions**   2. **bon**   3. **prendre** 4. **Il faut** 5. **arrive**

3.

1.

錄音內容：**Est-ce que nous sommes dans le bon métro ?**
請問我們坐對車了嗎？

回答內容：**Vous devez prendre le métro dans l'autre sens.**

2.

錄音內容：**Est-ce que ce métro s'arrête à la station de Jasmin ?** 這列車有停靠 Jasmin 站嗎？

回答內容：**Non, vous vous êtes trompé de direction.**

3.

錄音內容：**(Est-ce que) je suis dans le bon métro pour aller à la station de Bastille ?**
去巴士底站是坐往這個方向的列車嗎？

回答內容：**Vous devez prendre la ligne 5.**

4.

錄音內容：**Est-ce que c'est la ligne directe pour aller au musée d'Orsay ?**
這號線列車有直達奧賽美術館嗎？

回答內容：**Vous devez changer à la station Invalides.**

Leçon 5   P.99

1.

1. **part**   2. **fait**   3. **convient**   4. **plaît**   5. **voulez**

2.

1. **(A) Demain matin à 8 heures.**

2. **(C) Six heures et quart.**

3. **(C) Je voudrais partir à 20 heures.**

4. **(A) Il y a encore de la place dans le train de 15h.**

5. **(B) Vous aurez un train le samedi vers trois heures moins le quart.**

3.

1.

錄音內容：**Quand est-ce que vous voulez partir ?**
您想要什麼時候出發？

回答內容：**Est-ce qu'il est possible de partir ce matin ?**

2.

錄音內容：**A quelle heure voulez-vous arriver à l'aéroport ?**
您要幾點抵達機場？

回答內容：**Demain matin à 10 heures et demie/trente.**

3.

錄音內容：**Vous voulez un aller-simple ou un aller-retour ?**
您要單程還是來回票？

回答內容：**Un aller-retour.**

4.

錄音內容：**C'est pour combien de personnes ?**
請問您需要幾張？

回答內容：**Deux places, s'il vous plaît.**

5.

錄音內容：**Et pour le retour ?**
那回程呢？

回答內容：**Le lundi 23 janvier, si possible.**

Leçon 6   P.107

1.

1. **Je voudrais louer une voiture pour quatre personnes.**

2. **C'est pour une semaine.**

3. **La location est à 210 euros la semaine.**

4. **Cela vous fait un total de 320 euros.**

5. **Il suffit de nous prévenir par avance.**

2.

1.

錄音內容：**Pour combien de temps voulez-vous louer ?**
您想要租多久呢？

回答內容：**Pendant 5 jours.**

2.

錄音內容：**Quelle gamme de voiture préférez-vous ?**
您要哪種車呢？

回答內容：**(Je voudrais) une (voiture) moyenne.**

3.

錄音內容：**Quel jour préférez-vous pour récupérer la voiture ?** 您打算哪一天取車呢？

回答內容：**Demain après-midi.**

4.

錄音內容：**Quand est-ce que vous pensez rendre la voiture ?**
您打算何時還車呢？

回答內容：**Après-demain matin à 10 heures.**

5.

錄音內容：**C'est pour combien de temps ?**
這是要租幾天的。

回答內容：**C'est pour une semaine.**

Leçon 7   P.117

1.

1. **la bonne**   2. **faut-t-il**   3. **paraît**

4. **tournez à droite.**   5. **près d'ici** 或 **aux alentours**

2.

1. **Vous ne tournez pas à gauche.**   您不要左轉。

2. **Vous n'êtes pas loin.**   您就在不遠處。

3. **Ma mère ne le mange jamais.**   我媽從不吃這個。

4. **Je ne connais personne.**   我一個人都不認識。

5. **Il n'aime ni les chats ni les chiens.**
他不喜歡貓也不喜歡狗。

Leçon 8   P.125

1.

1. **prenons**   2. **en entrée**   3. **voulez-vous**   4. **L'addition**

2.

1.

錄音內容：**Vous êtes combien de personnes ?**
你們有幾位？

回答內容：**Nous sommes cinq personnes.**

2.

錄音內容：**Avez-vous choisi, s'il vous plaît ?**
您選好要吃什麼了嗎？

回答內容：**Je prends un saumon. / Un saumon, s'il vous plaît.**

3.

錄音內容：**Quelle cuisson pour votre entrecôte ?**
您的牛排要幾分熟？

回答內容：**À point, s'il vous plaît.**

4.

錄音內容：**C'est tout ?**
就這樣嗎？

回答內容：**Je prends un jus d'orange. / Un jus d'orange, s'il vous plaît.**

3.

1.

錄音內容：**Avez-vous choisi ?** 您選好要吃什麼了嗎？

回答內容：**Quel est le plat du jour ?**

2.

錄音內容：**Pour le plat du jour, on a entrecôte et saumon rôti.** 今日特餐部分，我們有牛排和烤鮭魚。

回答內容：**Qu'est-ce que vous recommendez ?**

3.

錄音內容：**Pour l'entrée, on a de la soupe à l'oignon.**
前菜部分，我們有洋蔥濃湯。

回答內容：**La soupe, ça a quel goût ?**

4.

錄音內容：**Pour le dessert , on a tarte et fondant au chocolat.**
甜點部分，我們有餡餅和熔岩巧克力蛋糕。

回答內容：**La tarte, c'est épicé ?**

Leçon 9　　P.133

1.

1. **un, un**　　2. **du**　　3. **un**　　4. **de la**　　5. **des**

2.

1.

錄音內容：**Bonjour. Vous désirez... ?**
小姐您好，您要點什麼？

回答內容：**Ceci est une quiche aux lardons ?**

2.

錄音內容：**Sur place ou à emporter ?**
請問要內用還是外帶？

回答內容：**A emporter, s'il vous plaît.**

3.

錄音內容：**Qu'est-ce que vous prenez ?**
您要點什麼?

回答內容：**Une baguette, s'il vous plaît.**

4.

錄音內容：**Voulez-vous commander un menu ?**
您要點套餐嗎？

回答內容：**Non, je voudrais prendre à la carte.**

5.

錄音內容：**Voulez-vous un petit café ou un grand ?**
您的咖啡要小杯還是大杯呢？

回答內容：**Un petit, s'il vous plaît.**

6.

錄音內容：**Désirez-vous autre chose?**
您還要加點什麼嗎？

回答內容：**Non, ça ira. Merci.**

7.

錄音內容：**Est-ce que je vous donne un sac?**
我給您個袋子裝起來，要嗎？

回答內容：**Non, (ça ira.) C'est pour manger tout de suite.**

Leçon 10　　P.141

1.

1. **Quel, à**　　2. **êtes, venu**　　3. **pour**　　4. **en**　　5. **depuis**

2.

1. **Comment tu t'appelles ?**　　你叫什麼名字？

2. **D'où viens-tu ?**　　你從哪裡來？

3. **J'ai envie de visiter la France.**　　我想去法國玩。

4. **Les gens sont très sympathiques.**　　人們非常友善。

5. **L'exposition m'intéresse.**　　我對這展覽有興趣。

3.

1.

錄音內容：**Pourquoi es-tu venu en Grande Bretagne ?**
你為什麼來英國呢？

回答內容：**Je voudrais améliorer mon niveau d'anglais**

2.

錄音內容：**Pourquoi es-tu venu aux Etats-Unis ?**
你為什麼來美國呢？

回答內容：**Je chercher un travail aux Etats-Unis.**

3.

錄音內容：**Pourquoi es-tu venu au Danemark ?**
你為什麼來丹麥呢？

回答內容：**Je viens pour les études au Danemark.**

4.

錄音內容：**Pourquoi es-tu venu à Singapour ?**
你為什麼來新加坡呢？

回答內容：**Je viens pour un séjour linguistique à Singapour.**

5.

錄音內容：**Pourquoi es-tu venu au Japon ?**
你為什麼來日本呢？

回答內容：**Je viens pour un programme d'échange au Japon.**

Leçon 11   P.151

1.

1. **Je vous lui passe.**   2. **Je voudrais lui parler.**

3. **Pourriez-vous lui dire de rappeler Paul ?**

4. **Nous lui achetons un cadeau.**   5. **Il leur écrit.**

6. **Elle m'achète une montre.**

7. **Tu peux leur passer le message ?**

2.

1.

錄音內容：**Je voudrais parler à Mélanie, est-ce qu'elle est là ?** 您好。我要找梅蘭妮，請問她在嗎？

回答內容：**C'est de la part de qui, s'il vous plaît ?**

2.

錄音內容：**Est-ce que Mélanie est disponible ?**
請問梅蘭妮在嗎？

回答內容：**Un instant, s'il vous plaît.**

3.

錄音內容：**Mélanie est déjà en ligne.**
梅蘭妮在忙線中。

回答內容：**Entendu, je rappellerai.**

4.

錄音內容：**Vous vous êtes trompé de numéro.**
您打錯電話囉。

回答內容：**Je suis désolé(e). Est-ce que je suis bien au 06 82 32 15 65 ?**

Leçon 12   P.161

1.

1. à côté des   2. en, sur, en face des   3. par

4. sur   5. au fond de

2.

1. **Ils sont à côté de la poissonnerie.**

2. **Est-ce que vous avez des cotons-tiges ?**

3. **Est-ce que les produits de nettoyage sur ce rayon sont en promotion ?**

4. **Combien cela fait-il en tout ? / Il fait combien ?**

5. **Tous les produits sont à vingt pourcents.**

3.

1.

錄音內容：**Où sont les fruits ?** 請問水果在哪裡？

回答內容：**Ils sont à côté de la poissonnerie.**

2.

錄音內容：**Combien cela fait-il en tout?**
這樣一共是多少錢呢？

回答內容：**Quinze euros en tout.**

3.

錄音內容：**Voulez-vous payer par carte ou en espèces ?**
您要刷卡還是付現呢？

回答內容：**Je vais payer en espèces.**

4.

錄音內容：**Où se trouvent les boîtes de thon ?**
請問鮪魚罐頭放在哪裡？

回答內容：**Ils se trouvent au deuxième rayon sur votre droite.**

5.

錄音內容：**Je peux vous aider ?**
有什麼是我能幫您的嗎？

回答內容：**Je chercher le rayon boulangerie.**

Leçon **13**   P.171

1.

1. **(A) Je voudrais une livre de carottes, s'il vous plaît.**

2. **(C) Deux kilos de farine, s'il vous plaît.**

3. **(B) Je voudrais une boîte d'oeufs.**

4. **(A) Les fromages de chèvre sont à deux euros trente la pièce.**

5. **(C) Les huîtres, c'est douze euros le plateau.**

2.

1. **Combien vous en voulez ?**   2. **Paul en a deux.**

3. **Si vous en achetez deux, vous aurez trente pourcents de réduction.**   4. **J'en reviens.**

3.

1.

錄音內容：**Combien coûte une livre de haricots verts ?**
請問 500 公克的四季豆多少錢？

回答內容：**Trois euros cinquante la livre.**

2.

錄音內容：**Ce sera tout ce qu'il vous faut ?**
就這些嗎？

回答內容：**Oui, ce sera tout.**

3.

錄音內容：**Combien vendez-vous vos huîtres ?**
請問您這裡的生蠔怎麼賣？

回答內容：**Douze euros le plateau.**

4.

錄音內容：**Combien coûtent les oranges ?**
請問柳橙的價格是多少呢？

回答內容：**Deux euros cinquante le kilo.**

5.

錄音內容：**Bonjour. Vous désirez... ?**
您好，您想要（找什麼）？

回答內容：**Je voudrais (acheter) deux kilos de farine.**

Leçon **14**   P.181

1.

1. **Nous irons à Paris l'été prochain.**

2. **Cet hiver, il fera froid à Taïwan.**

3. **Un jour, je fermerai mon compte.**

4. **Ça ira.**   5. **Je serai très content de te voir.**

2.

1. **(B) Je vais partir.**   2. **(A) Il va pleuvoir.**

3. **(C) Ils partiront cet après-midi.**

4. **(C) Nous aimons ce film.**

5. **(C) Elle ne vendra pas sa voiture.**

3.

1.

錄音內容：**Vous avez besoin d'une carte bancaire ?**
您需要辦信用卡嗎？

回答內容：**Est-ce que vous proposez un tarif spécial pour les étudiants ?**

2.

錄音內容：**Pour l'ouverture d'un compte, il faut avoir une carte d'identité ainsi qu'une attestation de logement.**
開戶的時候需要身分證和住宿證明。

回答內容：**J'ai tous les papiers nécessaires.**

3.

錄音內容：**De quel genre de compte avez-vous besoin ?**
您需要開哪一種帳戶？

回答內容：**J'ai besoin d'un compte courant.**

4.

錄音內容：**Bonjour, je peux vous aider ?**
有什麼是我能幫您的嗎？

回答內容：**Je voudrais retirer cent euros.**

Leçon **15**   P.189

1.

1. **plus grande que**   2. **plus facile que**   3. **moins vite que**

4. **meilleur que**   5. **moins cher que**

2.

1.

錄音內容：**Comment voulez-vous l'envoyer?**
您要以何種方式寄送？

回答內容：**Je voudrais l'envoyer en express.**

2.

錄音內容：**Combien de temps faut-t-il pour envoyer une lettre de la France à Taïwan?**
寄平信從法國到台灣要多久時間？

回答內容：**Il faut deux semaine.**

3.

錄音內容：**Qu'est-ce qu'il y a dans ce colis ?**
此包裹的內容物是什麼？

回答內容：**Des livres.**

4.

錄音內容：**Est-ce qu'il y a des objets fragiles ?**
裡面有易碎物嗎？

回答內容：**Non. Je ne pense pas.**

5.

錄音內容：**Voulez-vous l'envoyer par bateau ou par avion ?**
您要寄海運還是空運呢？

回答內容：**Je voudrais l'envoyer par avion.**

Leçon 16   P.199

1.

1. me couch.   2. Ils s'aiment.

3. Elle se souvient de son enfance.

4. Je me trompe de la direction.

5. se trouve sur votre gauche.

2.

1.

錄音內容：**Est-ce que je pourrais vous être utile ?**
有什麼能為您服務的嗎？

回答內容：**Je voudrais prendre un forfait téléphonique.**

2.

錄音內容：**Est-ce que je peux vous aider ?**
有什麼能為您效勞的嗎？

回答內容：**Je voudrais recharger ma carte prépayée.**

3.

錄音內容：**Est-ce que vous avez des demandes spéciales ?**
您有什麼特別的需求嗎？

回答內容：**Je voudrais prendre une carte prépayée internationale.**

4.

錄音內容：**Avec tous les forfaits, les appels et les envois de SMS sont illimités.**
每個方案，您都可以無限打市內電話跟傳簡訊。

回答內容：**Est-ce que je dois m'engager pour une certaine durée ?**

5.

錄音內容：**Ce sont des forfaits sans engagement.**
您不需要被綁約。

回答內容：**Je vais (donc) prendre le forfait avec Internet à 5GO.**

Leçon 17   P.209

1.

1. Je cherche un studio au troisième étage.

2. Il vas à l'école toutes les semaines.

3. J'ai l'intention de louer un studio dans le cinquième arrondissement.

4. Tous les premiers du mois.

5. Mon budget est de mille euros par mois.

2.

1.

錄音內容：**J'ai l'intention de louer un studio près de l'université Lyon II.**
我想租一間靠近里昂二大的小套房。

回答內容：**J'ai un studio de 20 mètres carrés dans un bel immeuble.**

2.

錄音內容：**Vous avez quel budget ?**
請問您的預算是多少？

回答內容：**Je peux mettre entre 500 et 600 euros.**

3.

錄音內容：**Je n'ai pas beaucoup de propositions.**
我並沒有太多空的套房出租。

回答內容：**Je vais réfléchir et je reviendrai.**

4.

録音內容：**Est-ce que les charges sont comprises dans le loyer ?**

請問房租裡包含公共費用嗎？

回答內容：**Les charges sont comprises dans le loyer.**

5.

録音內容：**Quand est-ce que l'on paye le loyer ?**

請問何時要繳交房租？

回答內容：**Tous les premiers du mois.**

Leçon 18　　P.219

1.

1. **Mes toilettes sont bouchées.**　2. **Il fumait beaucoup.**

3. **Je vais faire venir ma fille.**　4. **L'eau n'arrive pas.**

5. **Il faisait mauvais.**

6. **Il y a quelques jours, le WC faisait un bruit bizarre quand je tirais / on tirait la chasse d'eau.**

2.

1.

録音內容：**Est-ce que vous avez fait tomber quelque chose dedans ?**

請問您有掉東西進去嗎？

回答內容：**Je ne pense pas.**

2.

録音內容：**Que puis-je faire pour vous ?**

我能為您服務嗎？

回答內容：**J'ai une fuite d'eau sous mon lavabo.**

3.

録音內容：**Quelle est la panne de votre machine à laver ?**

您的洗衣機哪裡故障了？

回答內容：**L'eau n'arrive pas.**

4.

録音內容：**Est-ce que le compteur d'életricité a disjoncté ?**

請問電表沒有正常運作嗎？

回答內容：**Le compteur est cassé.**

5.

録音內容：**Quel est le problème de votre machine à laver ?**

您的洗衣機發生了什麼狀況？

回答內容：**Elle s'arrête au milieu du programme.**

Leçon 19　　P.228

1.

1. **une chose qui arrive**　　2. **moi qui a regardé la**

3. **mangeons, écoutant de la musique**

4. **voudrait se faire manucurer**

5. **nous sommes faites voler nos.**

2.

1.

録音內容：**Qu'est-ce que je peux faire pour vous ?**

請問有什麼事嗎？

回答內容：**Je me suis fait(e) voler mon portefeuille.**

2.

録音內容：**Où avez-vous perdu votre portefeuille ?**

您在哪裡遺失了您的皮夾？

回答內容：**Dans le métro.**

3.

録音內容：**Où est-ce que vous vous êtes fait voler votre passeport ?** 您的護照在什麼地方被偷的？

回答內容：**Je viens de m'en apercevoir.**

4.

録音內容：**Avez-vous besoin d'aide ?**

請問您需要幫忙嗎？

回答內容：**Pouvez-vous prévenir la police ?**

5.

録音內容：**Qu'est-ce qui vous est arrivé ?**

您發生什麼事了？

回答內容：**Un voleur m'a pris mon sac.**

Leçon 20　　P.237

1.

1. **J'ai (très) mal à la gorge depuis**

2. **vous avez de la fièvre**

3. **a mal au ventre**

4. **a mal aux jambes**

5. **as de la chance**

6. **sœur a peur du noir**

7. **ont besoin du repos**

8. **J'ai marre de la**

2.

1.

錄音內容：**Bonjour, qu'est-ce qui vous est arrivé ?**
　　　　您好，怎麼了嗎？

回答內容：**J'ai très mal à la tête depuis hier, en plus de cela, j'ai mal à la gorge.**

2.

錄音內容：**Est-ce que vous avez de la fièvre ?**
　　　　您有發燒嗎？

回答內容：**Oui, depuis hier.**

3.

錄音內容：**Avez-vous d'autres symptômes ?**
　　　　請問您有其他症狀嗎？

回答內容：**J'ai aussi mal au ventre.**

4.

錄音內容：**Avez-vous une ordonnance du médecin ?**
　　　　請問您有醫師的處方箋嗎？

回答內容：**Oui, la voilà.**

5.

錄音內容：**Comment vous êtes-vous fait cette blessure ?**
　　　　您怎麼受傷的？

回答內容：**Je suis tombé(e) de ma bicyclette.**

Leçon 21　　P.247

1.

1. n'ai aucune amie

2. peau est très sèche

3. prête sa voiture à, me la prête

4. montre la marque V à, vous la montre

2.

1.

錄音內容：**Est-ce que je peux vous aider ?**
　　　　有什麼需要我幫忙的地方嗎？

回答內容：**Je cherche une crème hydratante de la marque V.**

2.

錄音內容：**Quelle marque de crème préférez-vous ?**
　　　　您喜歡用哪個牌子的乳液？

回答內容：**La marque L.**

3.

錄音內容：**Quel type de peau avez-vous ?**
　　　　您是哪一類型的皮膚？

回答內容：**J'ai la peau plutôt sèche.**

4.

錄音內容：**Est-ce que vous êtes allergique ?**
　　　　請問您會過敏嗎？

回答內容：**Oui, je suis très sensible.**

5.

發問內容：**Combien coûte cette boîte de vitamines ?**

錄音內容：**Une pour douze euros, deux pour vingt euros.**
　　　　一盒十二歐元，兩盒二十歐元。

6.

發問內容：**Où se trouvent les crèmes solaires, s'il vous plait ?**

錄音內容：**Elles sont sur le rayon [dans la / à la] troisième allée.**
　　　　在第三個走道的架子上。

Leçon 22　　P.258

1.

1. va à ma mère　　　　2. me convient

3. Quelle taille faites-vous　　4. Je fais du trente-huit

5. chantes bien　　　　6. absolument oublié

2.

1.

錄音內容：**Quelle taille faites-vous ?**
　　　　請問您穿幾號？

回答內容：**Je fais du 35.**

2.

錄音內容：**Est-ce que vous voulez en essayer une en 41 ?**
　　　　那您要試 41 號的嗎？

回答內容：**Je vais réfléchir.**

3.

錄音內容：**Quelle est votre pointure ?**
　　　　請問您穿幾號的鞋？

回答內容：**Je chausse du trente-sept.**

4.

錄音內容：**Quelle couleur préférez-vous pour le manteau ?**

您喜歡什麼顏色的大衣？

回答內容：**Pourquoi pas en bleu.**

5.

錄音內容：**La robe vous va ?**

這件洋裝合您的尺寸嗎？

回答內容：**Elle est un peu courte.**

6.

發問內容：**Où se trouvent les jupes ?**

錄音內容：**Elles sont au première étage.** 在一樓。

Leçon 23 　P.267

1.

1. **Je cherche le livre** 2. **Je cherche à comprendre leurs**

3. **S'il fait beau demain, je ferai du camping**

4. **Si j'étais toi, je quitterais**

5. **Si tu avais dix-huit ans, tu pourrais apprendre à conduire**

2.

1.

錄音內容：**Comment voulez-vous payer ?**

請問您怎麼付費？

回答內容：**Je vais payer en espèces.**

2.

發問內容：**Où se trouvent les livres de coloriage ?**

錄音內容：**Ils sont sur l'étagère de gauche.**

都放在左邊那個架上。

3.

發問內容：**Est-ce que ces livres d'occasion sont en promotion ?**

錄音內容：**Tout est à moins quarante-cinq pourcents.**

折扣都是打5.5折。

4.

發問內容：**Combien je vous dois pour ces cinq livres ? / Combien font ces cinq livres ?**

錄音內容：**Cela vous fait douze euros.** 12歐元，謝謝。

5.

發問內容：**Si je passe la commande aujourd'hui, quand est-ce que je pourrai avoir le livre ?**

錄音內容：**Dans sept jours.**

七天後。

Leçon 24 　P.277

1.

1. **Quelle genre de coiffure préférez**

2. **me faire onduler les cheveux** 3. **faire un balayage**

4. **me brosse les dents** 5. **se lave**

6. **nous lavons les mains**

7. **Comment veux-tu que je t'aime**

2.

1.

錄音內容：**Est-ce que je peux vous aider ?**

您想要什麼樣的服務嗎？

回答內容：**J'aimerais avoir une coupe au carré.**

2.

錄音內容：**Comment voulez-vous que je vous coiffe ?**

您想要我怎麼幫您剪？

回答內容：**Je voudrais faire une coupe effilée.**

3.

錄音內容：**Quel genre de coiffure préférez-vous ?**

您想要什麼樣的造型呢？

回答內容：**J'aimerais changer de coupe et me faire faire une coloration .**

4.

錄音內容：**Quelle couleur préférez-vous ?**

您想染成什麼顏色。

回答內容：**En noir.**

5.

發問內容：**Je voudrais me couper les cheveux et faire une teinture.**

錄音內容：**Bien sûr. Comment voulez-vous que je vous coiffe ?**

沒問題，您想要我怎麼剪呢？

Leçon 25   P.287

1.

1. Il neige   2. Il fait chaud   3. Il fait jour

4. Il est interdit de fumer

5. Elle me conseille d'acheter

6. Nous conseillons à Théo de partir

7. Il vaut mieux partir

8. me reste que des géraniums roses

9. Six euros le bouquet.

10. pour décorer la salle de mariage

2.

1.

錄音內容：**C'est pour une occasion particulière ?**
請問是為了特定場合嗎？

回答內容：**Oui, c'est pour décorer la salle de mariage.**

2.

錄音內容：**Je vous conseille des rosiers, c'est le bon moment pour les planter.**
我建議您買些玫瑰，現在是種這種花的好時節。

回答內容：**Je prendrai des rosiers roses.**

3.

發問內容：**Comment s'appelle cette fleur ?**

錄音內容：**C'est une pivoine.** 牡丹。

4.

發問內容：**Est-ce que vous avez des géraniums d'une autre couleur ?**

錄音內容：**Il ne me reste que des géraniums roses.**
我只剩下粉紅色的天竺葵。

5.

發問內容：**Est-ce qu'un bouquet de lys est cher ?**

錄音內容：**Cinq euros cinquante le bouquet.**
一束 5 歐元 50 歐分。

6.

發問內容：**Pour l'anniversaire d'un(e) ami(e), qu'est-ce que vous conseillez ?**

錄音內容：**Ce serait sympatique d'offrir un bouquet de roses.**
送一束玫瑰花不錯。

7.

發問內容：**Est-ce que vous faites la livraison ?**

錄音內容：**Bien sûr, si vous habitez dans la région.**
當然有，如果您住附近的話。

Leçon 26   P.297

1.

1. est sûr que mes amis sont chez

2. Dans ce cas(-là), j'irai à l'école à pied

3. voyons bien la scène depuis le deuxième balcon

4. Est-ce qu'il vous reste la place pour

5. vous faut combien de billets

6. vous avez des places plus au centre

2.

1.

錄音內容：**Pour quel jour ?** 請問您要買哪個場次？

回答內容：**Pour le samedi trente décembre.**

2.

錄音內容：**Vous voulez deux places situées au premier balcon ou au deuxième balcon ?**
請問您的兩個位子是想要樓廳的前座還是樓廳的後座呢？

回答內容：**Je voudrais des places au deuxième balcon.**

3.

錄音內容：**Il est sûr que les places au parterre sont plus chères.** 正廳的位置肯定是比較貴。

回答內容：**Dans ce cas, je prendrai deux places au premier balcon, s'il vous plaît.**

4.

錄音內容：**Quelle place préférez-vous ?**
請問您要哪一區的座位？

回答內容：**Je voudrais des places au parterre.**

5.

發問內容：**Est-ce que vous avez des places plus au centre ?**

錄音內容：**Non, nous n'en avons plus.**
我們已經沒有了。

Leçon 27   P.306

1.

1. J'ai réservé une chambre individuelle/single

2. nous pouvons garder la chambre jusqu'à quelle heure

3. de laisser notre bagage/valise au concierge, nous quittons la chambre

4. (réserver) une chambre simple avec salle de bains

5. la chambre avec vue sur la mer

6. Jusqu'à quelle heure pouvez-vous garder

2.

1.

錄音內容：**À quel nom, s'il vous plaît ?**
請問您貴姓？

回答內容：**Au nom de Dupont.**

2.

錄音內容：**Combien de jours désirez-vous séjourner ?**
請問您要待幾天？

回答內容：**Du lundi au mercredi, s'il vous plaît.**

3.

錄音內容：**Quel type de chambre voulez-vous réserver ?**
您想預定什麼樣的客房？

回答內容：**Je voudrais une chambre double.**

4.

發問內容：**Est-ce que c'est une chambre avec le petit-dé-jeuner ?**

錄音內容：**Non, le petit-déjeuner est à part.**
沒有，早餐要另外付費。

5.

發問內容：**Nous pouvons garder la chambre jusqu'à quelle heure ?**

錄音內容：**Dix heures.**
早上10點。

Leçon 28   P.315

1.

1. **connaître les sites intéressants**

2. **pouviez me prendre en photo devant ce musée, ce serait**

3. visité ce musée

2.

1.

錄音內容：**Vous voulez le plan en français ou dans d'autres langues ?**
您希望是法文版的地圖，還是其他語言的地圖？

回答內容：**Je souhait en avoir un en français.**

2.

發問內容：**Est-ce qu'il y a des choses à voir dans les envi-rons ?**

錄音內容：**La tour Eiffel n'est pas très loin.**
艾菲爾鐵塔在這附近不遠處。

3.

發問內容：**Est-ce que je pourrais acheter le Paris museum pass ici ?**

錄音內容：**Bien sûr. Quarante-huit euros pour deux jours.**
可以的，兩天的套票48歐元。

4.

發問內容：**Est-ce que vous proposez des visites organi-sées ?**

錄音內容：**Tout dépend du nombre de participants.**
依報名人數而定。

5.

發問內容：**Est-ce que le Louvre sera fermé à 18 heures ?**

錄音內容：**Sauf le mardi et le vendredi, le Louvre ferme à vingt-deux heures quarante-cinq.**
除了星期二與星期五之外，都開到晚上十點四十五分。

Leçon 29   P.323

1.

1. **y en, une à 13 heures.**

2. **vous auriez la gentillesse de me dire où se trouve**

3. **demande à Théo d'acheter un livre pour moi**

4. **j'en ai une.**   5. **il n'y en a plus.**

2.

1.

錄音內容：**Est-ce que vous souhaitez participer aux visites guidées ?**
請問你們想要參加有解說員的導覽嗎？

回答內容：**Merci, ce ne sera pas nécessaire.**

2.

錄音內容：**Combien de billets voulez-vous acheter ?**
您要買幾張票？

回答內容：**Deux billets plein tarif, s'il vous plaît.**

3.

錄音內容：**Voulez-vous louer un audioguide?**
您要租語音導覽嗎？

回答內容：**Oui, volontiers.**

4.

發問內容：**Est-ce que le musée d'Orsay est ouvert dès dix heures ?**

錄音內容：**Il est ouvert même dès neuf heures trente.**
九點半就開了。

5.

發問內容：**Est-ce que je peux / pourrais prendre les oeuvres d'art en photos ?**

錄音內容：**Vous pouvez prendre des photos mais sans flash.** 您可以拍但不能使用閃光燈。

6.

發問內容：**Où se trouvent les toilettes, s'il vous plaît?**

錄音內容：**Elles sont au rez-de-chaussée.**
廁所在一樓。

 ## Leçon 30　　P.331

1.

1. **Quelle est votre pointure**

2. **chausse du 42(quarante-deux)**

3. **vous besoin d'autre chose**

4. **dix euros la journée**　5. **Tous sont sur**

2.

1.

錄音內容：**Quelle pointure faites-vous ?**
您穿幾號鞋？

回答內容：**Je chausse du 38(trente-huit).**

2.

錄音內容：**Est-ce que le casque vous va ?**
請問頭盔合適嗎？

回答內容：**Je vais l'essayer.**

3.

發問內容：**Faites-vous la location de raquettes ?**

錄音內容：**Oui, cinq euros la paire.**
有的，一雙五歐元。

4.

發問內容：**Est-ce que votre chalet est disponible pour la semaine du 4 au 11 février ?**

錄音內容：**Il me reste un appartement pour quatre personnes.** 我只剩下一間四人房。

5.

發問內容：**Combien coûte la location de l'équipement de ski ?**

錄音內容：**Environ soixante-dix euros par semaine.**
租用一個星期約七十歐元。

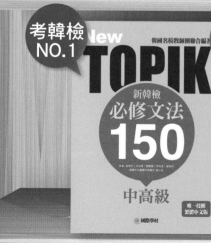
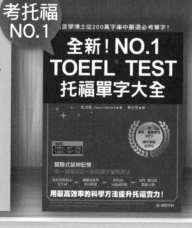

台灣廣廈 國際出版集團
Taiwan Mansion International Group

國家圖書館出版品預行編目（CIP）資料

我的第一本法語會話 / Sarah AUDA 著. -- 初版.
-- 新北市：國際學村, 2018.06
　　面；　公分.
ISBN 978-986-454-068-6
1.法語 2.會話

804.588　　　　　　　　　107000624

 國際學村

我的第一本法語會話

作　　　者／Sarah Auda（張婉琳）　　編輯中心／第七編輯室
審　定　者／劉炳宏　　　　　　　　　編 輯 長／伍峻宏・編輯／古竣元
繪　　　者／Renren、黎宇珠　　　　　封面設計／何偉凱・內頁排版／菩薩蠻數位文化有限公司
　　　　　　　　　　　　　　　　　　製版・印刷・裝訂／皇甫・秉成

行企研發中心總監／陳冠蒨
媒體公關組／陳柔彣
綜合業務組／何欣穎
線上學習中心總監／陳冠蒨
產品企製組／黃雅鈴

發　行　人／江媛珍
法 律 顧 問／第一國際法律事務所 余淑杏律師・北辰著作權事務所 蕭雄淋律師
出　　　版／國際學村
發　　　行／台灣廣廈有聲圖書有限公司
地　　　址／新北市235中和區中山路二段359巷7號2樓
　　　　　　電話：（886）2-2225-5777・傳真：（886）2-2225-8052

代理印務・全球總經銷／知遠文化事業有限公司
　　　　　　地址：新北市222深坑區北深路三段155巷25號5樓
　　　　　　電話：（886）2-2664-8800・傳真：（886）2-2664-8801
郵 政 劃 撥／劃撥帳號：18836722
　　　　　　劃撥戶名：知遠文化事業有限公司（※單次購書金額未達1000元，請另付70元郵資。）

■出版日期：2018年6月　　　ISBN：978-986-454-068-6
　　　　　　2024年7月3刷　　版權所有，未經同意不得重製、轉載、翻印。